Diogenes Taschenbuch 22774

de
te
be

Margaret Millar

Umgarnt

Roman

Aus dem Englischen von Monika Elwenspoek

Diogenes

Titel der 1947 bei
Random House, New York,
erschienenen Originalausgabe:
›Experiment in Springtime‹

Umschlagillustration:
Félix Vallotton, ›Au café‹
(›Le provincial‹), 1909
(Ausschnitt)

Deutsche Erstausgabe

200/95/43/1
ISBN 3 257 22774 4

1

Im April wäre Charles fast gestorben. Seine Frau Martha pflegte ihn gewissenhaft und mit einer verbissenen Kompetenz, die Charles in seinen klaren Momenten belustigte. Selbst an der Schwelle des Todes wußte er, daß er sie langweilte.

Vielleicht wäre es anders gewesen, wenn seine Krankheit etwas Heroisches gehabt hätte – wenn er spektakulär von einem Wolkenkratzer gesprungen oder in einen See gehechtet wäre, um ein Kind zu retten. Tatsächlich aber war er schlicht mit scheußlichen Kopfschmerzen aus dem Büro gekommen und hatte die beiden Schmerztabletten genommen, die seine Frau Martha ihm gab. Es war natürlich nicht Marthas Schuld, daß er gegen so vieles allergisch war und daß die Kopfschmerztabletten sich als Aspirin erwiesen. Aspirin war, wie der Arzt erklärte und wie Charles später guten Grund zu glauben hatte, schieres Gift für ihn.

Der Arzt, ein Mann namens MacNeil, schien sehr an dem Fall interessiert und eifrig darauf bedacht, seine Diagnose zu erhärten. Bei fast jedem Besuch brachte er alte medizinische Zeitschriften oder Zeitungsausschnitte mit, um vorzulesen, wie ein alter Mann in Manchester nach nur einem Aspirin gestorben oder ein Junge in Kansas durch die bloße Berührung damit krank geworden war.

Charles hörte aufmerksam zu. Manchester und Kansas schienen ihm gleichermaßen fern. Seine Welt hatte sich auf vier Wände verengt, in denen nur zwei Menschen lebten: er selbst und Martha. Andere Menschen kamen und gingen, andere Geräusche drangen durch die Wände, und die Uhr tickte ihre Minuten hier genauso unerbittlich ab wie in der Welt draußen, aber Zeit und Raum waren hier eine engere Beziehung eingegangen. Der Raum war dieses Zimmer, und die Zeit war an der zunehmenden Langeweile auf Marthas Gesicht abzulesen.

Jedes Zucken ihrer Augenlider, jede Bewegung ihrer Hände, jede Veränderung ihres Tonfalls hatte inzwischen eine Bedeutung für Charles. Schon die Art, wie sie ein Buch aufnahm, um ihm vorzulesen, zeigte ihm, ob sie das Buch mochte und ob sie gerade Lust zum Vorlesen hatte oder nicht.

»Du mußt mir nicht vorlesen«, sagte er zu ihr. »Brown kann das machen. Er tut nicht viel im Haus.«

»Aber ich möchte gern.«

»Na gut.«

Sich etwas vorlesen zu lassen machte ihm nicht viel mehr Spaß als ihr das Vorlesen, aber es war zu kompliziert, ihr das geradeheraus zu sagen. So wurde er gezwungen, sie immer genauer zu beobachten, und wenn ein unbeabsichtigter Seufzer oder eine Geste sie verriet, bat er sie, ein anderes Buch zu nehmen oder ihn allein zu lassen, damit er ausruhen konnte.

Es war eine seltsame Verkehrung der Dinge, daß sie und nicht er unter Beobachtung stand. Er war der Patient, sie die Pflegerin. Eigentlich hätte Martha ihn beobachten und seine Reaktionen vorausberechnen müssen. Sie beobachtete ihn natürlich, aber mit dem unbeteiligten und prüfenden Blick einer professionellen Krankenschwester, so, als ob er durch das Kranksein keine Identität mehr hätte, abgesehen von der seiner Krankheit. Es war nicht mehr Charles, ihr Mann, sondern eine anonyme, kaputte Maschine. Eine Maschine konnte man mit Geduld und Sorgfalt wieder reparieren; man mußte sich darüber weiter keine Gedanken machen.

Er mochte es ganz und gar nicht, daß sie ihn pflegte und dabei Tag für Tag seine Hilflosigkeit sah, seine babyhafte Abhängigkeit. Allerdings waren Babys wesentlich niedlicher als ein Mann von sechsunddreißig. Ein Baby konnte man pflegen, ohne es zu verachten.

Auch hierbei war es, wie beim Vorlesen, nicht leicht, etwas zu sagen. Manchmal winkte er mit dem Zaunpfahl.

»Geh doch heute nachmittag mal mit deiner Mutter und Laura ins Kino.«

»Ich gehe nicht besonders gern ins Kino. Außerdem sieht Laura schon viel zu viele Filme. Sie kommt dadurch nur auf dumme Gedanken.«

»Alle Sechzehnjährigen haben sowieso dumme Gedanken.«

»Ich will, daß Laura anders ist.«

Laura war ihre jüngere Schwester, aber Martha redete immer von ihr, als wäre sie ihre Tochter.

»Martha.«

»Ja?«

»Ich hätte dich gern gekannt, als du sechzehn warst.«

Sie schien erstaunt. »Warum?«

»Ich wüßte einfach gern, wie du damals warst.«

»Ich war nicht sehr interessant.«

Damit war das Thema beendet. Er konnte sie nie dazu bringen, über die Vergangenheit zu reden. Ernst und geduldig hörte sie den stundenlangen Erzählungen aus seiner Jugend zu, wie Brown seine Mutter angelogen hatte, um ihm Ärger zu ersparen, von seinen Streichen in der Vorschule, seinen Freunden im College, seiner Mutter, seinen Schwierigkeiten, aber sie ließ sich nie dazu verleiten, seine Vertraulichkeiten zu erwidern. Manchmal überlegte er, ob ihre Vergangenheit möglicherweise so schmerzlich für sie war, daß sie nicht darüber sprechen wollte, obwohl das eigentlich unwahrscheinlich war. Von ihrer Mutter und ihrer Schwester hatte er genug über sie erfahren, um zu wissen, daß sie, abgesehen von ihrem guten Aussehen, ein durchschnittliches Stadtkind war, das in einer ganz normalen Familie in einem ganz normalen Haus aufgewachsen war. Sie hatte die High School und danach eine Handelsschule besucht, und er hatte sie im Büro eines Freundes kennengelernt, wo sie als Stenotypistin arbeitete. Sie war einundzwanzig gewesen, als er sie vor fünf Jahren heiratete.

Das war alles. Es gab nichts Außergewöhnliches an Martha, außer daß er sie liebte. Alles, was sie tat oder auch nicht tat, war ihm wichtig, seit er sie kannte. Er konnte es sich nicht leisten, hier im Bett zu liegen und ihr Gelegenheit zu geben, ihn für seine Schwäche zu verachten. Darum mußte er ihr beweisen, daß er ganz und gar nicht hilflos war. Sein Körper mochte vorübergehend zu nichts nütze sein, aber er hatte andere Waffen. Er konnte Wörter durchs Zimmer schleudern wie Messer. Die Maschine war vielleicht kaputt, aber sie durfte nicht anonym bleiben, und mit Messern konnte man sich nicht nur verletzen, sondern sich auch Beachtung verschaffen. Besonders wenn man soviel Zeit hatte, sie auszuwählen und zu schärfen und sein Ziel anzupeilen.

»Martha, warum hast du mich geheiratet?«

»Hör mal, Charles, du weißt doch, daß der Arzt gesagt hat, du sollst nicht soviel reden.«

»Aber ich will es wissen. Warum?«

»Ich kann dir nicht vorlesen, wenn du mich immer unterbrichst.«

»Ich verstehe nicht, warum du eine solche Frage nicht beantworten kannst.«

»Weil man solche Fragen nicht stellt. Das ist so – so…«

»Persönlich?« fragte er trocken. »Das ist doch das Wort, nach dem du gesucht hast, oder?«

»Nein. Ich wollte sagen, ist es denn nicht klar, warum Menschen heiraten?«

»Meine liebe Martha, meinst du vielleicht *Sex*?«

»Ich habe keine Lust…«

»Erwartest du womöglich, daß ich glaube, du hättest mich geheiratet, weil du mit mir ins *Bett* gehen wolltest?«

»Also, Charles. Du regst dich nur auf.« Und ernsthaft fügte sie hinzu: »Das dumme ist, daß du zuviel *nachdenkst*.«

»So was Dummes!«

»Der Arzt hat gesagt…«

Der Arzt sagte sehr viel, das meiste zu Martha, unter vier Augen, unten, im Wohnzimmer. Sie fand vieles verwirrend, nicht weil sie es nicht verstand (Dr. MacNeil bemühte sich sehr, jede seiner Äußerungen zu erläutern), sondern weil sie dabei an andere Dinge denken mußte. »Anaphylaktisch« konnte sich leicht auf ein Unkrautvernichtungsmittel beziehen; »Histamin« klang wie eine Blume, und bei »Allergie« stellte sie im Geiste den Essensplan für die kommende Woche auf. Sie konnte nicht verhindern, daß ihre Gedanken abschweiften. Und je mehr ihre Gedanken abschweiften, desto ausführlicher wurden MacNeils Erklärungen; so zogen die Sitzungen im Wohnzimmer sich manchmal unerträglich in die Länge. Darüber hinaus gaben sie ihr das Gefühl, in der Defensive zu sein und daß Charles und nicht MacNeil hinter all diesen Reden stand. Denn MacNeil hatte begonnen, ihr ebenso viele Fragen nach ihr selbst zu stellen wie nach Charles und die Angelegenheit damit als einen doppelten Fall zu behandeln. Sie ärgerte sich eigentlich darüber. Sie war ihr ganzes Leben lang keinen Tag krank gewesen, und sie hatte so viel getan, um Charles wieder gesund zu machen, wie man nur konnte. Er hatte kein Recht, sie auszufragen.

Ende April hatte MacNeil gesagt, Charles könne jeden Tag ein Weilchen aufstehen und in einem Sessel sitzen.

Sie gab die Neuigkeit sofort an Charles weiter. »Der Arzt sagt, du darfst aufstehen, sobald du magst.«

»Wirklich?« Charles lag mit geschlossenen Augen da und hatte seine langen, dünnen Hände über der Brust gekreuzt. Er sah tot und ziemlich unschuldig aus. Geläutert.

»Er meint, es würde dir guttun aufzustehen«, sagte Martha, ohne sich einer Übertreibung bewußt zu sein, »selbst wenn dir nicht danach ist.«

»Ach ja? Nun, ich glaube nicht, daß ich es in allernächster Zeit schon tun werde. Ich bin noch nie in meinem Leben mit soviel Aufmerksamkeit bedacht worden.« Er stützte sich auf einen Ellbogen und sah nachdenklich zu ihr auf. »Du bringst mich ja fast um mit deiner Nettigkeit, Liebes.«

Sie errötete leicht. »Ich tue, was ich kann.«

»Ich weiß, und was du kannst, das kannst du sehr gut. Ich wäre beinah gestorben, nicht?«

»Also, Charles. Dr. MacNeil sagt, es sei krankhaft, dauernd davon zu reden.« MacNeil hatte nichts dergleichen gesagt, aber er hätte sich wahrscheinlich so ähnlich geäußert, wenn es ihm eingefallen wäre. »Du sollst es endlich vergessen und dich darauf konzentrieren, wieder gesund zu werden und an deine Arbeit zu gehen.«

»O nein«, sagte er mit jener ironischen Höflichkeit, mit der er sie auf die Palme bringen konnte. »Ich fühle mich hier sehr wohl. Ich habe mein kleines Totenbett inzwischen richtig liebgewonnen. Ich liege gern darauf und sehe dich wie einen schwarzen Engel über mir schweben.«

»Mach keine schlechten Witze, Charles.«

»Guter Gott! Witze!« Er hob protestierend die Hand und ließ sie dann matt auf die Bettdecke fallen.

Er hatte ziemlich abgenommen in dem Monat. Seine Augen schienen zu tief in den Höhlen zu liegen. Das gab seinem Gesicht einen hinterhältigen, berechnenden Ausdruck, als hätte er sich ganz bewußt zurückgezogen, um finstere kleine Geheimnisse auszubrüten.

Sie sah mit leichtem Abscheu auf ihn hinunter. Manchmal, wenn er schlief oder zu schwach war, den Kopf vom Kissen zu heben, tat er ihr unendlich leid. Er kam ihr so zutiefst unglücklich vor, als ob er sein ganzes Leben damit verbracht hätte, etwas zu erwarten, das nie geschah, und auf jemanden zu warten, der nie kam.

Aber als Rekonvaleszent war Charles fast unerträglich. Er hatte soviel Zeit zum Nachdenken und Reden, und er machte mit Vorliebe seltsame Bemerkungen, die sie nicht verstand. Er mochte ja zutiefst unglücklich sein, aber es war nicht fair, das an seiner Frau auszulassen.

»Ich muß in die Stadt«, sagte sie abrupt. »Soll Mutter solange zu dir kommen?«

»Ja, gut.«

»Ich sage ihr Bescheid.« Sie beugte sich über ihn und strich eines seiner Kissen glatt. »Kann ich noch etwas für dich tun, bevor ich gehe?«

Er nahm ihre Hand und drückte sie an seine Wange. Seine Haut fühlte sich trocken und spröde an wie eine abgestreifte Schlangenhaut. (»Eigentlich dürfte er kein Fieber haben«, hatte MacNeil zu ihr gesagt. »Es ist sogar sehr ungewöhnlich.«)

»Du siehst sehr schön aus heute«, sagte Charles. »Wie eine elegante junge Witwe. Warum trägst du immer Schwarz?«

Sie runzelte die Stirn, vermutete eine Falle. »Ich weiß es nicht. Vielleicht, weil es einfach ist. Ich mache mir nicht viel aus Kleidern.«

»Freut mich, daß ich das nicht als Vorgriff verstehen muß.« Er rieb seine Wange an ihrer Hand. »Martha?«

»Ja?«

»Nichts. Gar nichts.«

Er sank in die Kissen zurück und drehte mit einem langen, traurigen Laut, der ungewollt aus seinem Mund zu kommen schien, das Gesicht zur Wand.

Sie hatte, wie so oft in der letzten Zeit, das Gefühl, ihn enttäuscht zu haben. Sie hatte etwas Entscheidendes getan oder nicht getan. Hatte sie vielleicht einfach vergessen, ihn zum Abschied zu küssen?

Sie beugte sich über ihn und küßte ihn leicht auf die Schläfe.

»Ich möchte ruhen«, sagte er und rieb sich die Stelle, wo sie ihn geküßt hatte.

Sie atmete tief ein. Die Luft im Zimmer roch dumpf, obwohl die Fenster offenstanden und die Vorhänge mit jedem Luftzug hin und her wehten. Draußen sah sie den Garten. Es war noch zu früh im Jahr, um den Springbrunnen anzustellen, aber die Tulpen blühten. In diesem Frühjahr hatten sie sich genauso entwickelt, wie sie es sich vorgestellt hatte. Sie hatten alle die gleiche Höhe und Farbe und den gleichen Abstand. Sie sahen sehr ordentlich und respektabel aus. Charles nannte sie geschniegelt, aber er hatte ja auch keinen Sinn für Blumen.

Sie blickte zum Bett zurück. Der Kontrast zwischen den Tulpen und dem Hügel unter der Bettdecke, der Charles war, verursachte ihr ein seltsam unbehagliches Gefühl. Es war, als ob dieses Frühjahr versprach oder drohte, anders zu werden als alle anderen Frühjahre, die sie bisher mit Charles verbracht hatte.

Er bewegte sich ein wenig, und sie merkte, daß sie lange an der Tür gestanden hatte, ohne ein Wort zu sagen. Sie wußte nie, was er aus einer kleinen Pause und einem unerheblichen Zwischenfall zusammenkonstruieren würde, darum drehte sie sich rasch um und ging hinaus. Den ganzen Weg durch die Diele erwartete sie, daß er sie zurückrief und sie bat, zu erklären:

»Warum hast du da gestanden?«

»Ich weiß es nicht.«

»Woran hast du gedacht?«

»An Tulpen.«

»Du würdest dich doch nicht da hinstellen und nur über Tulpen nachdenken.«

»Na ja, auch über den Frühling.«

»Und mich?«

»Und dich. Ich dachte: Angenommen, du stirbst.«

Also, angenommen, er starb wirklich. Es wäre natürlich schrecklich; er war noch zu jung zum Sterben. Andererseits starb jede Sekunde irgend jemand, und sie hatte den Eindruck, daß Charles das Leben nicht sonderlich genoß. So gesehen genoß sie selbst es auch nicht sonderlich, aber sie erwartete sich auch nicht viel davon, anders als Charles. Wenn er einmal in Hochstimmung war, klang in seinem Lachen und seiner Stimme immer etwas Hysterisches mit, als ob ihm davor graute, was jenseits dieses glücklichen Augenblicks lag, und er es nur abwehren könnte, indem er lauthals darauf bestand, daß es nicht da war.

Unten in der Diele drückte sie auf den Klingelknopf für die Dienstboten. Gleich darauf kam Brown aus der Küche und strich sich im Gehen die Haare glatt. Er war ein großer, schlaksiger Mann mittleren Alters in einem zerknitterten Anzug. Er hatte schon Jahre vor dem Tod von Charles' Mutter als eine Art männliche Haushälterin für sie gearbeitet. Es war typisch für Charles, daß er dauernd davon redete, sie würden über ihre Verhältnisse leben, und gleichzeitig darauf bestand, Brown zu behalten. Browns Pflichten waren ebenso unklar wie einfach. Wenn ihm danach war, den Garten zu sprengen, dann sprengte er den Garten und wirkte dabei auch noch sehr rechtschaffen. Er nahm ihre Anweisungen höflich entgegen, aber sie konnte nie sicher sein, daß er sie auch ausführte. Brown war ein sehr unbekümmerter Mensch.

Sie bemerkte, daß seine Augen rot waren und er ein Gähnen zu unterdrücken suchte, und sie wußte, daß er wieder ein Nickerchen auf der Couch der Köchin gemacht hatte.

Sie hatten vier Dienstboten, von denen keiner sich benahm, wie es sich für einen Dienstboten gehörte. Offenbar wußten alle, daß sie und Charles nicht sonderlich gut miteinander auskamen, und wie Kinder, die sich die Uneinigkeit ihrer Eltern zunutze machen, überschritten sie ständig ihre Grenzen.

Einmal hatte sie sich die Mühe gemacht, ihre Aufgaben zu definieren, und für jeden eine Liste aufgestellt:

Lily: Bettenmachen (8 Uhr bis 8:30 Uhr)

Staubwischen oben und unten (8:30 Uhr bis 9:15 Uhr)

Veranden wischen (9:15 Uhr bis 10 Uhr)

Das klappte auf dem Papier ganz gut, aber dann hatte Lily um 9:15 Uhr Zahnschmerzen, so daß Forbes, der um 9:15 Uhr eigentlich das Auto waschen sollte, statt dessen die Veranden in Angriff nahm, während Brown das Auto wusch, statt Mrs. Putnam in der Küche zu helfen. Sie verbrannte die Listen, ohne Charles davon zu erzählen, der das Ganze zweifellos sehr komisch gefunden hätte.

Obwohl sie selbst sehr ordentlich war, sah sie sich nicht in der Lage, irgendeine Art von Ordnung in den Haushalt zu bringen. Alles ging schief. Wo sie auch hinsah, immer fiel ihr Blick auf einen Fussel auf dem Teppich, einen Aschenbecher, der saubergemacht werden mußte, einen Wasserhahn, der tropfte, oder ein Bild, das schief hing. Wenn sie für Sonntag um zehn ein kompliziertes englisches Frühstück plante, beschloß Charles garantiert plötzlich zu arbeiten und ging früh aus dem Haus, ihre Mutter schlief länger, Laura machte mal wieder eine Schlankheitskur, und sie saß, umgeben von getoasteten Crumpets und geräucherten Heringen, allein am Tisch, während der Geruch dampfender Nieren durchs Haus zog und ihr Übelkeit verursachte. Wenn sie lange genug dasaß, wurde sie regelrecht anglophob und dachte, kein

Wunder, daß die Engländer alle so dürr sind und ständig unter Rheuma leiden. Dieses Gefühl ließ sich ganz leicht auf Brown übertragen, der etwas entfernt Englisches an sich hatte und infolgedessen zu den Nieren paßte.

»Ist der Wagen fertig?« fragte sie und konnte dabei die Verärgerung in ihrer Stimme nicht unterdrücken, weil der Nierengeruch so lebhaft in ihrer Erinnerung aufstieg und weil ihr jetzt einfiel, daß die Couch der Köchin einen brandneuen Überzug hatte. Sie überlegte, ob Brown wohl die Schuhe auszog, wenn er sich darauf legte. Wahrscheinlich nicht.

Er beobachtete sie wachsam, jederzeit bereit, sich wieder bei ihr einzuschmeicheln, falls sie etwas bemerken sollte.

»Die Treppen und das Geländer müssen abgestaubt werden«, sagte sie.

»Also, das wollte Lily eigentlich machen, aber sie …«

»Ich glaube, wir haben genug Dienstboten, um das Haus in Ordnung zu halten.«

»Ja, Mrs. Pearson.«

»Ich habe es Ihnen letzte Woche gesagt.«

»Es ist mir entfallen, Mrs. Pearson.« Er gähnte wieder mit geschlossenem Mund und verzog dabei so das Gesicht, daß es aussah, als ob er Schmerzen hätte.

»Ziehen Sie die Schuhe aus, wenn Sie sich auf die Couch legen?« Als die Frage heraus war, fühlte sie sich gedemütigt, als hätte Brown die Oberhand über sie gewonnen, indem er sie zwang, danach zu fragen.

Er machte alles noch schlimmer, indem er antwortete: »Nein, Mrs. Pearson. Ich lasse nur die Füße über den Rand hängen.«

Sie fühlte sich völlig besiegt und würdelos. Füße waren

etwas so Intimes und Privates, daß sie nicht darüber sprach und schon gar nicht darüber nachdachte. Sie hätte sich genausowenig ohne Kleider zeigen können wie ohne ordentliche Schuhe und Strümpfe. Und hier stand sie und redete nicht nur über Füße, sondern, viel schlimmer noch, über *Browns* Füße. Sie konnte nicht umhin, sie sich vorzustellen – lang und knochig und grau an der Ferse, mit dicken schwarzen Haaren auf dem großen Zeh – schmutzige, private, obszöne Füße...

»Der Wagen«, sagte sie.

»Forbes bringt ihn gleich.«

»Und sagen Sie meiner Mutter, daß Mr. Pearson mit ihr sprechen möchte.«

Sie ging davon, das Kreuz durchgedrückt. Ihr Gang wirkte immer etwas unbeholfen, weil sie sich zu aufrecht hielt, als hätte sie gerade einen Artikel über Haltung gelesen. Ihre Füße in flachen, schwarzen Rauhlederoxfords berührten den Boden mit Ferse und Zehen gleichzeitig, wie die eines mechanischen Zinnsoldaten.

Bevor sie hinausging, hielt sie inne, um einen Fussel von ihrem schwarzen Kostüm zu wischen und die Krempe ihres schwarzen Filzhuts zurechtzubiegen. Dann nahm sie im nachhinein eine Hornbrille aus ihrer Tasche. Sie hatte die Brille schon seit Jahren, und die Gläserstärke stimmte längst nicht mehr, was ihr unweigerlich Kopfschmerzen verursachte. Aber sie fand, daß die Brille ihr stand; sie sah damit intelligenter aus und gleichzeitig naiv, wie ein College-Girl, das viel von Büchern verstand, aber noch einiges über die Welt lernen mußte.

Sie fuhr sich mit der Hand leicht über den strohblonden Knoten im Nacken. Als sie so alt gewesen war wie Laura, hatte sie welliges Haar gehabt, glänzend und funkelnd wie

Messing. Aber im Lauf der Jahre war die Farbe immer unbestimmbarer geworden, und seit sie es hatte wachsen lassen, waren die Wellen verschwunden. Sie war nicht unzufrieden mit diesem Ergebnis. Es gab zu viele künstliche Blondinen und künstliche Wellen und Locken; sie zog es vor, natürlich und schlicht zu erscheinen und den Eindruck zu erwecken, daß sie, obwohl sie eine schöne Frau war, keiner der kleinen Posen und Eitelkeiten schöner Frauen erlag. Sie benutzte kein Make-up und Parfum mehr, ihre Kleidung war unauffällig und – Privileg der Wohlhabenheit – ein ganz klein wenig unelegant. Ihre Röcke waren immer etwas länger, als die Mode verlangte, und ihre Hüte waren so vernünftig und langlebig wie ihre Schuhe.

Sie warf einen Blick in den Spiegel im Flur. Sie fand, daß sie sehr nett aussah. Schwarz stand ihr, und was Charles auch sagen mochte, sie hatte vor, es weiterhin zu tragen, weil es ein wichtiger Bestandteil ihrer Verkleidung war, wie die Brille. Nur die scharfsichtigsten Leute würden auf der Straße stehenbleiben, um einen zweiten Blick auf sie zu werfen und festzustellen, wie schön ihr Mund und ihre Stirn geformt waren und was für schöne dunkelgraue Augen sie hatte.

Das einzige, was sie wirklich an ihrer Erscheinung auszusetzen hatte, war ihre Größe. Sie war zu groß und trotz strenger und qualvoller Diät etwas übergewichtig. Sie empfand es als unschön, eine so offensichtlich weibliche Figur zu haben.

Vor langer Zeit, als ihre Brüste gerade anfingen, sich abzuzeichnen, hatte sie Angst vor dieser neuen Verantwortung gehabt, aber gleichzeitig war sie insgeheim auch ein bißchen stolz gewesen. Es bedeutete, daß sie langsam Frau wurde, und die Scherze ihres Vaters gefielen ihr ganz und gar nicht: »Heiliger Bimbam, Martha kriegt eine Figur. Ist es zu fassen, das Kind kriegt eine Figur.«

Nun, ihr Vater war inzwischen tot, und sie hatte ihre Figur, und sie war eine Frau – o Gott...

Sie wandte sich rasch vom Spiegel ab und ging nach draußen.

Forbes wartete auf sie, ein dunkelhäutiger, hübscher kleiner Zauberer, der lässig hinter dem Steuer des Wagens saß, als wäre er aus den Polstern gewachsen wie ein Polyp.

Sie zog ihre Handschuhe aus und inspizierte dabei rasch die Veranda. Es sah ganz ordentlich aus, aber jemand hatte an einer der Säulen eine Spinne zerquetscht. Der weiche Körper klebte an dem weißen Holz, und eine gelbe Flüssigkeit quoll daraus hervor.

Sie schrak zurück, erschüttert und angewidert. Sie haßte tote Dinge. Sie überlegte, ob Charles auch so aussehen würde. Es war seltsam, aber sie hatte noch nie daran gedacht, daß Charles Innereien hatte.

Forbes sprang behende aus dem Wagen und machte ihr die Tür auf. Den ganzen Weg in die Stadt dachte sie, während ihre sanften grauen Augen verschwommen aus dem Fenster blickten, an Charles' Innereien.

2

Charles lag mit hinter dem Kopf verschränkten Händen da und starrte auf die Fenster. Wenn die Sonne am linken Vorhang angekommen ist, dachte er, tue ich etwas. Dann treffe ich eine Entscheidung.

Die Vorhänge flatterten kokett wie Frauenröcke. Sie waren aus dunkelgelber Seide (wie Marthas Haare, dachte Charles; wahrscheinlich dazu passend ausgesucht), und wenn die Sonne darauffiel, schienen sie aufzuflammen, als hätte jemand ein Streichholz darangehalten.

Die Sonne machte das Zimmer unangenehm heiß. Charles hätte gern die Sonnenblenden heruntergelassen, aber er war zu träge, es selbst zu tun, und nach Brown mochte er nicht klingeln, denn damit hätte er die erste Gelegenheit verspielt, allein zu sein und das Problem zu überdenken. Es kam ihm vor, als wäre er seit Wochen nicht mehr allein gewesen. Immer wenn er die Augen öffnete, war Martha da. Manchmal saß sie lesend in einem Sessel, die Knie eng aneinandergelegt, die Füße flach auf dem Boden. Sie hielt sich das Buch zu dicht vor die Augen und seufzte jedesmal leise, wenn sie eine Seite umblätterte. Es war ein trauriger, kleiner Laut, der Charles unter die Haut ging, denn er konnte sich nicht vorstellen, warum Martha oder überhaupt irgend jemand beim Umdrehen einer Buchseite seufzen sollte.

»Ist es eine traurige Geschichte?« fragte er.

»Traurig? Nein.«

»Aber du hast geseufzt.«

»Ich habe nur geatmet.«

Vielleicht war das die Erklärung für vieles – Martha atmete nur.

Oder manchmal, wenn er aufwachte, reichte Martha ihm frisches Wasser, strich sein Bettzeug glatt oder machte die Fenster auf oder zu, energisch und mit einer gewissen Ungeduld, die andeutete, daß die Fenster eigentlich von selbst auf- und zugehen sollten.

Meist saß sie jedoch neben seinem Bett, die Hände im Schoß gefaltet. Wenn sie sich unbeobachtet fühlte, hatte ihr Gesicht einen benommenen, etwas dümmlichen Ausdruck. Es war unmöglich zu erraten, was sie dachte. Einmal fragte er sie danach, und ihre Brauen hoben sich überrascht.

»Warum sollte ich etwas denken?«

»Ich weiß es nicht.«

»Ich dachte, du schläfst«, erklärte sie kühl. Und ihr Unterton bedeutete: *Du hättest mir sagen sollen, daß du wach bist, statt mich zu bespitzeln.*

»Nächstes Mal klingle ich«, sagte er.

»Wie bitte?«

»Nichts, ich habe Spaß gemacht.«

Auch wenn sie etwas anderes vorgab, war sie sich ihrer Schönheit voll bewußt und störte sich nicht daran, beobachtet zu werden. Nur mußte sie das Zeichen geben, wie ein Kind bei einem Spiel: »Gut, ich bin soweit. Du kannst jetzt herschauen.«

Die Sonne verschwand hinter einer Wolke. Die Vorhänge wurden düster, und der kalte Wind, der plötzlich durchs Zimmer fuhr, war eine Warnung, daß der Sommer noch nicht da war und man dem Frühling nicht trauen konnte.

Das ist mein Zeichen, dachte Charles. Die Zeit für eine Entscheidung. Es kommt später, als ich dachte. Ich werde jetzt entscheiden, jetzt mein Problem durchdenken.

Aber um ein Problem zu durchdenken, mußte man es erst einmal definieren, klar und ohne emotionales Beiwerk. Wenn er es so definieren konnte, dann löste sich das Problem vielleicht von selbst. Wichtig war, die Tatsachen vorurteilsfrei darzustellen, als ob er im Gerichtssaal wäre.

Ihr Name?

Ich heiße Charles Henry Pearson. Ich bin sechsunddreißig. Ich bin Direktionsmitglied der Matson Trust Company, was für das Gericht ein Beweis dafür sein sollte, daß ich nicht ganz ohne Intelligenz bin.

Einspruch! Der Zeuge ist voreingenommen!

Tut mir leid, Euer Ehren. Jedenfalls habe ich vor fünf Jahren Martha Katherine Shaw geheiratet. Meine Gründe für diesen Schritt waren vielfältig und offenkundig. Ich werde der Jury jetzt einige Fotos präsentieren.

Unwichtig, unerheblich und unwiderstehlich!

Aber, Euer Ehren, ich habe noch nicht einmal angefangen.

Fall abgewiesen.

Zum Teufel. Ich weigere mich zu gehen, bevor ich nicht mein Problem formuliert habe.

Fünfzig Dollar für Mißachtung des Gerichts. Zahlbar beim Verlassen des Gerichtsgebäudes.

Sie wollen nicht zuhören…

Hundert Dollar.

Aber ich bin noch nicht einmal beim wichtigsten Teil

angelangt. Anfang dieses Monats kam ich mit Kopfschmerzen aus dem Büro nach Hause, und Martha gab mir zwei Aspirintabletten.

Einhundertfünfzig!

Aber ich bin fast gestorben...

Nach Meinung des Gerichts ist der Zeuge des Vorurteils für schuldig befunden worden und sollte gehängt werden.

Sie können mich nicht hängen!

Aber sie konnten es natürlich doch. Das Seil um seinen Hals wurde enger und schnürte ihm allmählich die Luft ab.

Als er aufwachte, hatte er sich ins Bettzeug verwickelt, und jemand klopfte an die Tür.

»Charley?«

»Komm rein.«

Die Tür ging auf, und Marthas Mutter kam herein.

»Brown hat mir gesagt, daß du mit mir sprechen willst.«

Mrs. Shaw hatte mit keiner ihrer Töchter Ähnlichkeit, obwohl in ihrer breiten, kräftigen Stirn und dem hellen Haar etwas von Martha zu erkennen war. Sie war eine dickliche, gelassene Fünfzigerin. Als Charles sie kennengelernt hatte, lebte ihr Mann noch. Ihre Ehe war glücklich. Die beiden redeten und verhielten sich wie gute Kameraden, und egal, wer mit ihnen im Zimmer war, sie tauschten immer lächelnde Blicke wie Verliebte, die sich an geheimen Späßen ergötzten. Charles beobachtete sie voller Neid und in der Hoffnung, daß eines Tages auch er und Martha auf diese Weise den Blick des anderen suchen würden. Zwei Wochen vor seiner Heirat mit Martha starb Harry Shaw plötzlich an einer Lungenentzündung. Seine Frau trug es mit Fassung. Sie machte kein großes Aufheben. Sie zog sich einfach aus dem Leben zurück, wie ein Spieler, der verloren hat, sich aus dem Spiel zurückzieht. Ihr gesamtes Handeln wurde nun durch Martha bestimmt. Ihr selbst war es so oder so egal, ob sie in diesem Haus wohnte oder in einem anderen, ob sie selbst ihre Wäsche wusch oder ihr Essen kochte oder ob es jemand anders für sie tat. Nichts schien sie zu beunruhigen, eine bewundernswerte und völlig unverständliche Eigenschaft für Charles, den beinah alles beunruhigte.

Er hatte seine Schwiegermutter im großen und ganzen sehr gern, teils, weil sie offenbar ihn gern hatte, teils, weil sie einer älteren Frauengeneration entstammte, die man zu dem Glauben erzogen hatte, daß Männer etwas Besonderes wären, nur weil sie Männer waren. Das war ein willkommener Gegensatz zu Martha, die es, ohne einen Muskel zu bewegen, fertigbrachte, den Eindruck zu vermitteln, Männer seien verachtungswürdig und unnütz, ein Haufen Taugenichtse, die schlicht nur deshalb überlebten, weil noch niemand herausgefunden hatte, wie sich die Menschheit ohne sie fortpflanzen könnte.

»Tut mir leid, daß ich dich geweckt habe, Charley«, sagte Mrs. Shaw. »Ich gehe am besten wieder.«

»Nein, geh nicht. Setz dich. Ich habe nicht geschlafen. Ich glaube es jedenfalls nicht. Ich habe nur versucht, mir über verschiedenes klar zu werden.«

»Du versuchst immer, dir über irgend etwas klar zu werden«, meinte sie lächelnd. Sie setzte sich, ohne darauf zu achten, wo sie sich hinsetzte. Entweder vertraute sie darauf, daß der Stuhl immer dastand und auf sie wartete, oder es kümmerte sie nicht, ob er da war oder nicht.

»Was, wenn der Stuhl nun nicht dagestanden hätte?« fragte er.

Sie verstand ihn sofort. »Aber er ist immer da. Ich wußte es.«

»So ist das«, sagte Charles seltsam enttäuscht.

»Weißt du, Charley, ich glaube, du siehst besser aus.«

»Ja, wirklich?« Er setzte sich im Bett auf, so daß er sich im Spiegel der Kommode sehen konnte. »Ich finde, ich sehe gräßlich aus.«

»Also, ich habe dich nie für eine Schönheit gehalten«, meinte sie freundlich. »Vielleicht erwartest du also mehr von deinem Gesicht als ich.«

»Jedenfalls bin ich nicht kahlköpfig.«

»Nein, das bist du nicht. Harry war mit sechsunddreißig kahl wie eine Billardkugel. Das hat ihm aber nichts ausgemacht. Ich kann mich nicht erinnern, daß er je eine Flasche Haarwasser gekauft hätte. Er war nicht eitel.« Sie hielt inne und gab Harry Zeit, vor ihren Augen zu erscheinen, kahl wie eine Billardkugel, aber ohne Haarwasser. »Eine gewisse Eitelkeit war ihm nicht fremd, aber sie hatte nichts mit seiner äußeren Erscheinung zu tun. Er bildete sich zum Beispiel gern ein, er hätte die beiden Mädchen völlig in der Hand und sie würden ihm aufs Wort gehorchen.«

»Und, stimmte das?«

»Nein, sie kümmerten sich nicht sonderlich um ihn, um mich auch nicht, wenn ich es recht bedenke. Aber sie haben sich ganz gut verstellt. Mädchen können das besser als Jungen, und meine beiden waren immer – nicht direkt heimlichtuerisch, aber reserviert.«

Ja, heimlichtuerisch, korrigierte Charles im stillen.

»Ich frage mich oft, ob es überhaupt klug für ein Ehepaar ist, Kinder zu haben, wenn es so glücklich verheiratet ist wie Harry und ich. Wir waren uns selbst völlig genug. Wir brauchten keine Kinder, ich meine, so wie manche Paare. Und ich glaube, die Mädchen haben das gespürt und sich dadurch irgendwie ausgeschlossen gefühlt.« Ängstlich fügte sie hinzu: »Verstehst du, was ich meine, Charley?«

»Ja.«

»Es hat sie unabhängig gemacht. Sie haben sich mir nie anvertraut, und vielleicht habe ich unbewußt ihr Vertrauen gar nicht gewollt, und sie wußten das sogar, auch wenn ich es nicht wußte.« Sie wandte sich mit einer kleinen nervösen Kopfbewegung ab. »Jetzt fühle ich mich schuldig, als hätte ich gerade gemerkt, daß ich vor vielen Jahren ein Verbrechen begangen habe.«

»Dein Gewissen muß ein verschlafenes kleines Ding sein.«

Sie lächelte. »Du liebe Güte, ich weiß gar nicht, was diese Woche in mich gefahren ist. Ich werde schon so schlimm wie du, ständig grüble ich, und nie kommt etwas dabei heraus.«

»Soso. Das tue ich also?« fragte Charles höflich.

»Nun, stimmt es nicht?«

»Ich möchte gern wissen, warum Menschen Dinge tun, warum jeder in dieser Welt alles das tut, was er tut.«

»Ich möchte das lieber nicht wissen. Es würde mir Angst einjagen.«

»Es jagt mir auch Angst ein.«

Sie saßen ein Weilchen schweigend, jeder mit seiner Angst beschäftigt, während eine Hummel sich immer wieder aufgeregt gegen das Fliegengitter warf.

Charles sah sich mit einem Notizbuch in der einen und

einer Kristallkugel in der anderen Hand unter den Menschen der Welt umhergehen. Bei seiner Rückkehr oder bei seinem Tod würden die Antworten alle in seinem Notizbuch stehen, und es würde keinen Krieg und keine Hungersnöte mehr geben, kein Verbrechen und keine Armut. Die Erde würde wieder den Sanftmütigen zurückgegeben. Von wem? Von ihm, Charles!

Es war ein kindischer und gefährlicher Traum, und er erkannte ihn als solchen. Aber er konnte ihn nicht zerstören. Er hielt ihn in seinem Herzen verschlossen und holte ihn nur heraus, wenn er allein war, wie ein Geizkragen, der sein Gold zählte. Niemand würde je erfahren...

»Ich weiß nicht, was heute in mich gefahren ist«, wiederholte Mrs. Shaw. »Vielleicht ist es das Wetter, was meinst du?«

»Vielleicht.«

»Ich habe das Gefühl...« Sie schloß die Augen, als ob sie besser fühlen könnte, wenn sie nichts sah. »...ich habe das Gefühl, ich sollte etwas tun, ich sollte mich mit etwas beschäftigen, aber ich weiß nicht recht, womit.«

Er konnte sich nicht erinnern, sie je so redselig erlebt zu haben. Vielleicht war es wirklich das Wetter, und sie fühlte sich plötzlich herausgefordert durch den Frühling, der ihre Energie und ihr Interesse neu geweckt hatte.

Sie erhob sich abrupt. »Ich hoffe, ich habe dich nicht ermüdet, Charley.«

»Ganz und gar nicht.«

»Martha müßte eigentlich bald zurück sein.«

»Es stört mich nicht, wenn ich allein bin. Sie muß meinetwegen nicht zu Hause bleiben. Im Grunde wünschte ich mir, daß sie mehr ausginge, als sie es tut. Ich wünschte, du würdest ihr das sagen.«

»Das werde ich.« Aber sie ging hastig, als würde sie dieses Thema lieber vermeiden.

Charles legte sich wieder hin. Er wollte schon, daß Martha ausging, soviel war richtig. Aber er wollte auch, daß sie ihn die ganze Zeit über vermißte, während sie weg war, um dann möglichst schnell nach Hause zurückzukommen und ihm alles zu erzählen, was sie gesagt und getan hatte. Von sich aus erzählte sie nichts, aber wenn er sie gründlich ausfragte, würde er erfahren, in welchen Geschäften sie eingekauft hatte, welche Angestellten sie bedient hatten und wen sie getroffen hatte. Sein Verlangen nach solchen Informationen entsprang nicht der Eifersucht oder einem Bedürfnis, stellvertretend durch ihre Erfahrungen zu leben, sondern der Illusion, daß er Martha um so vollständiger besitzen würde, je mehr er über sie wußte.

Er erinnerte sich dunkel an ein Grimmsches Märchen von einem Mädchen, das einen Baum besaß, an dem goldene Äpfel und silberne Blätter wuchsen. Niemand konnte die Äpfel pflücken, aber wenn das Mädchen nur die Hände ausstreckte, fielen sie ihr zu. Eines Tages würde er sich eine Ausgabe der Grimmschen Märchen besorgen und nachlesen, was es mit der Geschichte auf sich hatte. In der Zwischenzeit beunruhigte ihn die Sache weiter. Er hatte das Gefühl, sein Leben mit Martha damit verbracht zu haben, daß er unter einem Baum mit goldenen Äpfeln stand, die er nicht pflücken konnte, und daß eines Tages womöglich ein anderer kam, dem die Äpfel dann in den Schoß fielen. Der wahre und rechtmäßige Besitzer – wartete sie auf ihn? – hielt sie die Äpfel absichtlich zurück?

Nein, das war unmöglich. Es gab keinen Baum. Es gab keine Liebe, keine Wärme in Martha. Es war ihr Körper, der einen in die Irre führte. Die runden Hüften und sinnlichen Brüste luden zum Anfassen ein, und man mußte sie oft anfassen, bevor man merkte, daß es Gipsattrappen waren. Gipsbrüste wie Gußformen, die ein gebrochenes Herz bedeckten.

Gebrochen, dachte er. Wieso eigentlich *gebrochen*? Niemand konnte Marthas Herz gebrochen haben. Ich habe sie als erster gekannt. Es gab keinen anderen.

Trotzdem beunruhigte es ihn. Um sich von dem Thema abzulenken, fing er an, die Blätter auf der Tapete zu zählen. Schließlich wanderte sein Blick wieder zum Fenster, und er sah, daß die Sonne am linken Vorhang vorbeigewandert und daß die Zeit für Entscheidungen vorüber war.

Einen Augenblick packte ihn die Panik. Es war immer noch Zeit, immer noch Zeit, zu entscheiden, etwas zu tun, irgend etwas.

Das einzige, was ihm einfiel, war, sich aufzusetzen und die Beine über den Bettrand zu schwingen. Er schwitzte, und der Pyjama klebte ihm an Rücken und Brustkorb und unterstrich damit seine Zerbrechlichkeit. Er sah sich im Spiegel auf der anderen Seite des Zimmers. Er sah wahrhaftig nicht aus wie der rechtmäßige Besitzer irgendwelcher goldenen Äpfel. Vielleicht halfen ja eine Rasur und ein grauer Nadelstreifenanzug mit dunkelblauer Krawatte. Also gut, er würde sich anziehen, und, mehr noch, er würde sich rasieren.

Er angelte mit den Füßen nach seinen Hausschuhen. Er griff nach seinem Bademantel, den Martha am Fußende des Bettes zusammengelegt hatte, und stand auf. Er zitterte so heftig, daß er die Arme nicht in die Ärmel des Bademantels bekam. Er kämpfte, während auf dem Boden das Kleidungsstück kroch und zuckte, als ob es lebendig und fest entschlossen wäre, sich ihm zu widersetzen.

Nach einer Minute stand er still, hilflos im Würgegriff einer neuen und schrecklichen Angst. Er hatte Angst zu sterben. Bis jetzt war er zu krank gewesen, um sich damit zu befassen. Zu leben war ihm so anstrengend vorgekommen. Aber jetzt, da er wieder auf den Beinen war, mußte er bleiben, mußte diesen hinfälligen alten Mann im Spiegel in Form bringen. Er mußte aufhören, sein Spiel der Andeutungen und ironischen Bemerkungen zu spielen, und Martha direkt fragen.

Nein, nicht fragen. Es ihr sagen. Ihr sagen, daß er es *wußte*.

Er bückte sich, hob den Bademantel auf und zog ihn an. Dann nahm er die Schultern zurück und schaute wieder in den Spiegel, herausfordernd diesmal. Er fühlte sich ruhiger. Alles wird gut werden, dachte er.

Er ging zur Tür, ohne genau zu wissen, wo er eigentlich hinwollte oder was er vorhatte. Es war gut, in Bewegung zu sein, unabhängig. Das hieß, er war nicht länger Opfer, sondern ein Mann, der fähig war, andere zu Opfern zu machen.

Er trat in den Flur. Ein Mädchen in grüner Uniform staubte rasch und flüchtig das Geländer ab. Sie war etwa dreißig und hatte hübsche Augen und eine unreine Haut.

»Hallo, Lily«, sagte er.

Sie drehte sich überrascht um. »Nanu, Mr. Pearson. Du liebe Güte!«

»Ich dachte, ich mache mal einen kleinen Rundgang«, sagte er lächelnd. »Mal sehen, wie ihr alle ohne mich klargekommen seid.«

Lily hegte eine heimliche Leidenschaft für Charles, und

seine Gegenwart führte dazu, daß ihr die Stimme entweder völlig versagte oder sich vor lauter Redseligkeit fast überschlug. Insgesamt plante sie oft, was sie zu ihm sagen würde, aber wenn es dann soweit war, vergaß sie alles. Sein erstes Erscheinen nach der langen Krankheit sollte eigentlich Anlaß zu vielen höflichen und netten Bemerkungen sein. Keine einzige fiel ihr mehr ein.

Stumm und den Tränen nahe drehte sie das Staubtuch zwischen den Fingern und wünschte, der Boden würde sich öffnen und sie verschlingen.

Charles, der normale Frauen ganz gut verstehen konnte, wandte den Blick ab und sagte fröhlich: »Wie geht es denn Ihrer Mutter, Lily? Brown hat mir erzählt, daß sie einen Unfall hatte.«

»Oh, es geht ihr gut – es geht ihr wirklich gut.«

»Das freut mich.« Er sah, daß Marthas Zimmertür geschlossen war. »Also, dann lassen Sie sich durch mich nicht von der Arbeit abhalten, Lily. Ich mache mich nur wieder mit dem Haus vertraut.«

Marthas Tür, glatt, unerschütterlich, einem königlichen Posten gleich, der über die Geheimnisse des Schlafzimmers der Prinzessin wacht.

Dann sah er, daß sie doch nicht ganz glatt war. Sie war mit einem goldfarbenen Spion und einem brandneuen Sicherheitsschloß ausgestattet. Er drehte sich stöhnend zu Lily um.

»Einbrecher«, sagte sie und holte tief Luft.

»Einbrecher?«

»Ich meine – es könnten welche kommen, darum hat sie letzte Woche einen Handwerker bestellt und es einsetzen lassen, wegen der Einbrecher.«

»Ah«, sagte er, als ob er alles darüber wüßte, sogar

selbst den Vorschlag gemacht hätte. Aber der goldfarbene Spion blinzelte ihm zu, und er fühlte sich plötzlich erschöpft und mußte sich an der Wand abstützen.

Lily betrachtete ihn mit einer Mischung aus Liebe und Angst im Blick, ihren Mr. Pearson, der nackt und kühn und ergeben durch ihre Träume geisterte; und ihr fiel nichts anderes ein, als über Einbrecher zu reden. Ach, wenn doch die Erde sich auftäte...

»O ja, die Kriminalitätsrate in der Stadt ist beängstigend hoch, beängstigend hoch«, sagte Charles und glitt an der Wand entlang zu Boden.

»Oh, Mr. Pearson! Brown! *Oh, Brown!*«

Ihre Schreie erreichten Charles durch eine dicke Watteschicht und setzten sich in seinen Ohren fest, weich und klebrig, wie Getuschel.

Seine Ohren verstopften sich, nun würde er nie zu den Menschen in aller Welt hinausgehen können. Es würde Krieg geben, Armut, Verbrechen und ein Sicherheitsschloß an jeder Tür. Flüsternd würden die Menschen klagen: Nun kommt Charles Pearson nie hier vorbei; wir warten, aber er wird nie kommen. Seine Frau läßt ihn nicht.

Er blinzelte und merkte, daß er wieder im Bett lag und Brown ihm ein Glas Wasser hinhielt.

»Sie sind nicht besonders vernünftig«, sagte Brown. »Trinken Sie das hier. Wie geht es Ihnen jetzt?«

»Gut«, flüsterte Charles.

Brown half ihm, den Kopf zu heben. »Als ich nach meiner Operation zum ersten Mal aufgestanden bin, ist es mir genauso gegangen.«

»Dann ist es ja in Ordnung«, sagte Charles. Etwas Wasser lief ihm aus dem Mundwinkel und über den Hals, aber das machte nichts. Er fühlte sich leicht und losgelöst, als hätte der Charles Pearson, der so schändlich im Flur ohnmächtig geworden war, nichts mit ihm zu tun und sei genaugenommen ein ziemlich ulkiger Kerl, zur Schießbudenfigur geboren.

»Mir scheint, Sie haben nicht viel Verstand«, sagte Brown. »Das ist meine Meinung.«

»Jetzt reiten Sie doch nicht darauf herum.«

»Ich reite nicht darauf herum. Dr. MacNeil hat gesagt, die ersten paar Tage sollen Sie nur aufstehen und ganz ruhig in einem Sessel sitzen.«

»Das hat er mir nicht gesagt.«

»Aber er hat es Mrs. Pearson gesagt. Ich habe es gehört.«

Browns Stimme war ohne Ausdruck. Das war auch nicht nötig. Die Erklärung sprach für sich.

Marthas erste Nachlässigkeit. Eine Lüge. Nicht einmal so sehr eine Lüge als vielmehr ein kleiner Interpretationsfehler. »Der Arzt sagt, du kannst still in einem Sessel sitzen« war umgewandelt worden in: »Der Arzt sagt, du darfst aufstehen, wenn du magst, er sagt, es wäre *gut* für dich aufzustehen.«

Vielleicht gar kein so großer Unterschied in der Bedeutung, aber ein gewaltiger Unterschied in der Wertung. Die erste Version besagte, daß der Arzt ihm ziemlich widerstrebend erlaubte aufzustehen; in der zweiten schien der Arzt anzudeuten, daß er, Charles, schon längst hätte aufsein können, wenn er nicht so ein fauler Tagedieb wäre.

Auf seiner Zunge machte sich ein salziger Geschmack breit, als ob die Tränen, die er hinter seinen Augen aufgestaut hatte, einen geheimen Weg in seinen Mund gefunden hätten. Die Hitze im Zimmer wurde plötzlich unerträglich. Sie schien herumzuwirbeln, sich zu einem Knäuel zu formieren, das sich ständig um ihn drehte und ihm alle Flüssigkeit aus dem Körper preßte, um ihn dann staubig und trocken wie eine Mumie zurückzulassen.

Ich mache mir nichts aus drehenden Sachen. Drehende Sachen beeinträchtigen mich nicht. Ich kann ganz klar denken. Schweiß und Tränen enthalten denselben Prozentanteil Salz wie Meerwasser, und im rechtwinkligen Dreieck ist das Quadrat über der Hypotenuse gleich der Summe der Quadrate über den beiden anderen Seiten. Richtig? Richtig. Ich hatte schon immer ein sehr bemerkenswertes Gedächtnis, Martha. Ich erinnere mich genau, was du gesagt hast, und ich erinnere mich genau, was Brown gesagt hat. Du wirst langsam unvorsichtig.

Der Arzt hat gesagt…

Der Satz ging ihm immer wieder durch den Kopf wie ein Klagelied.

3

Martha war mit dem Auto nicht einverstanden. Es war ihr zu stromlinienförmig und zu protzig und paßte nicht zu der Persönlichkeit, die sie für sich ausgesucht hatte. Außerdem erinnerte sie sich ärgerlicherweise bei jeder Fahrt an die kleine Rede, mit der Charles es ihr vor drei Jahren zum Geburtstag geschenkt hatte. Wahrscheinlich hatte Charles ihr mit dieser Rede schmeicheln wollen, aber es hatte nicht so geklungen.

»Du sollst das Beste haben, was ich mir leisten kann, Martha. Ich möchte dir einen Ausgleich für all die Jahre geben, in denen dir so wenig vergönnt war.«

Das waren genau seine Worte gewesen, womit er wohl meinte, daß er sie aus der Gosse aufgelesen und vor dem Verhungern bewahrt hatte. Dabei hatte sie eine Fünfunddreißig-Dollar-die-Woche-Stellung mit Aufstiegschancen bei Burleson AG gehabt. *All die Jahre, in denen dir so wenig vergönnt war.* Also wirklich! Vielleicht war ihr Einkommen damals nicht so hoch gewesen wie das, was sie jetzt als Charles' Frau hatte, aber die Arbeitszeit war kürzer, und sie war frei gewesen. Zumindest so frei, daß mal etwas passieren konnte.

Nun ja, es war sinnlos, darüber nachzudenken. Es war vorbei, sie war verheiratet und versorgt, und es würde nie mehr etwas passieren, weil sie es nicht zulassen würde. Sie war kein Mensch, der seiner Verantwortung auswich oder seine Meinung änderte. Pflicht war ihr Lieblingswort und Pflichterfüllung ihre Lieblingsbeschäftigung. Egal, wie sie persönlich zu Charles stand, sie wäre für ihn durch die Hölle gegangen, wenn sie das Gefühl gehabt hätte, daß es von ihr erwartet wurde und jemand zusah. Sie besaß in hohem Maße das, was sie als Charakterstärke bezeichnete, was Charles aber perfektionistische Besessenheit nannte. Sie war tief getroffen, als er ihr das einmal sagte: »Du hast eine Besessenheit, Martha. Du möchtest alles perfekt haben, dich und mich und deine Mutter und Laura und die Dienstboten und das Haus, und wir alle enttäuschen dich täglich und stündlich.«

Sie wurde weiterhin enttäuscht, und sie tat weiterhin ihre Pflicht. Während ein langweiliger und untadeliger Tag dem anderen folgte, hatte sie nur ein Ventil, Charles' Geld. Geld war ihre Droge, und Geldausgeben war ihre Art, ihrem Leben zu entfliehen. Die Kaufhäuser und Antiquitätengeschäfte, die französischen Galerien und Auktionshäuser, das alles berauschte sie. Wie ein Trinker, dem egal ist, was er trinkt, solange es nur Alkohol enthält, kaufte sie wahllos und ohne Zurückhaltung. Später, wenn sie ihre Einkäufe nach Hause brachte und auspackte, verpuffte ihre Euphorie, und es blieb ein Kater. Die echt antiken Kerzenhalter wirkten kitschig, die französische Landschaft zum Sonderpreis paßte nicht, und das Stilleben war kindisch. Aber sie konnte sich nicht enthalten, Dinge zu kaufen, noch konnte sie sich dazu bringen, sie umzutauschen oder zurückzubringen, wenn sie einmal gekauft waren. Das wäre ein Eingeständnis des Versagens gewesen, ein schwacher Punkt in einem starken Charakter, ein Riß in der Besessenheit.

»Forbes.«

Sie klopfte an die Trennscheibe, die eine Mason-Dixon-Linie zwischen ihrer Welt und Forbes' Welt darstellte.

Der Chauffeur ließ nicht erkennen, daß er sie gehört hatte. Sie runzelte vor seinem Hinterkopf die Stirn und versuchte sich darüber klar zu werden, ob Forbes langsam taub wurde oder ob es eine subtile Form der Unverschämtheit war. Schwer zu sagen. Von hinten sah er sehr jung und unschuldig aus. Seine Ohren standen etwas zu sehr ab, und sein Nacken war rasiert und geschrubbt und verletzlich wie der eines Schlachttiers vor der Opferung.

»Forbes.« Sie klopfte noch einmal. Diesmal wandte er leicht den Kopf, und die Illusion von Jugend und Unschuld schwand. Seine Züge waren häßlich und scharfgeschnitten wie die einer Hexe.

»Halten Sie bei Ryries, Forbes.«

»Wie bitte, Ma'am?« Er hielt mit einer Hand das Steuer fest und kurbelte mit der anderen die Trennscheibe herunter.

»Halten Sie bei Ryries.«

»Ich bekomme da in der Nähe keinen Parkplatz. Ist es schlimm, wenn Sie ein paar Straßen zu Fuß gehen?«

»Aber natürlich nicht«, sagte sie, ein bißchen gekränkt, daß Forbes offenbar vergessen hatte, wie gern sie zu Fuß ging. Obwohl sie es selten tat, sah sie sich im Geiste oft frei und mit dem größten Vergnügen über ländliche Wege gehen, einen Hund neben sich. Die Hunde gehörten den unterschiedlichsten Rassen an, aber ihr Verhalten war stets perfekt; sie reagierten auf ihr leisestes Flüstern und waren von unbestimmtem Geschlecht.

Der Wagen kam sanft am Rinnstein zum Stehen. Forbes war ein guter Fahrer und ein guter Mechaniker –

Ehre, wem Ehre gebührt –, aber er hatte eine verwirrende Eigenheit. Alle paar Monate verschwand er ohne Ankündigung für etwa eine Woche. Wenn er zurückkam, wobei er immer etwas ausgepumpt wirkte, gab er keinerlei Erklärung ab, und Charles verlangte auch keine. Es war, als hätte Charles eine geheime Gabe, die verschiedenartigen Bedürfnisse anderer zu verstehen und zu tolerieren; er würde Forbes genausowenig über sein Verschwinden befragen, wie er sie an ihre Extravaganzen erinnern würde.

Sie stieg aus und überquerte die Straße, wobei sie die Füße vorsichtig hob, denn die Brille ließ den Gehweg allzu nah erscheinen. Sie bog in Richtung Madison Avenue ab, angenehm überrascht von der Menschenmenge, die ihr höflicher und fröhlicher vorkam, als sie es in Erinnerung hatte. Sie beschleunigte ihren Schritt. Die Droge begann schon zu wirken.

Eine brillantbesetzte Brosche für ihre Mutter zum Muttertag. Zwei Pullover und ein Slip für Laura. Ein Set bemalter Blechdosen, eine Kristallvase, ein Paar echt goldene Haarspangen. Eine Krawatte für Charles. Von einem Verkaufstresen zum nächsten, aus einer Drehtür in die nächste, bis ihre Arme voll waren und die Euphorie Besitz von ihr ergriffen hatte.

Die Idee, eine Krawatte für Charles zu kaufen, war ihr erst jetzt gekommen. Er würde sie nie tragen, aber es war eine nette Geste, so etwas wie eine Anerkennung der Tatsache, daß es immerhin sein Geld war und er ruhig auch etwas davon haben sollte.

Sie trat aus der letzten Tür wieder auf die Straße, blieb stehen und blinzelte ein wenig hinter ihrer Brille, während ihr Blick die Menge überflog, als hoffte und erwartete sie halb und halb, einen Freund zu treffen. Aber sie sah niemanden, den sie kannte. Den Kontakt zu ihren früheren Freunden hatte sie verloren, und neue hatte sie sich nicht gesucht. Diese Leute waren allesamt Fremde und gingen sie nichts an. Sie hasteten von irgendwem und irgendwoher zu irgendwem und irgendwohin. Gleichgültig eilten sie an ihr vorüber, und sie verabscheute sie alle.

Sie ging weiter. Die Sonne schien warm auf ihr Gesicht, eine frische Brise wehte vom See, aber in dieser kurzen Pause vor dem Kaufhaus hatte sie das Gefühl, daß sie ein kleines bißchen gestorben war. Sie hatte gewartet, und keiner war gekommen, nichts war geschehen.

Der Kater setzte schon ein. Sie fühlte sich betrogen – vom Frühling, von Charles, sogar von den Päckchen, die ihr schwer geworden waren, von der ganzen Welt.

Hinter ihr rief eine Männerstimme: »Martha! Martha!«, und sie hielt einen Moment inne, weil sie wie Charles' Stimme klang. Sie hatte denselben neckenden Unterton, als läge in ihrem Namen und dessen Wiederholung etwas Humorvolles. Es war natürlich nicht Charles' Stimme. Aber ihr Irrtum war bezeichnend, da er verriet, wie oft sie an ihn dachte, wie vollkommen er ihr Leben beherrschte.

»Martha!«

Sie blieb stehen und drehte sich um. Ein Mann in hellbraunem Anzug und ohne Hut bahnte sich durch die Menge einen Weg auf sie zu. Sie erkannte ihn nicht und wollte schon weitergehen und so tun, als hätte sie ihn nicht gehört.

Aber es war zu spät. Er war schon neben ihr, und seine Hand berührte vertraulich ihren Arm.

»Na, Martha.« Er stand sehr dicht vor ihr und lächelte, und weil sie gleich groß waren, erschien diese Nähe unangebracht intim.

Sie trat einen Schritt zurück und sagte steif: »Es tut mir leid, aber …«

»Dachte ich es mir doch, daß du das bist, die sich hinter dieser Brille versteckt. Komm hier herüber. Ich möchte dich ansehen.«

Er gab ihr einen freundlichen kleinen Schubs, und sie gehorchte erschrocken und blieb im Eingang eines Blumengeschäfts stehen. Im Schaufenster stand ein Strauß Osterglocken, flankiert von weißen Porzellanschwänen. Sie versuchte, sich auf die Blumen zu konzentrieren, sie zu zählen, eins, zwei, drei, vier … Er war sonnengebräunt, und im Gegensatz dazu wirkten seine Augen sehr blaß und erregt. Er hatte eine eigenartige, angespannte Art zu stehen, als sei er auf dem Sprung, etwas Aufsehenerregendes zu tun, zum Beispiel ihr die Handtasche wegzureißen oder zu einem Hundertmeterspurt loszupreschen. Wie auch immer, es waren zwölf Osterglocken. Ein glattes Dutzend. Ein rundes Dutzend. Ein …

Sie drehte sich um und sah ihn an. »Nun, Steve. Wie nett, dich wiederzusehen.«

»Ich bin gerade vor einer Woche zurückgekommen. Als erstes habe ich dich unter der alten Nummer zu erreichen versucht. Aber du warst natürlich nicht da.«

»Natürlich nicht.«

»Nimm mal diese Brille ab und laß dich ansehen. Du hast dich verändert, Martha.« Er runzelte die Stirn, und Enttäuschung stand auf seinem Gesicht.

»Ach ja? Nun, nach fünf Jahren ist eine entsprechende Veränderung wohl zu erwarten.«

»Ich möchte gern mit dir reden. Laß uns irgendwohin gehen und etwas trinken.«

»Nein, tut mir leid, aber ich kann nicht.«

Er lächelte ganz leicht. »Und warum nicht?«

»Ach, das würde sich irgendwie nicht schicken.«

»Noch mal: Warum nicht?«

»Außerdem wartet mein Wagen auf mich.«

»Können Autos nicht warten, oder hat man sie inzwischen so personalisiert, daß sie Gesellschaft brauchen?«

»Meins hat zufällig einen Chauffeur«, sagte sie, um einen neutralen Ton bemüht.

Er trat einen Schritt zurück und sagte: »Soso. Du läßt es dir anscheinend gut gehen, Martha, wie?« Er bemerkte zum ersten Mal ihre Kleidung. »Ist dein Mann tot?«

»Natürlich nicht. Warum sollte er tot sein?«

»Er sollte nicht. Aber verdammt viele Leute sind es. Ich wäre es auch beinah gewesen.«

»Wirklich?«

»Ich habe ein paar Flaksplitter abgekriegt. Wenn man mir alle herausgeholt hat, schicke ich dir einen als Andenken. Willst du ihn so, wie er ist, oder mit Widmung? Um der alten Zeiten willen?«

»Das finde ich nicht besonders komisch.«

»Nein.« Er wich ihrem Blick aus. »Nein, das ist es wohl nicht.«

»Warum bist du nicht in Uniform?«

»Ich bin draußen. Ich bin jetzt Zivilist.«

»Und was willst du jetzt tun?«

»Tun? Also, erst mal eine Weile gar nichts, und dann will ich ein Buch schreiben, aber nicht über den Krieg, und wenn das Buch kein Verkaufserfolg wird, nehme ich wieder meinen alten Beruf bei der *News* auf.«

»Du meinst, du willst *hierbleiben*?«

»Genau.« Und trocken fügte er hinzu: »Ich hoffe, es stört dich nicht. Die Stadt ist ja wohl groß genug.«

»Warum sollte es mich stören? Charles und ich werden sogar alles tun, um dir zu helfen.«

»Danke.«

»Wenn du ernsthaft vorhast, ein Buch zu schreiben, kann Charles dir vielleicht helfen, einige Kontakte zu knüpfen. Er kennt viele wichtige Leute.«

»Wenn es ein gutes Buch wird, brauche ich keine Kontakte, aber es ist trotzdem nett von dir.« Er betrachtete sie neugierig. »Charles. Heißt er so?«

»Ja.«

»Ich habe mir erzählen lassen, daß du einen guten Kerl geheiratet hast.«

»Das ist nett.«

»Ich war natürlich sehr froh darüber. Ich hatte gehofft, du würdest jemanden finden, der besser zu dir paßt als ich.« Er steckte die Hände in die Taschen, als müßte er sie zurückhalten. »Warum ziehst du dich so merkwürdig an? Erinnerst du dich noch an das blaue Kleid mit den weißen Blumen?«

»Blaues Kleid?« Es lag ganz unten in einem Koffer zwischen Lagen von Seidenpapier und Mottenkugeln. Als sie es zuletzt herausgeholt hatte, um es anzusehen, hatte sie festgestellt, daß die Blumen vergilbt waren. Sie hatte zu Charles gesagt, sie habe Kopfschmerzen, und war ins Bett gegangen, wo sie lange verbittert an die Decke gestarrt hatte. »Nein, ich erinnere mich nicht.«

Er fuhr mit der Schuhspitze ein unsichtbares Muster auf dem Gehweg nach.

»Wie ist er denn? Charles, meine ich.«

»Er ist – also, er ist sehr nett. Er ist älter als ich. Er sieht gut aus und hat Sinn für Humor.«

»Und Geld. Genaugenommen die ganze Chose.«

»Wie du sagst: die ganze Chose.«

»Na, das freut mich wirklich zu hören.« Aus seiner Stimme klang übertriebene Begeisterung. »Ehrlich. Ich würde ihn gern kennenlernen.«

»Ich fürchte, das geht nicht.«

»Oh?«

»Charles war sehr krank.«

»Das tut mir leid.«

Er zog die Schultern vor, und sie sah, daß sein Anzug ihm zu klein war. Sie hatte ihm einmal gesagt, er kaufe seine Jacketts immer zu klein, und nächstes Mal werde sie mit zum Schneider gehen, um das Maßnehmen zu überwachen. Aber als er das nächste Mal zu einem Schneider ging, bestellte er Uniformen, und sie erfuhr nicht einmal davon. Er war so gänzlich aus ihrem Leben gegangen, als wäre er über den Rand der Welt getreten.

Und doch war er wieder da, ein Bild im Schaufenster eines Blumenladens. Die Osterglocken wuchsen ihm aus der Kehle und griffen mit ihren gelben Händen nach seinen Ohrläppchen. Die Schwäne wichen zurück und bogen ihre zierlichen Hälse in vornehmer Verachtung.

»Sieh mal«, sagte sie. Er schaute hin und sah sich, umrahmt von Blumen. Keiner von beiden lächelte.

»Also dann«, meinte er schließlich. »Ich will dich nicht aufhalten.«

»Weißt du, ich möchte dir Charles ja nicht vorenthalten, aber er war wirklich ziemlich krank...«

»Du brauchst dich nicht zu entschuldigen. Ich glaube kaum, daß Charles mich kennenlernen möchte«, sagte er anzüglich. »Ich wäre wohl sowieso fehl am Platz. Ihr habt wahrscheinlich ein nettes Anwesen.« Er hielt inne, als wollte er eigentlich nichts weiter von Dingen hören, die sie besaß, konnte sich aber doch nicht enthalten nachzufragen: »Stimmt's?«

»Es ist recht nett.«

»Wahrscheinlich hat er es bei eurer Heirat für dich gebaut wie in *Ladies' Home Journal.*« Sie antwortete nicht, und er fuhr mit einem Lachen fort: »Es ist wirklich verrückt, aber immer wenn ich in Italien etwas lesen wollte, sagen wir die *Time* oder die *New Republic* oder den *New Yorker*, fand ich nur *Ladies' Home Journal.* Habe es richtig schätzen gelernt. Ich habe immer die Rezepte gelesen. Wir alle haben das gemacht. Wir hatten so eine Art Journalistenulk. ›Wenn du nie gebratene grüne Oliven mit Schokoladeneis probiert hast, dann hast du wirklich was verpaßt.‹ Es wurde praktisch ein Code.«

Er hielt inne. Sie sagte leise: »Er hat das Haus für mich gebaut.«

»Klar. Das habe ich nicht anders erwartet. Indirekte Beleuchtung? Automatische Heizung, Glasbausteine, eingebaute Bar?«

»Du brauchst gar nicht...«

»Sonnendeck? Terrasse? Vielleicht sogar Springbrunnen?« Er sah an ihren Augen, daß er ins Schwarze getroffen hatte. »Himmel, ein Springbrunnen! Da soll mich doch... Aber warte, laß mich raten, was für einer. So eine Geschichte mit nackten Putten, und der süße Kleine speit Wasser? Stimmt's?«

»Keine Putte, sondern der junge Hermes.«

»Heiliger Bimbam«, sagte er leise. »Du hast dich also doch nicht so sehr verändert, nicht wahr, Martha?«

»Ich weiß nicht, wovon du redest, aber es ist ziemlich abgeschmackt.«

Sie wandte sich um, als hätte sie jetzt endgültig genug, aber er legte ihr die Hand auf den Arm, um sie zurückzuhalten. Eines ihrer Päckchen fiel auf den Gehweg, doch sie merkten es beide nicht.

»Nein, warte, Martha. Es tut mir leid. Du hast mir noch nicht erzählt, wie es deiner Familie geht. Was macht die kleine Schwester?«

»Laura geht's gut.«

»Und deine Mutter?«

»Bestens.«

»Und der Alte Herr?«

»Er ist tot. Kurz nachdem du weg warst, ist er gestorben.«

»Das tut mir leid. Er war ein liebenswerter Mann, immer so fröhlich.«

Sie ging los, und er folgte ihr. Er hatte einen eigenartig anmutigen Gang.

»Es ist schon merkwürdig«, sagte er, »wenn du so zurückkommst und feststellen mußt, daß einige der alten Freunde nicht mehr leben und andere verheiratet sind und Kinder haben und manche weggezogen und manche nicht mehr deine Freunde sind. Ich weiß nicht genau, was ich eigentlich erwartet habe. Fünf Jahre sind eine lange Zeit, jedenfalls waren sie für mich lang, aber trotzdem hatte ich die verrückte Vorstellung, daß jemand mir einen Platz freihalten würde. Verstehst du? Ich dachte, ich komme in die Stadt und telefoniere herum, und dann sagen sie vielleicht: ›Na, so was, Steve Ferris. Komm raus zu uns, das müssen wir feiern!‹ Statt dessen hatte ich alle Mühe, mich in Erinnerung zu bringen. Am anderen Ende der Leitung hörte ich dann flüstern: ›Liebling, kennen wir jemanden namens Ferris?‹ Oder mir wurde gesagt: ›Also, wir wollten gerade ins Kino, Steve, alter Junge. Vielleicht irgendwann nächste Woche?‹«

Er lächelte, um ihr zu zeigen, daß es ihn nicht kränkte. »Manche hatten kleine Kinder, die sie nicht allein lassen konnten, oder Frauen, die nicht ausgehen oder keinen Besuch haben wollten. Viele waren tot oder einfach verschwunden. Wenn ich überhaupt in irgend jemandes Leben eine Lücke hinterlassen habe, so ist sie längst geschlossen. Ein seltsames Gefühl.«

Sie ging rascher, aber er schien es nicht zu bemerken. Er glitt mühelos neben ihr her.

»Ein verdammt seltsames Gefühl«, wiederholte er. »Es kommt mir vor, als ob sie sich schon damit abgefunden hätten, daß ich nicht zurückkomme, und als ich dann doch kam, war es ein Schock. Es war so unerwartet, sozusagen wider jede Logik. So empfindest du es doch, Martha, oder?«

»Natürlich nicht. Ich habe weder so noch so an dich gedacht.«

»Das glaube ich nicht.«

»Dann bist du ganz schön eitel.«

»Mag sein«, sagte er langsam. »Wahrscheinlich liegt darin mein ganzes Problem.«

Sie bogen an der nächsten Ecke ab, und ihre Schultern berührten sich kurz. Sie wich jäh zur Seite.

Auf der gegenüberliegenden Straßenseite ein Stück weiter unten sah sie Forbes. Er stand am Rinnstein und wischte mit einem Tuch über die Scheiben des Wagens. Zwei kleine Jungen sahen ihm mit ehrfurchtsvoll schiefgelegten Köpfen zu.

Sie überlegte, ob Forbes sie schon gesehen hatte.

Rasch drehte sie sich um und sah Steve an. »Also dann,

Steve, es war nett, dich wiederzusehen.« Trotz ihrer Päckchen schaffte sie es, freundlich die Hand auszustrecken.

»So, war es das?« Er übersah ihre Hand. Sein Blick hing an dem Auto. »Ganz schöner Schlitten. Bezahlt? Ja, natürlich, wie könnte es anders sein. Wie schnell fährt er?«

»Ich weiß es nicht.«

»Du weißt es nicht?« Er schüttelte erstaunt den Kopf. In was für eine verrückte Welt war er da zurückgekehrt, in der man so einen Wagen hatte und nicht mal ausprobierte, wie schnell er war?

»Ich muß mich jetzt wirklich beeilen, Steve.«

»Klar, ich verstehe.«

»Ich hoffe aufrichtig, daß es mit deinem Buch klappt. Und wenn nicht, kann Charles sicher etwas für dich tun.«

»Charles kann gar nichts für mich tun, höchstens zum Teufel gehen.«

»Nun sei nicht kindisch. Wo wohnst du?«

»Im Neal Hotel. Da haben wir auch Springbrunnen, allerdings nennen wir sie Duschen, und man wäscht sich darunter.«

Er verabschiedete sich nicht, drehte sich nur auf dem Absatz um und ging, so schnell er konnte, davon.

Als er um die Ecke und außer Sicht war, verlangsamte er seinen Schritt. Er fühlte sich zittrig und hatte einen scharfen Schmerz in der Brust. Er wußte nicht, ob es von dem Flaksplitter kam, den sie ihm nicht hatten herausoperieren können, oder von seinem Wiedersehen mit Martha.

Er ging in die erste Bar, an der er vorbeikam. Er setzte sich an einen Tisch und bestellte ein Bier. Das Lokal war ziemlich dunkel, aber sobald seine Augen sich daran gewöhnt hatten, sah er sich um, ob er jemanden kannte. Er wußte, daß er niemanden sehen würde, doch er saß erwartungsvoll angespannt da, bereit, aufzuspringen und jemanden zu begrüßen und ihm einen Drink auszugeben und über alte Zeiten zu reden.

»Na, wenn das nicht Steve Ferris ist! Wie geht's denn, Steve?«

»Prima. Einfach prima.«

»Wann bist du zurückgekommen?«

»Vor einer Woche.«

»Warum zum Teufel hast du mich nicht angerufen? Hast du schon Leute aus unserer alten Clique gesehen?«

»Klar. Eben bin ich auf der Straße Martha begegnet.«

»Martha? Ach, Martha sehen wir gar nicht mehr, seit sie verheiratet ist. Meine Frau hat sie mal getroffen und sie kaum wiedererkannt. Sie war so komisch angezogen und hatte eine ganz neue, affige Art zu reden. Meine Frau hat sich halb totgelacht...«

Er bestellte ein weiteres Bier und dachte, na gut, stimmt ja auch. Ich lache mich praktisch auch tot. Charles und ich. Charles war sehr krank. Ach, zum Teufel.

Der Ober kam und stellte eine Schale mit Brezeln auf den Tisch.

»Ich dachte, Sie mögen vielleicht ein paar Brezeln«, sagte er.

»Tschaals, mein Junge, wie nett von dir.«

»Wir haben auch Kartoffelchips.«

»Also Tschaals, das ist ja eine richtige Überfülle kulinarischer Genüsse.«

Der Ober blieb am Tisch stehen. Er roch nach altem Schweiß und Pfefferminz. »Wenn Sie sich einsam fühlen oder so, kann ich vielleicht was dagegen tun. Wenn nicht, fragen tut ja nicht weh.«

»Über die rauhen Seiten des Lebens bin ich hinweg.«

»Ich auch, wenn ich's recht bedenke«, sagte der Ober düster. »Ich habe meine Prinzipien wie jeder andere.«

»Klar.« Steve lächelte. »Sie könnten einen netten Gewinn machen, wenn Sie Opa an eine Klebstoffabrik verkaufen. Aber daran haben Sie nie gedacht, Tschaals.«

»Ich heiße nicht Charles.«

»Vielleicht«, sagte Steve. »Ich kenne jedenfalls einen Charles, der hat seinen Opa an eine Klebstoffabrik verkauft und es keine Minute bereut.«

»Was zum Teufel«, sagte der Ober und zog sich mit besorgter Miene zurück.

Steve beobachtete ihn ein Weilchen, nicht weil sein Gesicht ihm gefiel, sondern weil er den Ober jetzt ein bißchen kannte und die anderen Leute alle Fremde waren.

Ein Mann und ein Mädchen kamen herein und setzten sich nebeneinander an die Bar. Der Mann hatte die Hand besitzergreifend auf die Hüfte des Mädchens gelegt. Die beiden sahen sich immerzu an, als wollten sie sich in den Augen des anderen ertränken.

Der Schmerz in Steves Brust wurde stärker. Er stand auf. Er sah den Ober eilig auf sich zukommen und griff nach seiner Brieftasche.

Der Ober sagte stirnrunzelnd: »Ich weiß nicht, wie Sie darauf kommen, daß ich Charles heiße.«

»Wieviel?«

»Fünfzig Cents. Übrigens, ich heiße Harry, nicht Charles.«

»Ach, Donnerwetter«, sagte Steve und warf das Geld auf den Tisch.

Er ging durch das Lokal, ohne den Mann und das Mädchen anzusehen, und lief die Stufen hoch auf die Straße.

4

Sie ließ sich nach Hause fahren und hielt ihre Päckchen die ganze Zeit über an sich gepreßt wie zur Verteidigung.

Sie war sicher, daß Forbes gesehen hatte, wie sie mit Steve sprach. Eigentlich gab es keinen Grund zur Geheimniskrämerei; sich nur mit einem Mann zu unterhalten war schließlich kein Verbrechen, egal, wer der Mann war. Dennoch war ihr unwohl bei dem Gedanken, daß Charles von ihrer Begegnung mit Steve erfahren könnte, besonders durch Forbes, der sie nicht mochte. Forbes hatte so eine treuherzige Art, Dinge weiterzugeben. Er konnte Charles genauestens über ihr Tun informieren, ohne den Anschein zu erwecken, daß er es mit Absicht tat. »Ja, Mr. Pearson, ein herrlicher Tag. Es waren viele Leute unterwegs. Die Hauptstraße war ganz verstopft, ich konnte absolut keinen Parkplatz in der Nähe von Ryries finden …«

Natürlich konnte sie es Charles selbst sagen. Nur ein harmloser Satz: »Ich habe vorhin auf der Straße einen alten Freund getroffen, Steve Ferris. Ich glaube, ich habe dir schon von ihm erzählt.«

Nein, so ging es nicht. Charles würde sich genau erinnern, daß sie ihm noch nie von Steve erzählt hatte, und er würde wissen wollen, warum nicht. Charles' Gedächtnis war etwas sehr Lästiges.

Am Ende, dachte sie, wäre es sicherer, ihrer Mutter davon zu erzählen, und wenn Charles es dann herausfand, konnte sie behaupten, daß sie ihm gar nichts verheimlichen wollte, sondern nur gedacht habe, es interessiere ihn nicht. Sollte er doch darauf herumreiten, wenn er wollte, sollte er nachts wach liegen und darüber nachdenken, er würde nie etwas beweisen können, außer daß Steve von der High School bis zu seinem Eintritt in die Air Force ihr Freund gewesen war. Das war alles, was irgend jemand wußte, und selbst Charles mit seiner teuflischen Fähigkeit, Geheimnisse aufzustöbern, würde nie mehr darüber erfahren.

Als sie zu Hause angekommen war, ging sie gleich zu ihrer Mutter hinauf.

Die Sonnenblenden waren heruntergelassen, und Mrs. Shaw lag schlafend auf der Chaiselongue neben dem Erkerfenster. Martha blieb einen Augenblick auf der Schwelle stehen und lauschte dem Atem ihrer Mutter. Sie schnarchte nicht direkt, aber am Ende jedes Atemzuges gab sie einen kleinen, zufrieden klingenden Grunzlaut von sich.

»Mutter?«

»Hä?«

»Schläfst du?«

»Wie? Ach du bist es, Martha.« Sie machte einen halbherzigen Versuch, sich aufzurichten, und sank mit einem Stöhnen wieder zurück. »Ich bin eingenickt. Das Wetter macht einen ganz schlapp. Ich habe das Gefühl, ich kriege keine Luft.«

Martha ging durchs Zimmer und zog mit einem Ruck die Sonnenblenden hoch. »Versuch es doch mal ohne diese abscheulichen Korsetts.«

»Ich bin sicher, daß es damit nichts zu tun hat. Ich habe immer Korsetts getragen.« Sie blinzelte und setzte sich auf, wobei sie die Hände über die Augen legte. »Ich frage mich, ob es meine Lunge ist.«

»Steve Ferris ist wieder da.« Es roch nach Schokolade. Sie machte ein Fenster auf. »Ich habe ihn auf der Straße getroffen.«

»So.« Mrs. Shaws runde blaue Augen blickten verzweifelt im Zimmer umher, als erwartete sie, irgendwo an der Wand die korrekte und taktvolle Antwort geschrieben zu finden. »Soso. Ist das nicht nett? Hat er – wie sieht er aus?«

»Wie immer.«

»Aha.«

»Er hat sich nach dir erkundigt.«

»Das ist aber nett. Ich hätte ihn immer gern mal in Uniform gesehen. Du weißt ja, dazu kam es nie.«

»Ja, ich weiß. Er trägt keine Uniform mehr. Er ist entlassen. Er war verwundet.«

»Wie schrecklich! Ich hatte Steve immer sehr gern. Und Harry auch. Er wußte das mit Harry nicht, nehme ich an.«

»Nein. Ich habe es ihm erzählt.«

»Was hat er dazu gesagt?«

»Er sagte, Vater sei ein liebenswerter Mensch gewesen. Immer so fröhlich.«

»Das stimmt, das war er, nicht wahr?« *Hörst du das, Harry? Die Leute haben dich nicht vergessen.* »Martha.«

Martha starrte mit steinerner Miene aus dem Fenster.

»Was ist?«

»Ich hoffe – ich hoffe, du...«

Du bist mein Kind, und ich liebe dich, und ich hoffe,

daß du glücklich bist. Was sie fühlte, war ganz einfach, aber sie konnte Martha solche Dinge nicht sagen. Sie fand keine Worte. »Martha, liebes Kind...« Verwirrung und Hilflosigkeit trieben ihr die Tränen in die Augen.

Langsam wandte Martha den Kopf. Ihre Mutter sah ein bißchen grotesk aus in ihrem Kummer. Ihr Rückgrat war ganz steif durch das Korsett, die Beine hatte sie gespreizt, und unter dem rosa Spitzenneglige ragten ihre Füße wie Bretter in die Luft.

Müde sagte sie: »Warum weinst du?«

»Ach, ich weiß nicht – alles...«

»Ich hoffe, es ist nicht meinetwegen. Laß dich bitte nicht zu der romantischen Vorstellung hinreißen, daß dieses Wiedersehen mit Steve mich unglücklich macht. Ich bin sogar froh, daß ich ihn getroffen habe. Wenn ich noch irgendwelche Illusionen ihn betreffend hatte, dann sind sie jetzt verschwunden.« Sie lachte. »Ich hatte ganz vergessen, daß er nicht größer ist als ich.«

»Charles ist sehr groß.«

»Er kaut immer noch Fingernägel. Und er redet – also, er redet nicht wie ein Gentleman. Es tat richtig weh, ihm zuzuhören.« Draußen sah sie die runden Gesäßbacken des kindlichen Hermes. »Er hat einen schlechten Geschmack. Du hättest den Anzug sehen sollen, den er anhatte. Schlechter Sitz und eine unmögliche Farbe, so eine Art Zimtbraun. Er sagt, er will ein Buch schreiben. Er ist so großspurig wie eh und je. Lassen wir das Thema.«

Sie ging zum Spiegel, nahm den Hut ab und strich sich das Haar von den Schläfen zurück. Ihre Augen waren etwas blutunterlaufen und taten weh, als ob unsichtbare Daumen sich in ihre Augäpfel gedrückt hätten.

Mrs. Shaw beobachtete sie schweigend. Die Erinnerungen ließen sie erst erkennen, wie fremd und distanziert Martha geworden war. Der Wandel war so allmählich vor sich gegangen, und die äußeren Anzeichen waren im einzelnen so geringfügig gewesen, daß man sie zum jeweiligen Zeitpunkt kaum wahrgenommen hatte – das Ablegen eines Schmuckstücks, der plötzliche Übergang zu schwarzen Kleidern, die Übergabe ihrer Make-up-Utensilien und ihres Parfums an Laura, das Ausgraben der Brille, die sie in der High School getragen hatte. Nach und nach, über Jahre hinweg, hatte sie diese Kleinigkeiten eingeführt, und nun waren die Veränderungen vollzogen und ergaben das Bild einer völlig anderen Martha.

Eine Nonne, dachte Mrs. Shaw erschrocken. Sie ist wie eine Nonne, die sich einer Sache verschrieben hat, aber niemand weiß, welcher. Sie hatte ihr Leben als Opfergabe und Buße für eine namenlose Sünde auf einen namenlosen Altar gelegt.

»Was starrst du mich so an?« fragte Martha. Sogar ihre Stimme hatte sich verändert. Sie war kalt und gleichgültig, als hätte sie seit Jahren nichts Interessantes mehr gehört und würde es auch in Zukunft nicht tun. »Ist was?«

»Nein, nichts. Nichts.«

»Warst du bei Charles?«

»Wir haben uns ein Weilchen unterhalten. Als ich gegangen bin, ist er aus irgendeinem Grund aufgestanden. Das war zu viel für ihn; er ist in der Diele ohnmächtig geworden. Lily war zufällig da, und sie und Brown haben ihn wieder ins Bett gebracht. Keine Sorge, es geht ihm inzwischen wieder gut.«

»Haben sie Dr. MacNeil angerufen?«

»Ja. Er kommt wahrscheinlich heute abend vorbei.«

Martha steckte wie zufällig die Hand in die Tasche, und

ihre Finger schlossen sich um den Schlüssel zu ihrem Zimmer. »Wo in der Diele?«

»Ich weiß es nicht.«

»Was hat Lily da gemacht?«

»Ich weiß es nicht«, sagte Mrs. Shaw verwirrt. »Meine Tür war zu. Ich habe nichts gehört. Spielt es denn eine Rolle?«

»Ich habe nur überlegt, wie weit er wohl gekommen ist. Ich will nicht, daß er sein Herz überanstrengt.« Sie hatte nie ein Bild von einem Herzen gesehen, aber sie konnte sich Charles' Herz gut vorstellen. Es war rosa und feucht, ein schwammiger, pulsierender Tumor, aus dem das Blut heraus- und wieder hineinfloß und Charles so am Leben hielt. »Er muß besser auf sich aufpassen.«

»Du hast dich wunderbar um ihn gekümmert, Martha. So hingebungsvoll, ich bin sicher, daß er es zu schätzen weiß.«

»Oh, bestimmt tut er das«, sagte Martha trocken. Sie nahm die Päckchen, die sie aufs Bett gelegt hatte. »Ich gehe mal nach ihm sehen.«

»Was hast du da für Päckchen?«

»Eins ist für dich. Zum Muttertag.«

»Darf ich es jetzt schon aufmachen?«

»Wenn du willst.« Sie hatte jegliches Interesse an den Geschenken verloren, und die Brillantbrosche hatte sich zu ihren Vorgängern gesellt und ihren Platz zwischen den kitschigen Messingleuchtern und dem unpassenden französischen Originalgemälde eingenommen.

Charles saß aufrecht in einem Wust von Kissen im Bett. Das Zimmer war verdunkelt, aber sie sah, daß seine Augen auf die Tür gerichtet waren, hart und glänzend und trocken, als hätten sie schon lange nach ihr Ausschau gehalten.

»Na, Charles«, sagte sie fröhlich. »Ich habe gehört, daß du dich ein bißchen übernommen hast. Geht es dir jetzt wieder besser?«

Sie trat rasch ins Zimmer und streckte ihm die Schachtel mit der Krawatte als Beschwichtigung entgegen: *Hier ist eine Krawatte für dich, dann kannst du eigentlich nichts Unerfreuliches mehr zu mir sagen.* Sie legte ihm die Schachtel auf den Schoß. »Hier, ich habe dir etwas mitgebracht.«

Er sah zu ihr auf und meinte hämisch: »Vielen Dank.«

»Es ist nichts weiter.«

»Im Gegenteil, es ist eine Krawatte, wenn die Form der Schachtel mich nicht täuscht.« Er packte sie aus. »Wie ich dachte. Eine Krawatte. Wie großzügig von dir, Martha. Ich hoffe, du hast nicht mehr als einen Dollar dafür bezahlt?«

Sie hatte neunundachtzig Cents dafür bezahlt, aber vorsichtshalber das Preisschild entfernen lassen.

»Es wäre mir sehr unangenehm, wenn du Geld für mich verschwenden würdest«, sagte Charles. »Laß Licht werden, zieh die Vorhänge zurück, Martha. Ich möchte mir dieses griechische Götteropfer näher ansehen.«

Blaß und wütend ging sie durchs Zimmer und zog die Vorhänge auf. Charles war unmöglich. Er besaß nicht für fünf Cents Dankbarkeit. Sie hatte ganze zehn Minuten damit verbracht, diese Krawatte auszusuchen.

»Dies, Martha, ist ein sehr wichtiger Augenblick. Ich kann mich nicht entsinnen, daß du schon mal etwas für mich gekauft hast.« Er rieb die Krawatte zwischen Daumen und Zeigefinger und befühlte den Stoff. »Wirklich sehr nett.« Er drehte sie um und betrachtete das Etikett. Es trug den Namen einer inneramerikanischen Firma, die Ein-Dollar-Krawatten herstellte. »Du bist unglaublich«, sagte er leise.

»Wovon redest du?«

»Du begehst einen Fauxpas nach dem anderen, und das mit unglaublichem Geschick und Selbstbewußtsein.«

»Ich verstehe nicht.«

»Wie ein Kind: immer etwas aushecken und glauben, daß du damit durchkommst.« Boshaft zog er das Knie an, so daß die Schachtel vom Bett fiel.

Sie wich zurück, verängstigt und ehrlich verblüfft. Sie verstand nicht, weshalb er so ein Theater machte. Die Krawatte war hübsch, und mehr noch, sie sah teuer aus. Sie hätte fünf Dollar gekostet haben können.

»Das Etikett, Liebes«, sagte er.

»Was?«

»Nicht, daß es mir etwas ausmachen würde, Krawatten für einen Dollar zu tragen, das tue ich sowieso meist. Es ist deine Unverschämtheit, denn dies ist praktisch das erste Geschenk, das du mir machst. Und noch mehr als die Unverschämtheit ist es deine heimtückische Dummheit.«

»Du kannst doch nicht…«

»Heimtückisch, weil du keinen Sinn für menschliche Werte hast, und dumm, weil du immer ein oder zwei Kleinigkeiten übersiehst. Du glaubst immer, du kannst Menschen etwas vormachen, daß keiner schlau genug ist, dich zu durchschauen. Und dabei bist du die ganze Zeit so durchsichtig wie Glas.« Er lehnte sich in die Kissen. Seine Stimme war leise aber deutlich. »Du würdest einen schlechten Mörder abgeben. Sie würden dich innerhalb eines Monats hängen.«

Ein langes Schweigen folgte. Endlich sagte sie gelangweilt: »Na, das war ja eine ganz schöne Rede, Charles.«

»Ich habe noch jede Menge Material.«

»Ach ja?«

»O ja. Allmählich wird mir alles klar, eine Kleinigkeit hier und dort, eine Unstimmigkeit – was der Arzt gesagt hat, und was du erzählt hast, was er gesagt habe...«

»Ich behaupte nicht, daß ich mich an seine genauen Worte erinnere.«

»Du hast gar nicht das Recht, etwas zu behaupten. Einen ganzen Monat hast du in dem Sessel da gesessen und darauf gewartet, daß ich sterbe.«

»Das ist eine Lüge.« Und es war eine Lüge. Sie wünschte ihn nicht tot. Sie hatte im Lauf ihrer Ehe nur hin und wieder gedacht, wie angenehm es wäre, wenn Charles eines Abends nicht nach Hause käme. Das war nur natürlich, es war menschlich, viele Frauen dachten gelegentlich so über ihre Männer. Das machte sie noch nicht zur Kriminellen. Und doch behandelte Charles sie, als ob sie eine sei; als hätte er ihre Gedanken gelesen und sie auf ihr Denken hin verurteilt.

»Das ist dein ganzes Geheimnis, Martha. Du gibst nichts vor. Du hast nicht einmal genug Verstand, vorzugeben, du hättest mich aus anderen Gründen geheiratet als meines Geldes wegen.« Er hatte die Stimme erhoben, und seine Augen glänzten fiebrig in ihren Höhlen. »Stimmt das? Ist das so?«

Seine Heftigkeit erschreckte sie, aber insgeheim erfüllte sie eine kalte Verachtung darüber, daß jemand so vollständig die Kontrolle über sich verlieren konnte. Sie sagte: »Ich glaube nicht, daß du in der Verfassung für lange Reden bist.«

»Ich werde vielleicht nie mehr in der Verfassung sein zu reden. Du hast es einmal versucht, und du wirst es wieder versuchen…«

»So ein Theater wegen einer Krawatte. Das ist ja widerlich.«

»Das wirst du doch, Martha«, schrie er. »Du wirst es wieder versuchen, nicht?«

»Himmel, schrei doch nicht so. Die Dienstboten werden dich hören.«

»Sie sollen mich hören, ich will, daß alle es hören!«

Ruhig, so daß er ihre Bewegung kaum wahrnahm, ging sie rückwärts zur Tür und machte sie zu. Dann stellte sie sich davor, als ob sie ihn herausfordern wollte, aufzustehen und sie beiseite zu stoßen, um sie wieder zu öffnen.

»Mach die Tür auf!« befahl er.

»Sei nicht albern. Wenn du glaubst, ich lasse mich von einem hysterischen Rekonvaleszenten vor den Dienstboten –«

»Sie hören mich trotzdem, dafür sorge ich.«

»Bist du denn total verrückt geworden, Charles? Ich habe dir nichts getan.«

Er setzte sich mühsam auf und begann deutlich und absichtsvoll zu schreien: »Ich klage meine Frau des versuchten Mordes an! Ich bin völlig bei Verstand. Ich habe Beweise. Meine Frau hat –«

Innerhalb von zwei Sekunden war sie bei ihm und legte ihm die Hand über den Mund.

»Hör auf damit. Ich warne dich, Charles, hör auf.«

Er zerrte schwach an ihrer Hand. Schweißtropfen standen auf seiner Stirn, und seine Schreie wurden zu kleinen, gedämpften, tierischen Lauten.

»Ich habe dir gesagt, du sollst ruhig sein«, sagte sie.

»Du kommst nicht gegen mich an. Ich nehme die Hand nicht weg, bis du mir versprichst, vernünftig zu sein.«

Er war einen Moment lang still, und bis auf sein mühsames Atmen war kein Laut zu hören. Dann, mit einer letzten Anstrengung, grub er seine Zähne in ihre Handfläche.

Sie war zu überrascht, um sich zu rühren. Sie fühlte, wie ihr eigenes warmes Blut und die dicke, schaumige Spucke aus seinem Mund langsam über ihr Handgelenk flossen und den Ärmel ihres Kostüms erreichten.

Widerwärtig, kreischte es in ihr. *Widerwärtig.*

Starr vor Entsetzen blickte sie auf ihre Hand.

Charles lächelte. »Ich komme nicht gegen dich an, was? Vielleicht nicht nach den Regeln, aber ich kann es. Was, Martha?« Sein Mund, verschmiert von ihrem Blut, sah wollüstig aus.

»Widerwärtig«, sagte sie benommen. »Du Widerling.«

Sie drehte sich um und ging aus dem Zimmer, ihre verwundete Hand hielt sie mit der gesunden fest, hielt sie voller Zärtlichkeit und Abscheu, als wäre es ihr eigenes, zerfetztes und blutiges Baby.

Vor der geschlossenen Tür hielt sie inne, unfähig zu begreifen, daß es zwischen ihr und dem Entkommen eine Tür gab, die geöffnet werden mußte, bevor sie an Wasser kam, um dieses unbeschreiblich widerwärtige Zeug von ihrer Hand abzuwaschen. Sie spürte keinen Schmerz, sie schien teilweise gelähmt, als wäre Charles' Spucke ein Gift, das rasch ihre Nervenzentren zerstörte.

»Martha…«

»Ich muß…«, sagte sie, »ich muß wirklich – meine Hände waschen. Ich muß…«

»Dreh dich um.«

Sie gehorchte langsam. Charles lächelte immer noch, seine dicken, roten Lippen entblößten seine rosaroten Zähne, seine Augen wirkten leidenschaftlich und schön vom Fieber.

»Hast du als Kind mal Münzen in den Mund genommen?« fragte er. »Genauso schmeckt dein Blut. Metallisch.«

Ihr Bild begann vor seinen Augen zu schwanken und wurde immer größer. Weißes Gesicht, schwarzes Kleid, rotes Blut. Die Farben hüpften und flossen ineinander. Rotes Gesicht, schwarzes Blut. Sie wuchs geräuschvoll und klang wie lauter Münzen, die in die Zimmerecken sprangen.

»Verschwinde! Verschwinde aus meinen Ecken! Raus, raus!«

5

Der Schrecken schwand, und sie bewegte sich wieder energisch und überlegt. Ein Taschentuch auf ihre Handfläche gepreßt, deckte sie Charles zu. (Wie friedlich er jetzt aussah, wie geläutert, nachdem er ihr Gift und Galle entgegengeschleudert hatte.) Sie hob die Krawatte vom Fußboden auf, legte sie vorsichtig in die Schachtel zurück und stellte die Schachtel auf den Frisiertisch. So ein Theater wegen einer Krawatte, es war wirklich ekelhaft. Den Gedanken, daß er einen anderen Grund für sein Theater haben könnte, ließ sie nicht zu. Der einzige Grund war die Krawatte, und der war ganz leicht aus der Welt zu schaffen – sie würde ihm schlicht nie wieder eine kaufen.

Sie warf noch einen letzten Blick auf Charles. Nachher, wenn er aufwachte, würde er sich furchtbar entschuldigen; er würde zu Kreuze kriechen, wie immer nach einem Zornesausbruch. Sie würde, natürlich nicht allzu bereitwillig, seine Entschuldigung annehmen, und dann würden sie ihr normales Leben wiederaufnehmen, als sei nichts passiert.

Soweit sie wußte, hatte niemand Charles' irre Anschuldigungen gehört. Schade, einerseits. Immer wenn er so aus der Rolle fiel, achtete Charles ziemlich genau darauf, daß es außer ihr niemand mitbekam, so daß die Leute fälschlicherweise annehmen mußten, er sei ein außergewöhnlich liebenswürdiger Mensch. Die Dienstboten beteten ihn an (verständlicherweise, denn er stellte keine Anforderungen an sie); Laura und ihre Mutter fanden ihn reizend (das war er auch, ihnen gegenüber); und seine Freunde erzählten ihr ständig, was sie für ein Glück habe (Glück, daß sie am Leben war).

Es war erstaunlich, wie er es schaffte, nie seine Maske fallenzulassen, außer ihr gegenüber. Sie empfand in der Hinsicht sogar eine gewisse distanzierte Bewunderung für ihn, allerdings gemischt mit einem tiefgreifenden Unbehagen: Ist etwas an *mir*, das all dieses Gift zum Vorschein bringt, bin ich es vielleicht?

Sie öffnete die Tür und trat in die Diele. Laura stand oben auf dem Treppenabsatz, und etwas an ihrer Haltung deutete darauf hin, daß sie schon eine ganze Weile dort stand und lauschte. Sie trug ihre Schuluniform, einen unförmigen roten Pullover und einen Faltenrock; unter dem Arm hatte sie ein Notizheft.

»Ich bin eben nach Hause gekommen«, sagte sie. »Als ich die Treppe raufging, hörte ich Charles schreien. Ich dachte nur…« Sie blickte an Martha vorbei, drückte ihr Heft an sich und balancierte dabei ihr Gewicht auf den Außenkanten ihrer zweifarbigen Oxfordschnürschuhe. Sie war dünn und dunkelhaarig, und ihre engstehenden Augen unter geraden, dichten Brauen drückten so ein beunruhigendes Ich-weiß-und-du-weißt-daß-ich-weiß aus. Sie übte diesen Blick jeden Morgen vor dem Spiegel, wenn sie sich die Haare kämmte, und er war recht wirkungsvoll. »Ich habe ihn rein zufällig gehört.«

»Stell dich ordentlich hin; du machst deine Schuhe kaputt.«

»Ziehen wir aus?«

»Wie kommst du denn darauf?«

»Ich habe gehört, wie – ich dachte nur.«

»Natürlich ziehen wir nicht aus. Charles ist krank, er ist übernervös und hat manchmal seltsame Ideen.«

»Kann ich zu ihm?«

»Nein«, sagte Martha heftig. »Er will niemanden sehen. Und stell dich ordentlich hin.«

»Mein Turnlehrer sagt, es ist gut, sich auf die Außenkante der Füße zu stellen. Es kräftigt den Rist.«

»Du kannst deinem Turnlehrer von mir sagen, daß es gleichzeitig die Schuhe kaputtmacht.«

»Man kann sich neue Schuhe kaufen, aber keinen neuen Rist.«

»Du wirst ganz schön frech«, sagte Martha.

In ihrem Badezimmer wusch sie ihre Wunde und goß Alkohol darüber. Der Biß war nicht tief, aber sie hoffte, daß er tief genug war, um eine Narbe zu hinterlassen. Narben waren nützliche Waffen.

Als sie wieder in die Diele kam, stand Brown bei Laura. Brown zuckte zusammen, als er sie kommen hörte.

»Mr. Pearson geht es wieder schlechter«, sagte Martha. »Ich rufe jetzt den Arzt an.«

Ohne große Eile ging sie die Treppe hinunter.

Laura und Brown sahen sich an.

»Sie hat einen Verband um die Hand«, sagte Laura wie nebenbei. »Sehen Sie es?«

»Nein.«

»Ich wette, sie haben sich gestritten.«

»Verrückte Göre«, brummte Brown stirnrunzelnd.

»Ich habe sie sogar gehört. Jedes einzelne Wort. Wenn ich am Samstag Ihr Auto kriege, erzähle ich Ihnen alles.«

»Letztes Mal hast du es fast zu Schrott gefahren.«

»Das war nicht meine Schuld. Ich habe es Ihnen doch genau erzählt.«

»Zieh Leine«, sagte er grob.

»Ihr Glück, daß ich so liberal bin, sonst würde ich Sie feuern lassen für die Art, wie Sie mit mir reden, wenn keiner dabei ist.«

»Versuch's doch, Storchenbein.«

Sie wurde rot vom Hals bis zu den Wangen. »Ich denke nicht daran. Wir ziehen sowieso demnächst aus.«

»Du brichst mir das Herz.«

»Warten Sie nur ab.«

»Ich warte schon lange.«

»Sie sind nicht der einzige.« Sie gab sich Mühe, noch allwissender auszusehen. »Ich habe mich hier sowieso nie besonders wohl gefühlt. Ich finde es widerwärtig, heutzutage einen Butler zu haben.«

Sie sah, daß Brown ärgerlich die Augen zusammenkniff, drehte sich siegesbewußt um und ging.

»Irgendwann mach' ich dir einen Knoten ins Ohr«, rief Brown hinter ihr her, »wenn du's nur mal lange genug vom Schlüsselloch wegnimmst, daß ich's zu fassen kriege.«

»Was Sie nicht sagen.«

Sie balancierte ihr Heft auf dem Kopf, um ihre Haltung zu verbessern, und schritt feierlich durch die Diele.

In ihrem Zimmer (mit rotkarierter Tapete, die sie selbst ausgesucht hatte) stellte sie sich vor den Spiegel. Hier verbrachte sie ziemlich viel Zeit damit, festzustellen, wie sie aussah. Manchmal sah sie ganz attraktiv aus, eine hintergründige, zarte Schönheit, die ihr selbst Tränen der Rührung in die Augen trieb, und dann beschloß sie,

Schauspielerin zu werden. Ein andermal wieder sah sie absolut scheußlich aus und stellte sich vor, wie sie in Talar und Hut vor einer bewundernden Menge den Doktortitel in Empfang nahm: *»Schön ist sie nicht, nein, aber was für einen Verstand dieses Mädchen hat, eine der wahrhaft großen Denkerinnen unseres Jahrhunderts!«*

Heute hatte sie einen Pickel am Kinn und einen weiteren neben dem linken Ohr, außerdem hatte sie gerade eine Drei in Literatur bekommen, darum entschied sie, Psychologin zu werden. Sie kniff die Augen zusammen und versuchte, wie eine Psychologin auszusehen.

Also, soviel war wenigstens klar. Sie würde Psychologin werden, aber sie würde es noch ein Weilchen geheimhalten. Letzten Winter hatte sie den Fehler begangen, Charley zu erzählen, daß sie Missionarin werden wollte. Charley hatte gar nicht mehr aufgehört zu lachen. Keine zwei Wochen danach fand sie heraus, daß ihr Schwarm, ein in die Jahre gekommener Gruppenleiter beim Christlichen Verein junger Mädchen, eine Frau und zwei Kinder hatte und nicht nach Schwarzafrika oder Hinterindien ging, sondern nur zu einem anderen CVJM. Ein wahrhaft schrecklicher Schlag, von dem sie sich nur erholte, weil es für die Zwischenzeugnisse unabdingbar war.

Mir bleibt nichts erspart, dachte die Psychologin. Das Leben besteht nur aus einer Fallgrube nach der anderen. Eine gräßliche, niederschmetternde Ernüchterung, gefolgt von der nächsten gräßlichen, niederschmetternden Ernüchterung.

Aber jedesmal erholte sie sich wieder, sie überlebte. Wer sie ansah, käme nicht im Traum darauf, was sie schon alles durchgemacht hatte. Sie hatte keine Falte im Gesicht (Pickel zählten nicht, die konnten jedem passieren), und ihre Stirn war so glatt und klar wie ein Bergsee. Das Leben hatte sie gebeutelt, aber sie war lächelnd daraus hervorgegangen. Sie lächelte und kniff gleichzeitig die Augen zusammen, so daß es aussah, als blinzelte sie ins helle Sonnenlicht.

Höchst unglückselig, dachte sie stirnrunzelnd. Eine höchst unglückselige Physiognomie.

Sie verstellte die Spiegel, um ihr Profil zu betrachten. Ihre Nase war annehmbar, aber der Pickel neben dem Ohr verdarb alles. Es war kein gewöhnlicher Pickel, er war riesig, er leuchtete, er war phosphoreszierend. Sie konnte es nicht ertragen, sie wünschte, sie wäre tot.

Aber wie immer erholte sie sich. Sie verteilte großzügig deckendes Make-up auf ihrem Gesicht. Das Lächeln wurde dadurch erschwert, aber wer wollte schon lächeln? Worüber sollte man überhaupt lächeln? Ach, dieses Grauen, diese Ernüchterung! Oh, die Drei in Literatur, der CVJM und der phosphoreszierende Pickel!

Mein Leben ist ein Haufen Asche, dachte sie. Nichts als ein Haufen Asche.

Wenn Lauras jugendliches Gemüt bei Selbsteinschätzung und Zukunftsplänen auch von einem Extrem ins andere fiel, so zeigte sie in ihrem Urteil über andere doch eine beträchtliche Reife. Nichts, was sich zwischen Charles und Martha abspielte, entging ihr, und schon vor Jahren hatte sie beschlossen, daß sie nie heiraten würde. Charles war ganz in Ordnung, wenn Martha nicht dabei war. Der Fehler mußte darum in der Ehe selbst liegen. Sie entsann sich, daß ihr Vater und ihre Mutter glücklich miteinander gewesen waren, aber heute fragte sie sich, ob nicht alles vorgetäuscht war, um ihretwillen. Vielleicht hatten ihre Eltern genau die gleichen Gefühle füreinander gehegt wie Charles und Martha und sie nur besser verbergen können. Es war ein beunruhigender Gedanke, und er bedrückte sie.

Manchmal, wenn sie nachts im Bett lag, bündelten sich alle ihre Sorgen und lagen schwer wie Blei auf ihrem Herzen. Sie hatte einen immer wiederkehrenden Traum, einen schlimmen, beschämenden Traum, in dem Martha starb und sie selbst mit Charles verheiratet war. Dieser Traum hatte begonnen, als sie vierzehn war, und immer, wenn sie ihn geträumt hatte, konnte sie es hinterher tagelang nicht ertragen, mit Charles zu reden. Sie saß dann stumm und widerspenstig herum.

Martha wunderte sich. »Was ist mit dir?«

»Nichts.«

»War irgendwas in der Schule?«

»Hm nee.«

»Möchtest du irgend etwas haben und magst nur nicht darum bitten?«

»Hm nee.«

»Also, was ist dann um Himmels willen in dich gefahren?«

»Ich denke nach.«

»Sie wird erwachsen«, sagte Charles.

Sie wollte nicht erwachsen werden. Sie wollte ein Baby sein oder eine alte Frau oder ein Hund oder ein Pferd, alles, nur nicht eine Laura, die erwachsen wurde.

Normalerweise kam sie mit Charles sehr gut aus. Er schien zu verstehen, daß es zu ruhig im Haus war und ihr Lebensstil zu langweilig für eine Sechzehnjährige. Er machte es sich zur Aufgabe, sie zu unterhalten und bewußt Lärm und Durcheinander zu erzeugen. Nach dem

Essen spielte er Klavier und sang laut dazu, um seine Fehler zu kaschieren. Laura sang dann mit ihm und kicherte jedesmal, wenn er einen falschen Ton anschlug.

Manchmal kam Martha herein, um Charles' Aschenbecher zu leeren oder ein Notenblatt aufzuheben, das auf den Boden gefallen war. Sie versuchte nicht, dem Lärm Einhalt zu gebieten oder auch nur mißbilligend dreinzuschauen. Sie tat schlicht so, als ob beide nicht da wären, als wäre sie plötzlich blind oder taub geworden oder befände sich in einem Vakuum, das keine Geräusche durchdringen ließ; und Charles existierte nur in seiner Fähigkeit, Aschenbecher schmutzig zu machen.

Einmal hörte Charles auf zu spielen, als sie hereinkam, und drehte seinen Hocker so, daß er sie ansehen konnte.

»Martha...«

»Hör doch meinetwegen nicht auf zu spielen, Charles.«

»Wir haben nie Spaß zusammen, oder?«

»Ach, ich weiß nicht.«

»Laß uns morgen abend tanzen gehen. Kauf dir ein neues Kleid. Wir gehen zu Chez Maurice zum Essen und danach ins Embassy oder so was.«

Sie hatte das Kleid gekauft, aber am Nachmittag hatte sie Laura zu Charles geschickt und ihm sagen lassen, sie habe Kopfschmerzen und keine Lust auszugehen.

»Aber warum?« fragte Charles.

»Ich weiß es nicht«, sagte Laura. »Vielleicht hat sie ja wirklich Kopfschmerzen.«

»Das glaube ich nicht.«

»Sie war ganz vernarrt in das Kleid. Sie hat mich mitgenommen, um es zu kaufen. Es ist unheimlich hübsch, blauer Samt, mit einem geschlitzten Rock und einer großen weißen Blume an der Taille.«

»Schon gut. Ich werde sowieso langsam zu alt zum Tanzen.«

Das war vor einem Jahr gewesen. Das Kleid hing in einer Zellophanhülle in Marthas Schrank. Von weitem sah es ganz neu aus, aber als Laura es eines Tages anprobierte, merkte sie, daß es Schmutzflecken am Saum hatte, als ob jemand es getragen und darin getanzt hätte, und die Blütenblätter der weißen Blume hingen herunter, als wären sie zwischen zwei Körpern gequetscht oder von einer Hand gedrückt worden.

Jemand hatte es getragen. Nicht Lily – die wäre nicht so unverschämt. Auch nicht Laura selbst, denn das Kleid paßte ihr nicht. Also Martha. Vielleicht zog sie es an, wenn sie allein in ihrem Zimmer war, einfach um es zu tragen.

Oder vielleicht, dachte Laura erschrocken, tanzt sie sogar vor dem Spiegel mit einem Kissen vor dem Bauch, wie ich es als Kind getan habe.

Es lag etwas Beängstigendes in dieser Vorstellung von Martha. Sie deutete auf Dinge hin, die Laura nicht verstand, und auf verstohlene Geheimnisse, die Laura gar nicht wissen wollte. Sie hatte dabei das gleiche beschämende Gefühl wie nach ihrem Traum, in dem sie mit Charles verheiratet war.

Sie verstellte die Spiegel erneut. Das Puder-Make-up half, und außerdem war dies ihre beste Seite, Dreiviertelprofil. Sie sah hübsch genug aus, um Revuetänzerin zu werden. Sie spielte mit dem Gedanken, die erste revuetanzende Psychologin der Geschichte zu werden. Es würde schwer sein, aber wenigstens würde sie auf die Titelseite von *Life* kommen, und nie mehr würde sie Brown auf Knien bitten müssen, ihr seinen miesen kleinen Wagen zu leihen. Die Leute würden ihr Autos *schenken*, und Nerzmäntel. Revuetänzerinnen brauchten kräftige Riste, darum lief sie im Zimmer zehn Runden auf den Außenkanten ihrer Schuhe.

Nachdem sie auf diese Weise ihr Leben aus der Asche gerettet und entstaubt hatte, machte sie sich auf, um in der Diele nach Brown zu suchen, ihrer Meinung nach ein einmalig gemeiner und knickriger Mensch, in dessen mieser kleiner Blechkiste sie nicht mal als Leiche hätte fahren mögen, wenn sie nur ein eigenes Auto gehabt hätte.

Vom Treppenabsatz sah sie auf halbem Weg nach unten das Auto des Doktors die Auffahrt heraufkommen. Er war natürlich auf dem Weg zu Charles. Charley war ohnmächtig geworden, und Martha hatte einen Verband um die Hand.

Sie vergaß völlig, daß sie eigentlich auf der Suche nach Brown war. Sie setzte sich in die Fensternische, kaute an ihrem Daumennagel und begriff zum ersten Mal, seit sie den Streit mit angehört hatte, daß es keine normale Auseinandersetzung gewesen war. Charley warf sie raus – sie und Martha und ihre Mutter. Was für eine erschreckende, schreckliche Macht doch Männer hatten. Charles brauchte nur zu sagen: »Raus«, und schon mußten sie gehen.

Aber dann war es doch nicht Martha, die ging. Es war Charles selbst. Dr. MacNeil erklärte es Martha unten, nachdem er mit Charles gesprochen hatte. Er sei ratlos, sagte er, ratlos und unsicher. Wie Mrs. Pearson ja wisse, sei er Allergologe, und die Erforschung von Allergien habe mehr als jeder andere Zweig der Medizin mit Psychologie zu tun.

Würde Mrs. Pearson einräumen, daß Mr. Pearson bis zu einem gewissen Grade neurotisch war?

Mrs. Pearson würde das mit Vergnügen einräumen.

Also gut, dann würde Mrs. Pearson verstehen, daß dieser höchst unglückselige Unfall mit den Aspirintabletten einen verheerenderen Einfluß auf das Gemüt eines nervösen und introspektiven Menschen wie Mr. Pearson haben würde als auf das eines normalen Menschen.

Normale Menschen wurden von Aspirin nicht krank, bedeutete Mrs. Pearson.

Wie wahr. Aber wenn doch. Würde ein normaler Mensch nicht in geringerem Maße als Mr. Pearson das Gefühl haben, daß seine Frau schuld sei?

Wollte der Doktor damit sagen, daß ...?

Nein, er wollte damit nichts sagen, Mrs. Pearson hatte nicht wissen können, daß Mr. Pearson gegen Aspirin allergisch war. Er selbst als Mr. Pearsons Hausarzt konnte nicht genau sagen, auf was alles Mr. Pearson empfindlich reagierte. Die Liste der Dinge veränderte sich dauernd, wie es bei einer echten Anaphylaxie normal war. Die Histaminmenge, die sich im Lauf der Jahre, die er ihn nun schon behandelte, in Mr. Pearsons Körper angesammelt hatte, reichte aus, den gesamten Haushalt umzubringen.

Lieber Himmel.

Allerdings. Hatte Mrs. Pearson je von dem Freudschen Begriff des Todeswunsches gehört?

Nein, das hatte sie nicht, sie wollte es auch nicht hören, und sie wünschte, er würde gehen und sie in Ruhe lassen. Seine Augen durchbohrten sie wie Nadeln. Er hatte eine breite Stirn und buschige schwarze Augenbrauen, die ein Eigenleben führten. Im Gegensatz dazu war sein Kinn rund und dick und rosa wie ein Marshmallow, mit einem Grübchen in der Mitte, als ob ein Kind seinen Finger hineingesteckt hätte.

Sie konzentrierte sich auf das Grübchen und sagte: »Ich habe mir bis heute nicht klarmachen wollen, was Charles tatsächlich von mir denkt.«

»Es ist schlimm für Sie, ich weiß«, sagte MacNeil mit berufsmäßigem Mitgefühl. »Aber Krankheit verzerrt die Perspektive eines Menschen, indem sie seine Welt einengt, sie auf ein Zimmer beschränkt und vielleicht auf einen Menschen. In diesem Fall sind Sie dieser Mensch. Ob es nun aus freien Stücken geschieht oder aus Notwendigkeit, ich habe es immer für eine ungute Sache gehalten, wenn Familienmitglieder sich im Krankheitsfall gegenseitig pflegen. Schon bei einem normalen Familienleben gibt es auch unter günstigen Umständen genug Reibereien, und wenn einer krank ist, wird seine Welt, wie ich schon sagte, enger und intensiver. Die Sensibilität wird geschärft und führt zu extremen Reaktionen. Er ist gleichzeitig nervös und kleinlaut, er bemitleidet sich selbst und will gleichzeitig seinen Stolz wahren.«

»Mit anderen Worten, Sie empfehlen eine Trennung?«

»Eine vorübergehende Trennung halte ich für lebenswichtig.«

»Ich nehme an, es ist sinnlos, ihm gut zureden zu wollen?«

»Man redet einer Verblendung nicht gut zu, ebensowenig wie man einer Viruspneumonie gut zureden würde. Man muß Ihrem Mann Zeit zur Heilung geben. Sie für Ihren Teil müssen sich eindeutiger als bisher darüber klarwerden, daß Ihr Mann Sie sehr liebt.«

Sie lächelte trocken. »Charles kann manchmal sehr überzeugend sein.«

»Oh, er hat mir das nicht gesagt, es ist so offensichtlich, daß es gar nicht nötig war.«

»Für mich ist es nicht offensichtlich.«

»Sie wollen nicht, daß es so ist.«

»Er ist eifersüchtig und besitzergreifend. Das nenne ich nicht Liebe.«

»Es verhält sich so, weil er sich Ihrer unsicher ist.«

»Dazu hat er keinen Grund. Ich weiß nicht, was Charles von mir will. Ich habe immer den Eindruck, daß ich etwas tun soll, etwas sagen soll, etwas *sein* soll, was ich nicht bin.«

Wärme, dachte der Doktor, er wünscht sich Zeichen von Wärme in deinem Wesen. Nun ja.

Er stand auf und unterdrückte dabei ein Gähnen. Er war des Redens müde, und die Frau deprimierte ihn. Sie kam ihm starr und kalt wie Marmor vor, und wenn seine Äußerungen sie überhaupt je berührt hatten, waren sie von ihr abgeprallt, ohne eine Spur hinterlassen zu haben. Zugleich tat sie ihm irgendwie leid. Sie konnte nichts für ihre Frigidität. Vielleicht hätte sie mit einem anderen Mann eine glückliche oder wenigstens eine normale Ehe führen können. Er überlegte, ob sich irgendwo tief in ihrem Unbewußten ein Schuldkomplex verbarg oder ob die Erklärung einfach die war, daß Pearson nicht impotent, aber steril war.

Er nahm seine Arzttasche auf.

»Wie fühlt sich Ihre Hand jetzt an?«

»Ganz gut.«

»Na fein. Achten Sie darauf. Menschliche Bisse sind oft gefährlicher als die von Tieren.«

Er verabschiedete sich mit dem Gefühl, gerade etwas Tiefschürfendes gesagt zu haben.

Als er weg war, stellte sie fest, daß sein ganzes Gerede und vorgebliches Sie-um-Rat-Fragen nur ein Tarnmanöver gewesen war, daß Charles' Weggang schon ausgemachte Sache war. Laura kam die Treppe herunter und erzählte es ihr.

»Ich habe gehört, wie sie es besprochen haben«, sagte sie.

»Du solltest nicht lauschen.«

»Das habe ich nicht. Charleys Tür stand zufällig offen, und ich habe zufällig in der Fensternische auf dem Treppenabsatz gesessen. Er geht morgen.«

»Morgen?«

»In ein Häuschen am See. Es gehört einem Freund von Doktor MacNeil. Forbes geht mit ihm, weil Forbes kochen kann. Sie nehmen das Chevrolet-Coupé. Charley hat gesagt, der große Wagen soll für dich hierbleiben.«

»Das ist nett von ihm«, sagte Martha. Sie war merkwürdig angerührt von Charles' Sorgen um ihr Wohlergehen. Obwohl er krank war, obwohl er sie verabscheute und sie des schlimmstmöglichen Verbrechens verdächtigte, wollte er, daß sie es während seiner Abwesenheit bequem hatte. Zumindest klang es zuerst so. Nachdem sie ein Weilchen darüber nachgedacht hatte, fragte sie sich beklommen, ob Charles' Ironie jetzt so subtil wurde, daß sie sie gar nicht mehr erkannte. Es war derzeit so kompliziert, mit ihm zu reden. Es war, als ginge man durch ein Zimmer, in dem lauter unsichtbare Drähte gespannt waren; auch wenn man wußte, daß die Drähte da waren, konnte man doch nicht verhindern, daß man über sie stolperte, wenn man sich überhaupt bewegte.

Am nächsten Morgen kam MacNeil wieder. Er verband ihre Hand neu und sagte ihr, daß Charles am Nachmittag abfahren werde. Von dem Haus sagte er nur, daß es am See, aber nicht allzuweit von der Stadt entfernt liege.

»Warum schicken Sie ihn nicht in ein ordentliches Sanatorium, wenn er Pflege braucht? Forbes kann sich nicht so um ihn kümmern, wie ich es getan habe.«

»Die Krankenhäuser und Sanatorien sind überfüllt«, entgegnete MacNeil. »Und vielleicht braucht Mr. Pearson gar nicht so viel Pflege, wie Sie immer gedacht haben. In erster Linie muß er weg von diesem Haus und von Ihnen, um es deutlich zu sagen.«

Sie sah Charles nur noch einmal, bevor er fuhr. Sie wartete an der Haustür, um sich von ihm zu verabschieden, als er mit Forbes die Treppe herunterkam. Von weitem sah er ganz gesund aus, auch wenn er langsam ging und sich am Geländer festhielt. Am Fuß der Treppe legte er die Hand leicht auf Forbes' Schulter, und sie kamen im Gleichschritt quer durch die Diele auf sie zu.

Es kam ihr wie eine Ewigkeit vor, bis sie bei ihr waren. Sie wollte eigentlich irgend etwas Harmloses sagen, um die zeitliche und emotionale Kluft zu überbrücken, aber als sie dann endlich den Mund aufmachte, sagte sie das Falsche, und das auch noch im falschen Ton.

»Na, Charles«, meinte sie herzlich. »Du hast dich ja richtig herausgeputzt!«

Er hatte graue Flanellhosen und ein Tweedjackett an, darunter einen braunen Rollkragenpullover. Sie konnte sich nicht erinnern, ihn schon einmal in so zwanglosem Aufzug gesehen zu haben. Er sah jünger aus, und der weite Pullover verbarg seine Magerkeit.

»So, habe ich das?« sagte er.

Forbes nickte Martha zu, machte die Tür auf und ging.

»Wie fühlst du dich, Charles?«

»Gut.«

»Ich hoffe – erhol dich gut, ja?«

»Gewiß.«

»Hast du Brown deine Adresse dagelassen?«

Er antwortete ausdruckslos: »Wozu brauchst du meine Adresse?«

»Na, falls irgendwas ist.«

»Es wird schon nichts sein.«

»Es käme mir nicht korrekt vor, nicht einmal zu wissen, wo du bist.«

Er betrachtete sie spöttisch: »Nein?«

»Warum willst du mir nicht sagen, wo du hingehst?«

»Weil ich dich eine ganze Weile nicht sehen will. Wenn du wüßtest, wo ich bin, könntest du versucht sein, mich zu besuchen. Nicht aus menschlichen Gründen – nur, um die Sache zu überprüfen. Du bist groß im Überprüfen.«

Forbes kam zurück. »Es ist alles soweit, wenn Sie auch soweit sind, Mr. Pearson.«

»Ich bin soweit. Also dann, Wiedersehen, Martha.«

»Auf Wiedersehen.«

Sie hob ihm mechanisch das Gesicht zum Kuß entgegen. Er starrte sie einen Moment lang an. Dann sagte er kalt: »Hast du vergessen, daß ich beiße, meine Liebe?«

Die Tür fiel zu.

Sie eilte ins Wohnzimmer und beobachtete ihn durchs Fenster. Sie sah, wie Forbes ihm ins Coupé half und ihm eine Decke über die Knie legte. Dann stieg Forbes ein und ließ den Motor an. Bevor sie losfuhren, fingen beide an zu lachen.

Das war das Bild von ihm, das sie immer wieder vor sich sah – Charles, wieder ganz jung und gesund aussehend, in seinem weiten Pullover, wie er wegfuhr an einen Ort, den sie nicht kannte, und über einen Witz lachte, über den sie nicht mitlachen konnte.

6

Für Steve verging die Zeit langsam. Jeder Tag schleppte sich klumpfüßig dahin, um dann erschöpft ins Grab seiner Brüder zu plumpsen.

Es gab hunderterlei Dinge, die er hatte sehen und tun wollen, wenn er wieder zurück war; er hatte sogar eine Liste davon in seinem Tagebuch gemacht, um sich die Zeit in dem englischen Krankenhaus zu vertreiben. Aber wenn er sie jetzt hervorholte und durchlas, kamen ihm die Dinge, die er sich notiert hatte, ziemlich albern vor, vergebliche Ausflüge in die Vergangenheit. Die Vergangenheit war verzerrt oder ausradiert.

Die Stadt hatte nie einen Bombenangriff erlebt, aber sie vermittelte ihm den Eindruck. Die Zeit war die Bombe gewesen, sie hatte die ihm vertrauten Orientierungspunkte ausgelöscht, seine Freunde und ihre Häuser zerstört und ihre Familien in alle Winde zerstreut. Neubauten waren hochgezogen worden; seine Lieblingsbar war jetzt ein Supermarkt, und das Gebäude des *Star*, in dem er als junger Reporter gearbeitet hatte, war abgerissen und aus der Asche neu erstanden, ein Phönix aus Stahl und Beton.

Eines Tages ging er seinen früheren Redakteur besuchen. Es war derselbe Mann, aber er hatte sich im Stil dem neuen Gebäude angepaßt. Er trug einen adretten Nadelstreifenanzug mit Krawatte und hatte ein gewandtes Lächeln aufgesetzt. Die klimatisierten Büros waren staubfrei und steril, und auf dem Boden lag keine einzige Kippe herum. Steve verabschiedete sich mit dem starken Gefühl, nicht in der Wirklichkeit zu sein.

Inzwischen wohnte er weiter im Neal Hotel. Früher ein Symbol für Eleganz, beherbergte das Neal jetzt hauptsächlich reisende Vertreter und Leute wie ihn, die der Fünf-Tage-Auflage der besseren Hotels entgehen wollten. Es war eine deprimierende Umgebung, aber bis er eine Wohnung gefunden hatte, reichte es. Er hatte keine Lust, bei seinen einzigen Verwandten zu wohnen, einer Kusine und einer Tante, die im Westen der Stadt lebten.

Er hatte sie aus reiner Höflichkeit besucht. Das war am Abend des Tages, als er Martha auf der Straße getroffen hatte und ziemlich verbittert war. Die lange Straßenbahnfahrt deprimierte ihn noch mehr.

Sie mußten schon nach ihm Ausschau gehalten haben, denn sobald er in Sichtweite des Hauses kam, riß Tante Vi die Tür auf und rief: »Steve!«

Seine Kusine Beatrice stand hinter ihr auf der Veranda. Sie sagte nichts, lächelte ihn aber unverwandt und irgendwie dämlich an.

Er küßte beide, wobei ihm auffiel – und gleichzeitig schämte er sich, daß es ihm auffiel –, wieviel dicker Tante Vi geworden war. Ihre plumpe Hübschheit hatte sich in Wabbeligkeit verwandelt, und ihr sanftes Kinn war mit Hängebacken umpolstert, auf denen harte weiße Haare sprossen.

»Steve! Du lieber Himmel, laß dich ansehen!« Halb weinend legte sie ihm die Hände auf die Schultern und drehte ihn um. »Mein Gott. Hier ist er, Bea. Sieh ihn dir an.«

»Für mich sieht er noch genauso aus wie früher«, sagte Beatrice. Sie schien nicht in der Lage, ihr Lächeln abzustellen, und war immer noch ganz rot von seinem Kuß. Es war so ungefähr das einzige, was ihm von Beatrice im Gedächtnis geblieben war, daß sie leicht rot wurde.

»Ich hatte gehofft, daß jemand das sagen würde«, meinte er.

»Aber ja, du bist noch ganz der alte.«

Beide musterten ihn ausführlich.

»Na also«, meinte er verwirrt.

Seine Tante war verwitwet, und sie und Beatrice, die inzwischen fast dreißig war, lebten schon so lange zusammen, daß es unmöglich war, sie als zwei einzelne Individuen zu betrachten oder auch nur als weibliche Wesen. Man hätte Vi-und-Bea vielleicht in Vi und Bea unterteilen können, aber darum hatte sich nie jemand ernsthaft bemüht. Beatrice war ein nettes Mädchen; sie kleidete sich geschmackvoll und hatte einen guten Job, aber sie war nicht der Typ, der ohne elterliches Zutun heiratete.

»Ihr seht beide prima aus«, sagte er fröhlich.

»Ich bin viel zu dick«, gab seine Tante zurück. »Da kann man nichts machen. Hast du mitgebracht, worum ich dich am Telefon gebeten hatte?«

»Was mitgebracht?«

»Den Orden – dein D.F.C.«

»Klar.«

»Bea, lauf mal rüber und hol Mrs. Henderson, ja? Steve wird schon nichts dagegen haben.«

Er sah sie mißtrauisch an. »Wogegen?«

»Ich möchte, daß Mrs. Henderson deinen Fliegerorden sieht. Sie war die ganze Zeit über so ekelhaft, hat Beatrice immer geneckt, weil sie dir so oft geschrieben hat und du nie geantwortet hast.«

Ohne ein Wort drehte sich Beatrice um und ging die Stufen hinunter. Sie trug ein hellgrünes Wollkleid, das eng um ihre Hüften lag, und in der Spätnachmittagssonne leuchtete ihr Haar rötlich. Von hinten sah sie viel besser aus, dachte Steve.

Er runzelte die Stirn, wütend auf die unbekannte Mrs. Henderson und auf Beatrice, weil sie nachtragend war, und auf sich selbst, weil er ihre Briefe nicht beantwortet hatte. Während seiner ganzen Abwesenheit hatte sie ihm jede Woche geschrieben, und jeden Monat hatten sie und Vi ihm Lebensmittel und Zigaretten geschickt. Er konnte sich denken, daß Beatrice das Päckchen gepackt hatte, denn seine Tante hätte sich nicht die Mühe gemacht, die Sachen so sorgsam auszusuchen und einzuwickeln. Statt mit Papier und Bindfaden umwickelt war der Karton in schweres weißes Tuch eingenäht, und darin fanden sich stets eine Schachtel seiner Lieblingspralinen, selbstgebackene Kekse und zwei Stangen Luckys.

»Ich habe immer zu Mrs. Henderson gesagt«, unterbrach Tante Vi seine Gedanken, »Steve hat keine Mutter und keinen Vater mehr wie die meisten anderen Jungs, hab' ich ihr gesagt. Er hat nur uns, und das mindeste, was wir tun können, ist, daß wir ihm Briefe schreiben, das ist nur ein geringes Opfer, hab' ich ihr gesagt.«

Er wartete etwas beklommen auf die Ankunft der fürchterlichen Mrs. Henderson. Sie erwies sich als kleine, drahtige Frau mit hängenden Schultern. Sie brachte ihre Kinder mit, zwei halbwüchsige Jungen, die offensichtlich für den Anlaß geschniegelt und gestriegelt worden waren und sich darum unwohl fühlten und stumm blieben.

Der Orden ging von Hand zu Hand, während Beatrice Tee und Schokoladenkuchen herumreichte. Sie vermied es, ihn anzusehen, und als der Orden zu ihr kam, warf sie kaum einen Blick darauf.

Er wußte nicht, wann oder warum seine Nerven anfingen, ihn im Stich zu lassen, ob es Beatrices verändertes Verhalten war oder das unablässige Gerede seiner Tante oder die beiden Jungen, die sich heimlich die Taschen mit Kuchen vollstopften, oder Mrs. Hendersons melancholische Stimme, die ihn aufforderte, alle seine Erlebnisse zum besten zu geben.

»Ich habe keine Erlebnisse gehabt«, erklärte er Mrs. Henderson unwirsch.

»Also, liebe Güte, Steve«, rief seine Tante. »Du mußt doch etwas erlebt haben. Sie vergeben doch nicht einfach so jeden Tag einen Orden, das kann ich dir sagen.« Sie machte eine theatralische Wendung und sah Mrs. Henderson an. »Er wäre beinah gestorben. Er ist hier verwundet worden.« Dabei preßte sie eine Hand gegen ihre Brüste, worauf Mrs. Henderson sie nicht allzu taktvoll daran erinnerte, daß sie wußte, wo Steve verwundet worden war, weil sie es mindestens schon ein dutzendmal gehört hatte. Unbeeindruckt redete seine Tante weiter: »Das ist die schlimmste Stelle, so dicht am Herzen. Er ist sogar jetzt noch voller Kugeln, nicht wahr, Steve?«

»Flaksplitter«, sagte er. Er merkte, wie er zitterte und die Teetasse auf seinen Knien gegen die Untertasse klapperte. »Hör mal, Tante Vi, ich möchte nicht...«

»Echte Kugeln?« fragte einer der Jungen, und sein Bruder antwortete: »Was glaubst du denn, du Dämlack.«

Mrs. Henderson gab beiden einen Klaps und sagte, sie sollten den Schnabel halten und den Mann erzählen lassen, den Helden. Aus ihrem Mund klang das Wort säuerlich.

»Es ist nichts Heldenhaftes dabei, ein paar Flaksplitter aufzuhalten –«

»Also, Steve«, unterbrach seine Tante. »Man kann die Bescheidenheit auch übertreiben, wenn du mich fragst.«

»Bescheidenheit ist etwas Wunderbares«, sagte Mrs. Henderson mit einem bedeutungsvollen Blick auf Tante Vi. »Es gibt viel zu wenig bescheidene Menschen auf der Welt, wobei ich gar keine Namen nennen will.«

Beatrice stand plötzlich auf und stellte sich an die Tür. Alle kannten offenbar das Signal und waren daran gewöhnt, Beatrice zu gehorchen. Sie verabschiedeten sich hastig, aber der ältere der Henderson-Jungen blieb noch zurück und flüsterte Steve zu: »Mann, ich hätte unheimlich gern eine echte Kugel.«

Beatrice sagte: »Beeil dich, Bobby. Deine Mutter wartet.«

Der Junge ging, und Beatrice fing an, die leeren Teetassen zusammenzuräumen. Sie hatte schmale, weiße Hände und zarte Handgelenke, die sich schlangenartig bewegten, als hätten sie keine Knochen.

»Kann ich helfen?« fragte Steve.

Sie schüttelte sehr energisch den Kopf. Als sie die Untertassen aufeinandergestellt hatte, trug sie den Stapel in die Küche hinaus. Sie blieb lange draußen. Steve hörte das Wasser in die Spüle laufen, aber keine Abwaschgeräusche. Nach einer Weile folgte er ihr.

Sie stand am Spülbecken. Sie hatte noch nicht einmal den Stapel Untertassen abgesetzt, sondern hielt ihn auf eine achtlose, lässige Weise vor sich, als könnte sie sich nicht entscheiden, ob er es wert war, abgewaschen zu werden, oder ob sie ihn einfach fallen lassen sollte. Sie hatte ihn nicht kommen hören, weil das einlaufende Wasser so viel Lärm machte. Er kam sich wie ein Eindringling vor, machte kehrt und ging wieder ins Wohnzimmer, wo er eine Zeitschrift nahm. Als sie hereinkam, fand sie ihn rauchend und lesend in einen Sessel gelümmelt, ein Bein über der Lehne hängend. Sie lächelte ihm zu, und er sah, daß sie ihr Make-up aufgefrischt hatte.

»Ich dachte, ich wasche lieber ab«, sagte sie. »Es geht leichter, wenn man es gleich macht.«

»Ach ja?« Er schlug die Zeitschrift zu und ließ sie auf den Boden gleiten. Sie war kaum gelandet, da kam Beatrice schon durchs Zimmer geeilt und kniete sich hin, um sie aufzuheben. Ihr Haar sah sauber und glänzend aus und roch entfernt nach Blumen. Er streckte die Hand aus und berührte es. Es fühlte sich weich an, aber nicht so weich, wie Frauenhaar sich seiner Erinnerung nach anfühlen sollte. (Er hatte keine Frau mehr angerührt, seit er ins Krankenhaus gekommen war und einige der Geschlechtskranken gesehen hatte.)

Aber dennoch weich genug, darum streichelte er es. Gute, freundliche, saubere, süße Beatrice, dachte er.

Sie schien über seine Berührung verärgert. Sie erhob sich abrupt und warf die Zeitschrift auf den Tisch.

»Na, Bea«, sagte er. »Wie geht's im Geschäft?«

»Ach, ganz gut.« Sie setzte sich ihm gegenüber, wobei sie sorgsam ihr Kleid über den Knien glattzog. »Wie immer.«

»Ich dachte, der alte Schei –, der alte Tyrann hätte dich inzwischen zur stellvertretenden Direktorin gemacht.«

»Schon gut, du kannst ruhig Scheißkerl sagen, solange Mutter nicht dabei ist.«

Sie lachten beide, aber er wußte, daß er sie gekränkt hatte, als er das Wort »Tyrann« umänderte. Es war, als wollte er sie eine Generation zurückstufen.

Bemüht heiter sagte sie: »Erinnerst du dich noch an diesen Witz vor Jahren im *Esquire*? ›Mag ja sein, daß ich eine alte Jungfer bin, aber ich bin keine *pingelige* alte Jungfer.‹ Also, das bin ich.«

Sie erwartete offensichtlich, daß er etwas Beruhigendes über ihr Alter sagte, aber ihm fiel nichts weiter ein als ein abgedroschenes: ›Du bist doch nicht alt‹, darum schwieg er lieber. Er überlegte, warum Frauen über fünfundzwanzig so empfindlich wurden, wenn es um ihr Alter ging, besonders unverheiratete Frauen wie Beatrice. Es waren keine besonderen Tugenden oder Privilegien damit verbunden, fünfundzwanzig zu sein. Jede Dreißigjährige war genau ein Jahr lang fünfundzwanzig gewesen. Frauen standen oft so komisch emotional zu unwichtigen Dingen. Zum Beispiel Beatrice, mit einem guten Posten, einem Haus, guter Garderobe und hübschen Beinen…

Er sah noch einmal hin und dachte, *sehr* hübschen Beinen. Aber Tatsache blieb, daß sie zu Beatrice gehörten.

»Warum runzelst du die Stirn?« fragte sie.

»Ach, nichts. Ich habe nur überlegt, wo eigentlich Tante Vi bleibt.«

»Sie streitet wahrscheinlich mit Mrs. Henderson herum. Das kenne ich schon. Es ist ihre Art, dem Leben etwas Aufregendes abzugewinnen.«

»Sie ist schon eine Marke.«

Er unterdrückte ein Gähnen, und Beatrice sagte sofort: »Kann ich dir etwas zu trinken machen oder so?«

»Nein, danke. Ich muß in ein paar Minuten gehen.«

»Du bist doch eben erst gekommen. Es ist noch nicht einmal dunkel.«

»Ich gehe zeitig ins Bett.«

»Wir haben uns kaum unterhalten – oder so was… Aber natürlich brauchst du deine Ruhe, nicht?«

Es war dämmrig im Zimmer, und er konnte sie nicht sehr gut sehen, aber er hatte den Eindruck, daß sie wieder lächelte. Er fragte sich, ob ihr Lächeln ein nervöser Tick war; wenn sie nicht wußte, was sie machen sollte, dann lächelte sie, statt sich eine Zigarette anzuzünden oder so etwas, wie andere Leute.

»Du bist schlanker geworden«, sagte sie.

Er rutschte unruhig auf seinem Sessel herum. »Ach ja, wirklich?«

»Mutter und ich dachten, wenn du – wenn du hier wohnen möchtest, wir haben ein Gästezimmer, und wir würden dich nicht stören, außerdem bekämst du vernünftiges Essen…«

Sie sprach in sehr kühlem Ton, als ob sie klarstellen wollte, daß es ihnen ziemlich egal war, ob er verhungerte, aber sie wollten das Gästezimmer nicht leerstehen lassen.

»Das ist unheimlich nett von euch«, sagte er.

»Wir dachten nur, wenn du Lust hast, könntest du ebensogut hier wohnen.«

»Wirklich prima von euch…«

»Es war Mutters Idee«, sagte Beatrice. »Sie hat gedacht, du hättest vielleicht gern etwas häusliches Leben, nachdem du so lange fort warst.« Sie stand auf und knipste eine Lampe an, wobei sie ihr Gesicht vom Lichtschein abwandte. »Aber ich habe ihr gesagt, wenn Steve häusliches Leben haben wollte, würde er sein eigenes wollen, er würde heiraten. Was ist eigentlich aus Martha geworden?«

Aus ihrem sorgsam abwägenden Tonfall meinte er herauszuhören, daß sie die ganze Zeit auf eine Gelegenheit gewartet hatte, ihn nach Martha zu fragen.

»Sie hat geheiratet«, sagte er.

»Ach, das wußte ich nicht. Tut mir leid.«

Er lachte plötzlich, und das Geräusch schien den Raum zu erschüttern. »Da hast du dein häusliches Leben gleich tonnenweise. Vielleicht kennst du ihren Mann. Er heißt Charles Pearson.«

»Ich habe von ihm gehört. Er hat irgend etwas mit einer Treuhandgesellschaft zu tun.«

»Das wußte ich nicht. O Gott.« Er fing wieder an zu lachen. Er hatte keine Ahnung, warum, und Beatrice auch nicht.

»Ich würde dir wirklich gern etwas zu trinken machen«, sagte sie beflissen.

»Klar. Nur zu.«

»Wir haben Scotch und Brandy.«

»Scotch.«

Er ging mit ihr in die Küche und sah zu, wie sie ihm das Getränk eingoß. Sie wußte noch genau, wie er es am liebsten hatte, mit Wasser und einem Stück Zitronenschale. Sie machte sich selbst auch einen zurecht, obwohl er wußte, daß sie keinen Spaß am Trinken hatte und es nur ihm zu Gefallen tat. Er war Beatrice sehr dankbar. Als sie ihm das Glas gab, sagte er: »Du bist ein sehr nettes Mädchen, Bea.«

»Das habe ich schon früher gehört. Es ist eine Entschuldigung, kein Kompliment. Worauf trinken wir?«

»Wie wär's mit Treuhandgesellschaften?«

»Gut.«

Ihre Gläser berührten sich, und er sagte: »Sobald ich

weg war, hat sie mich wohl in den Mond geschrieben, und wozu ist schon ein Mann im Mond gut? Bisher hat es noch keinen gegeben, der etwas mit Treuhandgesellschaften zu tun hatte.«

»Ich habe sie nur ein paarmal getroffen, aber ich hatte nicht den Eindruck, als ob sie so eine wäre.«

»Na ja, ich bemühe mich nicht, ihr gegenüber fair zu sein. Warum zum Teufel sollte ich auch.«

»Ich hatte das Gefühl«, sagte Beatrice, während sie in ihr Glas starrte, »daß sie ganz vernarrt in dich war. Warum habt ihr nicht geheiratet?«

»Wir waren verlobt. Ich habe ihr einen Ring geschenkt, aber sie hat ihn mir zurückgegeben. Sie wollte sofort heiraten. Ich nicht. Ich fand uns noch zu jung, außerdem war es zu riskant.«

»Sie fand das nicht.«

»Für Martha war das eine Frage von jetzt oder nie. Als ich wegging, habe ich ihr gesagt, daß ich zurückkomme. Sie hat auf keinen meiner Briefe geantwortet.«

»Vielleicht hat sie dich besser verstanden als du dich selbst. Du gehörst zu den Männern mit einer angeborenen Angst, geangelt zu werden.« Wie sie das sagte, klang es fast obszön. »Und jetzt kannst du es natürlich nicht ertragen, daß du zurückkommst und sie glücklich verheiratet ist.«

»Ich ertrage es sehr gut«, sagte er ausdruckslos.

Er trank aus, und Beatrice machte ihm, ohne zu fragen, sofort einen neuen Drink.

»Wir müssen nicht unbedingt in der Küche herumstehen«, sagte sie. »Laß uns reingehen und es uns gemütlich machen.«

Im Wohnzimmer setzte sie sich wieder aufs Sofa, und

diesmal setzte er sich neben sie. Das machte sie offenbar verlegen, und sie zog ständig an ihrem Rocksaum herum, als hätte sie ein bißchen Angst, daß er ihre Knie sehen könnte, und ein bißchen auch, daß er sie nicht sehen könnte. Teils war es diese Geste, teils der Scotch und seine Dankbarkeit ihr gegenüber, die bewirkten, daß er sie plötzlich sehr intensiv wahrnahm, nicht als seine Kusine Beatrice, sondern als ein unbekanntes weibliches Wesen, warm, weich, tröstlich und nach Blumen duftend.

Ohne einen anderen Vorsatz als den, diese angenehme Anonymität zu erhalten, griff er über sie hinweg und knipste die Lampe aus. Beatrice holte tief Luft, als ob sie protestieren wollte, aber sie sagte nichts. Er war sich nicht sicher, ob sie sich bewegt hatte, aber einen Augenblick lang, während er über sie hinweg nach dem Schalter griff, war es ihm vorgekommen, als hätte ihr Körper sich ihm entgegengereckt. Der Gedanke erregte ihn, und er mußte sich gerade hinsetzen und die Beine übereinanderschlagen, weil er Angst hatte, seine Tante könnte plötzlich hereinkommen. Seine Tante würde es ihm wahrscheinlich nicht abnehmen, daß er absolut nichts mit Beatrice im Sinn hatte. Er fand es einfach nur angenehm, so dicht neben einer Frau zu sitzen und keine Angst haben zu müssen, sich irgendeine Krankheit zu holen, wenn er sie küßte.

»Schön hier im Dunkeln, nicht?« sagte er.

Sie bewegte sich leicht und seufzte. »Ja.«

Ganz natürlich legte er den Arm um sie und zog ihren Kopf auf seine Schulter. »Ich fühle mich richtig gut«, sagte er. »Ich könnte singen oder Gedichte rezitieren oder all das sagen, was ich vor diesen Leuten nicht sagen konnte.«

»Nur zu.«

»Immer wenn ich mich gut fühle, möchte ich irgendwie laut werden. Ich bin ein ziemlich lauter Kerl.«

»Bist du das?« fragte sie mit einer abwesenden, zufriedenen Stimme.

Er wandte den Kopf und sprach mit dem Mund an ihrem Haar. »Du bist ein sehr stilles Mädchen.«

Er mußte verrückt gewesen sein, wenn er geglaubt hatte, Beatrices Haar sei nicht weich. Es war wie die seidigen Fäden eines Maiskolbens oder wie die Daunen einer jungen Ente. Als Kind hatte er einmal ein echtes, ausgestopftes Entenbaby geschenkt bekommen, und über Monate hatte er es nicht ansehen können. Es verstörte ihn, und er träumte davon. In seinen Träumen war er derjenige, der das Entchen getötet hatte, und manchmal wachte er bitterlich weinend auf, weil er das hilflose Tier verletzt hatte; dann wieder fühlte er sich stark und triumphierte, verachtete die Schwäche der Ente und war ganz froh, daß er sie umgebracht hatte. Nach einer Weile hatte er sich an die Ente gewöhnt und empfand gar nichts mehr, weder so noch so.

Er wußte nicht, warum er gerade jetzt daran dachte und warum die Erinnerung ihn plötzlich wütend auf Beatrice machte.

»Zum Donnerwetter«, sagte er und bog ihren Kopf zurück, als wollte er ihr den Hals brechen. Er küßte sie brutal auf den Mund. Sie stemmte die Hände gegen seine Schulter und versuchte ihn wegzudrücken, aber die Geste erregte ihn nur noch mehr. Gleich darauf hörte sie auf, sich zu wehren, und sackte zur Seite. Völlig reglos lag sie in seinen Armen. Langsam löste er seinen Mund von ihrem. Er strengte seine Augen an und versuchte, ihr Gesicht zu erkennen, versuchte herauszufinden, ob das weiche, schlaffe, hilflose Ding noch atmete oder ob er es umgebracht hatte.

»Komm hoch«, sagte er barsch. »Ich habe dir nicht weh getan. Ich habe dir gar nichts getan.« Sie antwortete nicht, und er sagte: »Himmel, ich habe dich doch nur geküßt. Du bist doch früher schon geküßt worden.«

Ganz plötzlich begann sie wieder zu atmen. Es war vollkommen normales Atmen, ein und aus, aber für ihn hörte es sich scharf und süß an, und ein bißchen traurig.

»Bea? Ich habe dir doch nicht weh getan, oder?«

»Nein«, flüsterte sie. »Nein, nein, natürlich nicht.«

»Da bin ich aber froh.«

»Du hast mir nicht weh getan.«

Ihrer Stimme konnte er nichts entnehmen. Sie hätte lächeln können oder weinen oder ihn einladen, sie erneut zu küssen, oder alles zusammen, aber es war ihm jetzt egal. Er wollte nur weg von hier und nie mehr wiederkommen.

Er stand vom Sofa auf und begann etwas ungeschickt seine Kleidung zurechtzuziehen. Sein Mund fühlte sich naß und klebrig an, und er wischte ihn mit seinem Taschentuch ab.

»Steve...«, sagte Beatrice. »Steve...«

»Stört es dich, wenn ich das Licht anmache?«

»Warum – aber natürlich nicht.«

Er knipste die Lampe an und sah auf seine Uhr. »Du liebe Güte, es ist schon nach zehn.«

Beatrice saß aufrecht, lächelte wieder und zupfte an ihrem Rock. Ihr Haar war zerzaust, und auf der Oberlippe hatte sie einen verwegenen roten Lippenstiftbart.

»Nach zehn?« sagte sie. »Wirklich schon so spät?«

»Genau. Kommt einem gar nicht so spät vor, oder?«

»Nein.« Sie hob nervös eine Hand ans Gesicht, als ob sie es vor ihm verstecken wollte. »Man könnte eher meinen, es sei – acht oder so.«

»Ja. Bea, ich – ich wollte dir sagen, daß es mir leid tut. Du weißt, wie es ist.«

»Ja, sicher.« Ihr Lächeln wurde immer breiter. Er konnte es nicht ertragen, sie anzusehen.

Er sagte: »Vielen Dank für alles. Und entschuldige mich bei Tante Vi.«

»Ja, sicher. Das werde ich tun.«

Er hatte es so eilig, aus dem Haus zu kommen, daß ihm richtig flau im Magen wurde, aber er drängte seine Ungeduld zurück und streckte die Hand aus. »Also, Bea, es war toll, dich wiederzusehen.«

Sie schüttelten sich herzlich die Hände.

Beatrice stand auf, machte draußen für ihn Licht und bat ihn, ganz bestimmt wiederzukommen. Leise schloß sie die Tür hinter ihm.

Er wußte nicht, warum so etwas wie Gewissensbisse ihn dazu brachten, unten an der Treppe stehenzubleiben und durchs Wohnzimmerfenster zu ihr hineinzuschauen, um zu sehen, ob es ihr gutging. Sie stand mitten im Zimmer, gerade so, wie er sie in der Küche an der Spüle hatte stehen sehen, ruhig und entspannt, als ob sie ein drängendes, aber geringfügiges Problem zu analysieren hätte.

Er wandte sich ab und ging. Obwohl er eilig ausschritt, verursachte er kaum ein Geräusch auf dem Gehweg. Als er an ein paar Mädchen vorbeikam, die ihn neugierig anstarrten, merkte er, daß an seinem Gang etwas Verstohlenes war, er ging zwar nicht direkt auf Zehenspitzen, trat aber kaum mit den Fersen auf, ganz wie einer, der sich heimlich davonmacht.

7

Er ging in der Erwartung zu Bett, wieder von der Ente zu träumen. Aber als er aufwachte, konnte er sich nicht erinnern, überhaupt geträumt zu haben. Er wußte nur, daß er froh war, wach zu sein, als ob er die Nacht damit verbracht hätte, verloren durch dunkle, fensterlose Räume zu wandern.

Es war noch nicht einmal acht, und normalerweise wäre er noch ein paar Stunden im Bett liegengeblieben, hätte nachgedacht und wäre dabei immer wieder eingenickt. Aber heute morgen fühlte er sich irgendwie getrieben. Er mußte eine Wohnung finden. Er war jetzt schon seit über einer Woche zurück und nicht mehr der frisch angekommene Veteran – es gab viele, die nach ihm gekommen waren. Er war auch kein Durchreisender mehr, er war hier, um hier zu bleiben, und dazu war ein Hotelzimmer nicht geeignet. Alles an dem Hotel unterstrich nur seine eigene unsichere Lage. Es war eine dauernde, unveränderliche Kulisse für tausend sich ständig wandelnde Szenen und Gesichter.

Besonders morgens ging ihm das Ganze an die Nieren. Die Sessel in der Halle standen in Reih und Glied, leer und unerschütterlich, weder in banger noch in froher Erwartung der vielen unterschiedlichen Gestalten, die sich im Laufe des Tages in ihnen niederlassen würden. Die

Schreibtische waren abgestaubt und mit neuem Papier, neuen Umschlägen und sauberem Löschpapier versehen. Die Tintenkleckse von gestern, die hingekritzelten Vertraulichkeiten lagen vergessen in einer Mülltonne. Die Topfpalmen neben den Marmorsäulen schienen nie Wasser zu brauchen und nie zu wachsen oder zu welken, als hätten sie eine geheime Lebensquelle.

Steve durchquerte die Halle, so rasch er konnte, und gab seinen Schlüssel an der Rezeption ab.

»Guten Morgen, Mr. Ferris«, sagte der Portier.

»Guten Morgen. Ist Post für mich da?«

»Die Post kommt erst in etwa einer halben Stunde.«

»Danke.«

»So um neun oder kurz danach.«

»Ja, danke«, sagte Steve. Er wußte, daß dies nicht derselbe Angestellte sein konnte, der gestern spätabends Dienst gehabt hatte, es mußte mehrere geben. Aber er konnte sie nicht auseinanderhalten, sie waren einander so ähnlich wie die Säulen in der Halle. Es war, als ob sie etwas von der Dauerhaftigkeit der Einrichtung und des Gebäudes angenommen hätten. Sie schienen unempfindlich gegen Verschleiß und Schmutz zu sein, anspruchslos wie die Palmen, unverwüstlich wie die Sessel.

Der Angestellte griff unter den Tresen und holte ein Schild heraus, auf dem stand: »Mr. Humphreys«. Er wischte es mit seinem Taschentuch ab und stellte es unauffällig vor sich hin. An seinem Manöver war etwas leicht Hinterhältiges, als hätte Mr. Humphreys die ganze Zeit über gewußt, was Steve dachte, und wollte ihm nun zeigen, wie schrecklich einfach es doch war, eine Identität zu besitzen; man stellte schlicht ein Schild auf.

»Kann ich etwas für Sie tun, Mr. Ferris?«

»Nein, danke. Ich habe nur überlegt, wohin ich zum Frühstück gehen soll.«

»Ich gehe immer zu *Childs*.«

»Ach ja?« Er konnte nicht verbergen, daß er etwas überrascht war.

»Wegen des Butterkuchens. Butterkuchen ist meine Schwäche.«

»Dann muß ich ihn probieren«, sagte Steve.

Mr. Humphreys schien bewußt darauf aus zu sein, kein falsches Bild von sich zu vermitteln. Nachdem er sich mit einer Identität versehen hatte, verschaffte er ihr nun mit einer Schwäche Nachdruck.

»Das Zeug ist praktisch unverdaulich. Manchmal geht es mir danach den ganzen Tag schlecht«, sagte Mr. Humphreys mit dem heiteren Gehabe eines fröhlichen Säufers, der bekennt, daß der Alkohol ihn umbringt. »Aber er schmeckt einfach herrlich.«

»Also, das muß ich probieren«, sagte Steve noch einmal, »bis später, wenn ich dann noch lebe.«

Mr. Humphreys' leises Lachen klang durch die Halle hinter ihm her.

Draußen blieb er stehen, um eine Zeitung zu kaufen, und ging dann ein paar Straßen weiter zum nächsten *Childs* und bestellte Butterkuchen. Während er wartete, schlug er den Anzeigenteil der Zeitung auf. Die Aussicht, eine Wohnung zu finden, machte ihn ganz aufgeregt, ein möbliertes Apartment nicht zu weit draußen, mit einer Küche, so daß er eine Party schmeißen konnte, wenn ihm danach war. Wenn er sich richtig eingerichtet hatte, würde er mit seinem Buch anfangen. Er mußte sich an den Gedanken gewöhnen, daß er wieder zu Hause war. Dies war seine Stadt, und hier würde er bleiben.

Die Mietgesuche nahmen fast eine ganze Spalte ein. Es fing an mit: »Zweihundert Dollar Belohnung für Informationen, die zur Anmietung einer Fünfzimmerwohnung oder eines Hauses führen« und endete mit: »Soldatenfrau mit kleinem Kind sucht dringend Wohnmöglichkeit«. Dazwischen versprachen noch sechs weitere Anzeigen eine Belohnung und ein paar humorvolle waren auch dabei, aber die meisten waren geradeheraus, wie die der Soldatenfrau. Ganz unten fanden sich zwei Mietangebote. Eines für anderthalb Zimmer draußen in Strongville und eines für ein Künstlerstudio im Village, das man sehen mußte, um es würdigen zu können, und das nur die würdigen konnten, die in der Lage waren, 500 Dollar monatlich zu zahlen.

Er schlug die Zeitung zu. Er war plötzlich sehr müde, und als die Bedienung seinen Butterkuchen brachte, aß er, ohne etwas zu schmecken. Er wußte, daß es keine physische Müdigkeit war, man konnte nicht physisch müde sein, wenn man eine Nacht ausgiebig geschlafen hatte. Es war etwas in seinem Kopf, etwas Lebendiges, das an der lebenswichtigen Verbindung zwischen Wunsch und Willen fraß und sie allmählich durchtrennte; es war die Überzeugung, daß er, egal um welche Ecke er auch ging, immer einem Hindernis gegenüberstehen würde, das zu hoch war, um es überspringen, und zu schwer, um es beiseite räumen zu können, und daß alles, was er wollte, immer außerhalb seiner Reichweite sein würde.

Er faßte das Problem klar ins Auge – er würde nichts unternehmen, um eine Wohnung zu finden, und es war durchaus möglich, daß er überhaupt nichts unternahm, wenn es ihn zuviel Mühe kostete.

Manchmal, dachte er, *gerät man an ein Flugzeug mit*

einer solchen Beschädigung, wie ich sie habe. Das Triebwerk ist in Ordnung, und alles ist geölt, und dem verdammten Ding fehlt nichts, außer daß es nicht richtig fliegt. Keiner will es anfassen, und wenn es dann schließlich auseinanderbricht, sind alle froh.

Die Kellnerin brachte seinen Kaffee. Er trank und dachte an den Arzt bei der Abmusterungsstelle, einen kleinen Mann, der aus dem Mundwinkel Ratschläge erteilte. Die meisten waren sogar recht klug, aber die Jungens waren so aufgeregt angesichts ihrer bevorstehenden Heimkehr, daß sie nicht weiter auf ihn hörten, und alle fanden, der Doktor sei ein Miesmacher, der nur eine Menge düsterer Vorhersagen von sich gab.

Er erinnerte sich noch genau, was der Doktor ihm gesagt hatte. »Also, Ferris, wir haben Sie wieder auf die Beine gebracht, von jetzt an liegt es bei Ihnen. Im Moment sind Sie ziemlich obenauf und brennen darauf, nach Hause zu kommen. Das hält vielleicht ein paar Tage an, wenn Sie Glück haben, auch ein paar Wochen. Dann kommt die Reaktion. Bei Ihnen wird sie wahrscheinlich etwas schlimmer als bei anderen, weil Sie länger fort waren und keine Frau oder Familie auf Sie wartet, außerdem sind Sie ziemlich böse zusammengeschossen worden. Sie werden nervös und voller Selbstmitleid sein, und müde, aber in erster Linie werden Sie enttäuscht sein – die Stadt hat sich verändert und Ihre Freunde auch, und die Billard-Kneipe, in der Sie immer rumhingen, ist vielleicht jetzt ein Kino. Dann werden Sie überall erzählen, die Leute hier hätten überhaupt nicht begriffen, daß Krieg war, und wenn Sie es laut genug sagen und zu den richtigen Leuten, wird man Sie in den Zeitungen zitieren.

Sie werden auch noch manches andere von sich geben,

nichts davon besonders originell, aber nach einer Weile müßte diese Meckerphase vorbei sein. Das hängt von Ihnen ab und von dem, was Sie in der Zwischenzeit tun. Eine Zeitlang werden Sie es bei keiner geregelten Arbeit aushalten, aber im großen und ganzen können Sie froh und glücklich sein. Sie haben Ihre Arme und Beine und Ihr Augenlicht, genügend Geld, um sich ein paar Monate über Wasser zu halten, und einen College-Abschluß. Ich kann für Sie, Ferris, wie auch für alle anderen nicht mehr tun als Ihnen sagen, was Sie erwartet, und Ihnen raten, auf Ihr Glück zu vertrauen. Erwarten Sie nicht den Schlüssel zur Stadt; es gibt nicht genug für alle. Und erwarten Sie nicht, daß die kleine Blonde, die Sie 1941 mal zu einem Eiskakao eingeladen haben, fünf Jahre auf den nächsten Eiskakao gewartet hat. Erwarten Sie auch nicht, daß man Sie mit Nachsicht behandelt. Die Welt ist nicht so. Vor ein paar Millionen Jahren hatte auch niemand Nachsicht mit dem Dinosaurier, der ein zu kleines Gehirn für seinen Körper hatte. Der Dinosaurier ist ausgestorben.« Er lächelte. »Und das ist auch gut so. Also dann, Ferris. Leben Sie wohl, und viel Glück.«

Sie gaben sich die Hand, und der Doktor begleitete ihn zur Tür. Bevor Steve ging, hörte er noch, wie der nächste die gleiche Rede zu hören bekam: »Also, Meldrom, wir haben Sie wieder auf die Beine gebracht...«

Steve trank seinen Kaffee aus und dachte, daß es eine gute Rede war. Er fragte sich, warum es ihn störte, daß der Arzt sie immer wieder hielt, Tag für Tag: »Also, Smith, wir haben Sie wieder auf die Beine gebracht...« »Also, McMahon...« »Also, Gilmore...«

Meldrom, Smith, McMahon, Gilmore, Ferris. Tausende, und Ferris war nicht besser als alle anderen, nicht wichtiger. Ein ganz normaler Mann ohne besonderen Betriebsschaden; nicht einmal wert, auszusterben wie die Dinosaurier.

Er war nichts Besonderes. Der Gedanke erforderte einiges an Gewöhnung, aber er war auch beruhigend.

Er bat um die Rechnung. Die Trägheit, die plötzlich und ohne ersichtlichen Grund von ihm Besitz ergreifen konnte, war verschwunden. Als er wieder auf die Straße trat, schritt er energisch aus wie einer, der ein bestimmtes Ziel hat.

Er ging erst nach dem Abendessen wieder ins Hotel zurück. Obwohl er den ganzen Tag allein gewesen war und nichts Wichtiges getan hatte, erfüllte ihn jene falsche Zufriedenheit, die wie eine kurze Windstille zwischen Entschluß und Ausführung liegt: *Ich habe eine Entscheidung getroffen, also ruhe ich heute aus und handle morgen.*

Er durchquerte die Halle, blieb am Eingang zur Bar stehen und ließ den Blick über die Menge schweifen. Alle Tische waren besetzt, und die Leute standen in zwei Reihen am Tresen. In dem gedämpften Licht schien es eine nette und fröhliche Menge zu sein, aber alle redeten gleichzeitig, und keiner hörte dem anderen zu. Die Stimmen waren hoch, verzweifelt, verwirrt, als hätte jeder für sich erkannt, daß er viel zuwenig Zeit auf dieser Welt hatte, um davon auch nur eine Sekunde einem anderen zu widmen.

»Chaos.« Eine leise Stimme hinter ihm sagte das: »Eine Art gemütliches Chaos, nicht wahr?«

Steve drehte sich um. Ein dünner Mann mittleren Alters stand ein paar Schritte hinter ihm und betrachtete über Steves Schulter hinweg mit zynischem Interesse die Leute.

»Entschuldigung. Ich blockiere wohl den Eingang«, sagte Steve.

»Schon in Ordnung. Ganz schön voll, nicht?«

»Hmm.«

»Waren Sie nicht mal Gerichtsreporter bei einer unserer Zeitungen?«

»Beim *Star*«, sagte Steve.

»Sie waren wohl im Ausland, oder?«

»Eine Weile.«

»Wenn Sie einen Platz suchen, ich sitze da hinten an einem Tisch. Kommen Sie doch auf ein Bier mit rüber.«

Es gab keinen besonderen Grund, nein zu sagen, auch wenn er den Mann nicht kannte. »Danke, gern.«

»Sie heißen Ferris, jetzt weiß ich's wieder«, sagte der Mann mit zusammengekniffenen Augen. »Sie haben über einen meiner Fälle berichtet. Hat Ihnen eine Kolumne eingebracht.«

»Ja, ich erinnere mich«, log Steve. »Leider habe ich Ihren Namen vergessen.«

»Smith.«

Sie gaben sich ohne große Begeisterung die Hand. Dann ging Smith voraus zu seiner Nische. Er hatte eine vorsichtige Art, sich zu bewegen; er schien sich so dünn wie möglich zu machen, die Schultern eingezogen, die Hände in den Taschen. Es war der Gang eines Mannes, der durch Erfahrung gelernt hatte, nicht nur seinen Mitmenschen, sondern sogar dem Boden unter seinen Füßen zu mißtrauen.

Sie setzten sich, und Smith fragte: »Was trinken Sie?«

»Van Merritt.«

»Zwei Van Merritt«, sagte Smith zum Ober. Dann lehnte er sich mit einem leichten Seufzer zurück. »Ich bin froh, daß ich Sie getroffen habe. Ich hatte schon das Gefühl aufzufallen, wenn ich allein hier sitze, und das wäre mir im Augenblick gar nicht lieb.«

»Arbeit?«

»Ich beobachte einen alten Freund von mir. Er soll mich ein Weilchen nicht bemerken.« Das Bier kam, und Smith leerte sein Glas, bevor er wieder etwas sagte. »Sehen Sie den Lieutenant da drüben, links von der Bar, der mit seiner Frau streitet?«

Steve sah hin. Der Lieutenant war ein kräftiger, gutaussehender Mann mit kurzem, grauem Haar und autoritärem Auftreten. Die Frau neben ihm war klein und plump. Sie trug ein enges schwarzes Kleid und viel Schmuck, der teuer aussah. Sie fixierte den Mann mit glasigem Blick, während er redete.

»Was ist mit ihnen?« wollte Steve wissen.

»Ich warte, um zu sehen, was sie als nächstes tun.«

»Warum?«

»Weil die Uniform ihm nicht gehört und die Frau dummerweise auch nicht. Dem richtigen Ehemann der Frau geht die ganze Geschichte sehr unter die Haut.« Smith lächelte über seinen eigenen Witz. »Im wahrsten Sinne des Wortes. Er liegt im Western Hospital draußen in der Unfallabteilung. Wenn er bei Bewußtsein ist, behauptet er, seine Frau habe absolut nichts mit seiner Stichverletzung zu tun, aber aus dem, was er im Delirium sagt, geht klar hervor, daß sie es war.«

Steve konnte sich eines weiteren Blickes auf die plumpe Frau nicht enthalten. »Man hält es kaum für möglich«, sagte er.

»Das geht Außenstehenden bei Gewalttaten meistens so. Und die ganze Affäre wird noch pikanter, weil sie nicht weiß, daß ihr Lieutenant eine Fälschung ist, und er nicht, daß sie ihren Ehemann mit dem Messer traktiert hat. Zumindest wußte er es vor einer Stunde noch nicht, aber wenn ich ihn jetzt so mit der Kinnlade mahlen sehe, nehme ich an, sie hat es ihm erzählt, und die Vorstellung gefällt ihm ganz und gar nicht. Das unrechtmäßige Tragen einer Uniform und ein Mordversuch sind doch zwei verschiedene Dinge, und so erklärt er der Dame wahrscheinlich gerade den Unterschied.«

Die Frau beugte sich vor und legte dem Lieutenant die Hand auf den Arm. Sie begann, sehr schnell zu reden.

»Und was die Dame angeht«, sagte Smith, »sie ist ein bißchen außer sich und denkt nicht klar, weshalb sie ihm jetzt unklugerweise damit kommt, sie habe alles nur aus Liebe zu ihm getan. Und Henley als vernünftiger Mann denkt an Flugpläne.«

»Wenn er so vernünftig ist, warum dann die Uniform?«

»Er hat ein Faible für Uniformen, das ist alles. Alle paar Monate bewirbt er sich bei einem Zweig der Polizei, und wenn sie ihn ablehnen, geht er trotzdem eine Uniform kaufen. Dann gabeln wir ihn auf, er zahlt eine Strafe, und wir kriegen die Uniform. Wenn bei unserer nächsten Polizeiauktion noch Interesse an Uniformen besteht, müßten wir eigentlich einen guten Preis dafür bekommen. Er ist Stammkunde bei den besten Schneidern.«

Steve lachte. »Das kommt mir ganz schön verrückt vor.«

»Tja, Sie sind eben noch nicht alt genug, um eine gewisse Abgeklärtheit entwickelt zu haben. Das Ganze ist ein sehr vernünftiges Arrangement. Es macht Henley glücklich, sein überschüssiges Geld für Uniformen rauszuwerfen, es macht den Steuerzahler glücklich, wenn er seine Strafe zahlt, und es macht uns glücklich, wenn wir unsere Auktionen abhalten. Rundum Friede, Freude, Eierkuchen, verstehen Sie?«

Smith nahm seine Flasche, sah, daß sie leer war, und winkte dem Kellner. Was er auch tat, er tat es mit einem Minimum an Bewegungen. Es verstärkte noch den Eindruck, daß er allem mißtraute und unverwundbar war. Steve fand es beunruhigend, ihn zu beobachten. Er hatte das Gefühl, wenn er plötzlich eine Pistole herausziehen und drohen würde, Smith zu erschießen, würde der ruhig und gelassen sitzen bleiben, als ob er die ganze Zeit über gewußt hätte, was auf ihn zukam.

Steve zündete sich eine Zigarette an, um seine Nervosität zu verbergen. Die Geschichte mit dem Lieutenant und der plumpen Frau war interessant, aber die Art und Weise, wie Smith sie erzählt hatte, gefiel ihm nicht. Es kam ihm vor, als ob der andere allzuviel Spaß daran hätte, als freute es ihn, wenn andere ihre Unzulänglichkeiten und Schwächen zur Schau stellten, weil er selbst keine hatte, wie ein Abstinenzler, der sich an einer Party mit lauter Angetrunkenen ergötzt.

»Wir wollen nicht, daß Henley Ärger bekommt«, sagte Smith. »Deshalb hänge ich hier herum.«

»Was für Ärger?«

»Den vermaledeitesten, den mit einer Frau. Die Dame könnte ja etwas dagegen haben, von ihm sitzengelassen zu werden. Meiner Einschätzung nach wird sie es allerdings ruhig hinnehmen. Sie wird sich der Gnade ihres Mannes ausliefern, und er wird dämlich genug sein, sie zurückzunehmen, und in ein paar Jahren wird sie es vielleicht wieder probieren.«

»Können Sie die Frau nicht vor Gericht stellen?«

»Sicher. Dann werden beide schwören, daß sie es nicht getan hat, sie werden einen geheimnisvollen, maskierten Fremden erfinden, und sie wird heim zu Papi gehen. Wir können Papi nur eines versprechen, eine kostenlose Obduktion.«

Die Frau hatte aufgehört zu reden und konzentrierte sich ganz auf den Drink, den sie in der Hand hielt. Der Lieutenant drehte sich unvermittelt um und ging mit unsicheren Schritten auf die Toiletten zu. Er sah sehr blaß aus.

»Henley hatte schon immer einen schwachen Magen«, bemerkte Smith ruhig. »Kommen Sie. Das wird lustig.«

»Nein, danke.«

»Es gibt so wenige Fälle, die etwas Humorvolles haben. Das dürfen Sie nicht versäumen, Ferris. Kommen Sie.« Er stand auf.

Steve folgte ihm auf die Toilette. Henley stand an die Wand gelehnt und übergab sich. Nach einer Weile wusch er sich Gesicht und Hände.

Smith ging zu ihm hin und sagte: »Buuh!«

Henley zuckte zusammen und wurde wieder ganz grün im Gesicht.

Smith sagte: »Wo gabeln Sie nur immer Ihre Frauen auf, Henley?«

»O mein Gott, bringen Sie mich hier raus«, krächzte Henley. »Ich will nur noch raus hier. Ich muß ...«

»Na, na. Überanstrengen Sie Ihre Stimme nicht. Mit Schreien kommen Sie hier nicht raus. Benutzen Sie die Tür.«

»Ich sage Ihnen, ich kenne sie kaum. Himmel, ich kenne sie kaum! Ich habe sie letzte Woche in einem Kino angesprochen und ein paarmal eingeladen, und jetzt hat sie – sie ...«

Er fischte mit Mühe sein Taschentuch aus der Tasche und wischte sich das Gesicht ab. Er zitterte am ganzen Leib.

Smith sagte: »Ja, ja«, und zwinkerte Steve zu.

»Sie will, daß ich mit ihr auf und davon gehe, sie sagt, wenn ich es nicht tue, zieht sie mich rein. Vielleicht sagt sie sogar, daß *ich* es getan habe, und wenn der Mann stirbt... Ein Messer, das haut mich um – ein Messer...«

»Was haben Sie denn erwartet? Mit einem Füllfederhalter kann man niemanden aufschlitzen.«

»O mein Gott! Was soll ich nur tun?«

»Auf demselben Weg rausgehen, auf dem Sie reingekommen sind.«

»Sie wird mich sehen. Sie wird – sie könnte...«

»Wie heißt sie?«

»Doris.«

»Doris wird nichts unternehmen. Sie wird nicht versuchen, Sie zurückzuhalten. Genaugenommen ist sie auf lange Sicht vielleicht ganz froh, wenn Sie gehen. Dann hat sie Gelegenheit, zurückzugehen zu – wie heißt er noch?«

»Arthur. Sie hatte gesagt, sie sei geschieden. Ich würde doch nie etwas mit einer verheirateten Frau – Sie kennen mich, ich...«

»Arthur ist bereit, das Geschehene zu vergessen.«

»So?« Henley konnte es nicht fassen. »Er muß verrückt sein.«

»Na ja, es ist ja seine Beerdigung.«

Henley hatte aufgehört zu zittern. Er nahm die Zigarette, die ihm Smith anbot, zog ein paarmal daran und warf sie dann weg.

Er sagte: »Sehe ich einigermaßen präsentabel aus?«

»Die Uniform ist wirklich überwältigend«, erklärte Smith trocken.

»Ich schicke sie alle zurück, ehrlich. Ich kaufe nie mehr eine, das ist ein Versprechen, Mr. Smith.«

Er begann mit der flachen Hand energisch an der Schulter seiner Uniformjacke herumzubürsten. Smith sah ihm lächelnd zu. Eben noch hatte Henley Todesangst ausgestanden, jetzt hatte er Angst, mit einem Fussel auf der Uniform auf die Straße zu gehen.

»Schon gut«, sagte Smith. »Sie sehen prima aus. Bis später.«

Er winkte Steve, und sie gingen zurück an ihren Tisch.

Doris stand immer noch an der Bar. Jemand hatte ihr einen Sitzplatz angeboten, und sie hatte ihre plumpen Beine um den Barhocker geschlungen. Sie hielt nicht nach Henley Ausschau. Sie spielte mit ihrem Drink herum, indem sie die Flüssigkeit im Glas kreisen ließ.

Nach einer Weile machte sie ihre Tasche auf und holte eine Puderdose heraus. Sorgsam bearbeitete sie ihr Gesicht. Dann bezahlte sie. Ohne auf das Wechselgeld zu warten, glitt sie vom Hocker und drängte sich zum Ausgang durch. Als sie an Steves Tisch vorbeikam, sah er, daß sie nicht im geringsten nervös oder unglücklich wirkte. Ihr Gesicht war ausdruckslos, und ihre Augen sahen verquollen und blind aus. Sie blickte sich nicht suchend nach Henley um.

Am Ausgang blieb sie eine Weile stehen, als ob sie vergessen hätte, wie man eine Tür aufmacht. Dann kamen ein paar Männer herein und hielten sie ihr auf. Sie ging hinaus.

»Also«, sagte Steve, »ich frage mich, was wohl aus ihr wird.«

»Was wird aus jedem von uns?« sagte Smith. »Wir machen vertrauensvoll weiter. Wenn man die Kompliziertheit des menschlichen Gehirns bedenkt, sind wir sehr vertrauensvolle Säugetiere. Das müssen wir auch sein. Um die nächste Stunde zu überleben, müssen wir dem Mann vertrauen, der dieses Bier gebraut, diese Stühle gemacht, dieses Haus gebaut hat. Ich muß davon ausgehen, daß Sie sich einigermaßen zivilisiert benehmen und daß meine Wohnung nicht in Brand gerät oder, wenn doch, daß die Feuerwehr sofort kommt. Das heißt, ich muß auch den Leuten vertrauen, die das Feuerwehrauto zusammengebaut haben, und davor den Metallarbeitern und davor den Ingenieuren.« Er lächelte sarkastisch. »Können wir nicht von Glück sagen, daß wir am Leben sind?«

»Wahrscheinlich.«

»Als Polizist habe ich so viele unnötige Todesfälle gesehen. Wenn mein eigener bis zu meiner Pensionierung nicht dazugehört, habe ich mein Rezept für ein schönes langes Leben. Ich mache einen großen Bogen um Autos, Seen, vermeintlich ungeladene Schußwaffen, Flugzeuge und Frauen mit Ehemännern.« Er stand auf. »Also, ich gehe besser mal nach Doris sehen.«

»Vielen Dank für das Bier.«

»Gute Nacht.«

»Gute Nacht.«

Steve trank noch ein Bier allein. Dann fuhr er mit dem Fahrstuhl zu seinem Zimmer hinauf. Er legte sich aufs Bett, ohne sich auszuziehen. Er wollte nicht schlafen, weil er über so vieles nachdenken mußte, und Einschlafen war etwas Abschließendes. Es war die Beerdigung des vergangenen Tages. Am Morgen würde er wieder auferstehen; es würde kein neuer Tag sein, es würde der alte sein, frisch gestrichen und aufgetakelt wie eine alte Kokotte. Nur die Kinder, die Kurzsichtigen, die Blutarmen sahen den Schmutz des vergangenen Jahres unter der dicken Puderschicht nicht und rochen nicht den süßlich-kranken Verwesungsgeruch unter dem Parfum.

Er drehte sich auf den Rücken und verschränkte die Hände hinter dem Kopf. Das Deckenlicht war bräunlich, aber direkt über dem Bett waren schwarze Flecken wie die Zehenabdrücke von Männerschuhen. Er war zu müde, um sich darüber groß zu wundern, daß jemand auf Zehenspitzen über seine Zimmerdecke gelaufen sein sollte, aber er überlegte, wie man das wohl bewerkstelligen konnte. Schuhe mit Saugnäpfen? Stelzen?

Nein, das nicht. Vielleicht waren die Abdrücke gar nicht von Schuhen. Etwas anderes. Eine Fliegenklatsche.

Das war's. Eine Fliegenklatsche. Jemand (Mann? Frau?) mußte sich aufs Bett gestellt und mit einer Fliegenklatsche aus Gummi an die Decke geklatscht haben.

Er war zufrieden mit sich, daß er darauf gekommen war, aber auch irgendwie enttäuscht. Es wäre interessant gewesen, weiterhin zu denken, daß jemand auf Zehenspitzen über die Decke gelaufen war. Es hätte andere Gedanken ausgeschlossen.

Aber jetzt sah er plötzlich deutlich, daß der grüne Lampenschirm dieselbe Farbe hatte wie Beatrices Kleid. (Ich werde Beatrice anrufen, ich werde es wiedergutmachen, auch wenn ich gar nichts getan habe. Ich führe sie irgendwann mal aus, sie ist sehr sauber und nett.) Das Licht selbst erinnerte ihn an den glänzenden Anhänger, den Doris um den Hals gehabt hatte. (Ich frage mich, was aus ihr wird. Sie war nicht wie Martha, aber ich habe die ganze Zeit an Martha gedacht.)

Der glänzende Anhänger begann zu schwanken, erst sanft, dann immer schneller, bis er pfeifend herumwirbelte und schließlich von seiner eigenen Energie zerbarst, wobei er einen Sternenregen aus Stahl versprühte. Er stand in einem Glasregen und beobachtete die fliegenden Knochen, die Blätter aus Haut, die Zweige aus Haaren.

Aus dem Bombenkrater in der Erde kam Martha. Sie sah ihn nicht, sie ging vorbei.

»Martha! Martha, ich bin es!«

Sie hörte ihn nicht, es war zu laut. Er folgte ihr, aber er konnte sie nicht einholen. Er trat immer wieder auf weiche, warme, klebrige Sachen wie kleine Tiere, neu geboren und eben gestorben.

Sie sah sich nicht um, sie sah nicht, wie er all seine wundervollen Kunststücke für sie machte. Er machte Kopfstand, er klatschte in die Hände, er drehte sich wie ein Ballettänzer auf den Zehenspitzen, er zog sich aus, er hüpfte, er sprang über eine zwei Meter hohe Hürde, er verbrannte sein Handgelenk mit einer Zigarette und lachte dabei; er schrie und schrie.

Jemand hämmerte an seine Tür. Er stand auf. Er ging zur Tür und sagte, ohne aufzumachen: »Wer ist da?«

»Ist alles in Ordnung bei Ihnen?« fragte eine Männerstimme.

»Ja.«

»Die Dame von nebenan hat mich angerufen. Sie dachte, Sie werden ermordet.«

»Ich muß geträumt haben.«

»Also gut dann.«

Er hörte, wie sich die Schritte entfernten. Er sah auf die Uhr. Es war zwei. Sein Handgelenk war ganz rot, weil er darauf gelegen hatte, und die Kehle tat ihm weh vom Schreien im Schlaf.

Er zündete sich eine Zigarette an und setzte sich in den Sessel neben dem Bett. Er zitterte vor Erleichterung darüber, daß sein Traum vorbei war.

Keine Bombe, keine Martha, keine Brandwunde am Handgelenk. Er wußte, daß sein Traum nicht weiterging, wenn er wieder einschlief, aber er blieb noch eine Stunde im Sessel sitzen, bevor er sich schließlich auszog und ins Bett ging.

8

Am nächsten Morgen wachte er mit einem fertigen Plan im Kopf auf. Wie die meisten Eingebungen, die er frühmorgens hatte und die sich später als unglückselig herausstellten, schien auch diese gut zu sein. Er wollte sich das Haus ansehen, in dem Martha wohnte. Nicht Martha selbst – an ihr hatte er kein Interesse mehr; sie besaß praktisch keine Ähnlichkeit mehr mit dem Mädchen, mit dem er verlobt gewesen war. Sie war eine Matrone geworden, sie sah so aus, redete so und zog sich auch so an, und sie hatte dieses nervtötend überhebliche Gehabe, das die besten Matronen auszeichnete. Für diese Sorte hatte er nichts übrig.

Nein, nicht Martha war es, die er sehen wollte. Es war das Haus. Er mochte Häuser, sie interessierten ihn. Er hatte einmal Architekt werden wollen; was war so komisch daran, sich ein Haus ansehen zu wollen statt einer Frau?

Gleich nach dem Frühstück nahm er sich ein Taxi nach Balby Point hinaus. Zu solchen besonderen Verabredungen mit Häusern konnte man nicht gut mit dem Bus fahren, also lehnte er sich in dem Taxi zurück und sah sich die Leute auf der Straße an, die keine frühmorgendlichen Eingebungen hatten.

Balby Point war der Teil der Stadt, in dem die Leute, die 4000 Dollar im Jahr verdienten, sonntag nachmittags herumfuhren, um sich anzusehen, was die mit 40 000 Dollar im Jahr sich für Häuser bauten. Die meisten waren im traditionellen Kolonialstil, weitläufig, unpraktisch, mit unerwarteten Stufen und Hepplewhite-Möbeln im Wohnzimmer, die den alten Gasherd in der Küche und die gesprungene Feder im Bett des Dienstmädchens hochmütig leugneten. Es waren rechtschaffene, konservative Leute, die glaubten, daß es der erste Schritt zum Kommunismus wäre, wenn man seine Dienstboten verwöhnte.

Aber es gab auch ein paar moderne amerikanische Häuser. Ihre Bewohner hatten sich noch nicht richtig eingewöhnt, und noch wirkten sie eher wie Bilder aus Zeitschriften und nicht wie Häuser, in denen Menschen wohnten.

Steve bezahlte das Taxi an der Ecke Gilchrist und Jane. (Pearson, Charles H., 132 Gilchrist Ave., Hum. 5-2366) Langsam ging er den Hügel hinauf. Es standen nur vier Häuser in der Straße, und er konnte das der Pearsons nicht verfehlen. Es lag oben auf dem Hügel, und es war das einzige mit Eckfenstern aus Glasbausteinen. Es war genau quadratisch und hatte ein Flachdach. (Wahrscheinlich haben sie Ärger mit undichten Stellen im Dach, hoffe ich.) Vielleicht war sein Blickwinkel ja falsch, aber das Ganze wirkte etwas schief. Er überlegte, ob es klug war, ein vollkommen quadratisches Haus direkt auf einen Hügel zu setzen.

Die Garage stand ungefähr zweihundert Meter vom Haus entfernt, darüber befanden sich Dienstbotenzimmer. Es war Platz für drei Autos, aber die Garagentore waren zu, und es schien niemand in der Nähe zu sein.

Er trat in die Einfahrt, und seine Schuhe knirschten auf dem weißen Kies. Die Auffahrt schwang sich, von einer niedrigen Thujahecke begrenzt, den Hügel hinauf bis zur Garage, um dann einen erratischen, aber stürmischen Verlauf den Rest des Hügels hinauf bis zur Eingangstür des Hauses zu nehmen.

Er blieb unvermittelt stehen. Jetzt sollte er eigentlich umkehren. Er hatte gesehen, was er sehen wollte, er konnte es abhaken. Das Haus war genauso, wie er es sich vorgestellt hatte, ein ziemlich schlecht geplanter, moderner Bau. Es war Zeit zu gehen.

Er bückte sich und hob einen Stein auf. Eigentlich wollte er ihn nur aus lauter Langeweile über die Hecke werfen, weil Kieswege ihn immer verdrossen. Aber als der Stein seine Hand verließ, flog er zerstörungswütig durch die Luft und traf eines der Garagenfenster. Die Scheibe brach, und ihre glatte Oberfläche wurde runzlig, als sei sie plötzlich vom Alter ereilt worden.

Jemand rief: »He! He, Sie!«

Steve drehte sich um und sah einen Mann quer über den Rasen auf sich zulaufen, der einen Rasensprenger hinter sich herschleifte. Der Sprenger hemmte seine Schritte, aber er schien nicht auf die Idee zu kommen, ihn loszulassen. Er war groß und mager und hatte eine Glatze, die in der Sonne glänzte wie ein Ei in Aspik.

Atemlos sagte er: »Was machen Sie da eigentlich?«

Steve blickte erstaunt: »Wer, ich?«

»Sie haben eine Fensterscheibe eingeworfen. Ich habe es genau gesehen.«

»Ach ja?«

»Sie können nicht einfach rumlaufen und Fensterscheiben einwerfen.«

»Ich wollte gar nicht die Scheibe einwerfen. Ich habe auf die Tür gezielt.«

»Was zum Teufel haben Sie hier überhaupt zu zielen? Das ist ein privates Grundstück. Ich hätte gute Lust, Sie anzuzeigen. Ich werde nämlich für diese kaputte Scheibe verantwortlich gemacht.«

»Also, das tut mir wirklich leid«, sagte Steve aufrichtig.

»Sie wird denken, daß ich es war, so sicher, wie Gott kleine grüne Äpfel gemacht hat.« Brown warf den Sprenger auf den Rasen. »Ich werde für alles verantwortlich gemacht, was hier passiert. Wenn ein paar Blattläuse auf ihren Blumen sitzen, glaubt sie, ich hätte die extra aus Südamerika importiert.«

»Wenn ich irgendwas tun kann…«

»Seit Mr. Pearsons Abreise vorgestern ist sie noch schlimmer als sonst. Sie läuft herum und –«

»Ach«, sagte Steve. »Ist Mr. Pearson weggefahren?«

Brown wurde vorsichtig. »Was interessiert Sie das?«

»Ich bin ein alter Freund der Familie.«

»Soso? Ich arbeite schon lange bei Mr. Pearson, und ich habe Sie noch nie hier gesehen.«

»Sie haben nicht richtig hingeschaut. Ich war im Ausland. Ferris ist mein Name.«

Brown musterte ihn schweigend. »Heimkehrer, stimmt's?«

»Ja, Luftwaffe.«

»Ich war Korporal im letzten Krieg. Komisch. Manche erinnern sich an alle ihre Kriegserlebnisse und erzählen sie. Ich weiß nur noch, daß ich ziemlich durcheinander war und daß auf mich geschossen wurde.«

»Das reicht auch«, sagte Steve. »Aber mit der Scheibe, die ich zerbrochen habe…«

»Vergessen Sie's. Ich sage ihr, es war ein Junge.« Brown grinste. »Ein heimgekehrter Junge.«

»Das müssen Sie nicht. Ich sage es ihr selbst. Ist sie da?«

»Allerdings. Sie kann nicht ausgehen. Mr. Pearson hat den Chauffeur mitgenommen, und mir traut sie nicht mit dem großen Wagen.« Er zuckte die Achseln. »Als wenn mich das kratzen würde.«

»Ist Mr. Pearson in Urlaub gefahren?«

»Ja. Kommen Sie hier entlang, wenn Sie immer noch zu Mrs. Pearson wollen.«

Brown ging los, die Auffahrt hinauf. Er bewegte sich, als gehörte ihm das Anwesen oder zumindest, als wäre er sich seiner Stellung ziemlich sicher.

Steve folgte ihm. »Schöner Rasen.«

»Nicht schlecht.«

»Kümmern Sie sich selbst darum?«

»Wenn ich Lust dazu habe.«

Er sagte nichts weiter, bis sie im Haus waren. »Mrs. Pearson ist vorn im Wohnzimmer. Gehen Sie nur rein.«

»Danke.«

Brown wandte sich zum Gehen.

Steve sagte: »Meinen Sie nicht, es wäre besser, wenn Sie ihr sagen, daß ich hier bin?«

Brown grinste wieder verschlagen. »Warum sollte ich? Sie wird's schon merken, wenn Sie reinkommen.«

Er verschwand und kicherte dabei vor sich hin. Steve stand allein in der Diele und war überzeugt, sich eben zum kompletten Narren gemacht zu haben. Er hatte einem blödsinnigen Impuls nachgegeben, und nun stand er im Haus einer Frau, die er nicht sehen wollte und die ihn nicht sehen wollte. Heiland, laß mich hier raus, dachte er und begann auf Zehenspitzen zur Haustür zu schleichen. Er hatte sie schon halb offen, als er Martha rufen hörte: »Brown, kommen Sie doch mal eben.«

Er trat nach draußen und schloß rasch die Tür. Dann drückte er, ohne weiter nachzudenken, auf die Klingel.

Martha machte selbst auf. Sie sagte nicht: »Hallo«, sie machte: »Hm!« Es lag viel Gefühl darin, von genau der Sorte, die er erwartet hatte.

Er wollte es schnell hinter sich bringen, deshalb sagte er kurz und gleichmütig: »Ich habe ein Fenster von deiner Garage eingeworfen. Ein Mann hat mich dabei erwischt und wollte nicht dafür verantwortlich gemacht werden. Da bin ich gekommen, um es dir selbst zu sagen.«

»Hm«, machte sie wieder.

»Immer, wenn ich eine Kiesauffahrt sehe, muß ich Steine werfen. Es ist eine Zwangsneurose. Ich bezahle die Scheibe gern. Das wär's dann wohl.« Trocken fügte er hinzu: »Falls du überlegst, ob ich es mir leisten kann, eine Fensterscheibe zu bezahlen, ist die Antwort ja. Jedenfalls, wenn es normales Glas war, nicht mit Rubinen, Diamanten und anderen kostbaren Edelsteinen besetzt. Wieviel?«

Ihre Verwirrung machte Verärgerung Platz. »Du hast kein Recht, Scheiben einzuwerfen. Was machst du überhaupt hier?«

»Ach, zum Donnerwetter, Martha, vergessen wir's«, sagte er müde. »Gar nichts. Sind fünf Dollar genug?«

»Das Geld ist nicht wichtig. Ich will nur wissen, warum du hergekommen bist.«

»Also gut.« Er lehnte sich gegen die Tür und steckte die Hände in die Taschen. »Ich habe mir die Gegend angesehen.«

»Warum?«

»Ich habe heute nacht von dir geträumt, und als ich aufwachte, wollte ich das Haus sehen, in dem du wohnst.« Mit Bedacht fügte er hinzu: »Nicht dich, nur das Haus.«

Es folgte ein langes Schweigen. Schließlich sagte sie: »Du hast schon immer verrückte Sachen gemacht. Wenn du das Haus wirklich sehen willst, dann komm rein und sieh es dir an.«

»Danke.« Er trat in die Diele.

»Natürlich sieht es im Augenblick nicht gerade ideal aus. Wir haben beschlossen, Großputz zu machen, solange Charles nicht da ist. Er ist in Urlaub gefahren, weißt du?« Sie sprach mit nervösen kleinen Pausen zwischen den Sätzen. »Ich… Das hier ist die Diele.«

Er sah sich ernst in der Diele um und nickte leicht und sachkundig dazu.

»Der Tisch da drüben und die Lampe und der Aschenbecher sind aus Lorbeerbaum. Das Holz ist sehr l-leicht, weißt du?«

»Das wußte ich nicht.«

»Es ist so.«

Er ging zum Tisch und hob den Aschenbecher hoch. »Stimmt«, sagte er nüchtern.

Sie sah verwirrt beiseite. »Die – Drucke an der Wand sind von Borein. Charles liebt Pferde. Äh – ich glaube wenigstens.«

»Das dürfte ja wohl leicht herauszufinden sein. Wenn ein Mann über Pferde redet, wenn er reitet und sich ganz allgemein Pferden verbunden fühlt, dann liebt er wahrscheinlich Pferde.«

Sie preßte die Lippen zusammen, aber sie machte weiter nach Art eines Museumsführers: »Das Wohnzimmer ist hier. Möchtest du es sehen?«

»Gern.«

Sie ging mit kleinen Stakkatoschritten wie eine Marionette voraus. »Die beiden Couchen sind eingebaut. Die

Kissenüberzüge hat ein Freund von Charles entworfen, und die ... Ich wünschte, du würdest gehen. Du bist nicht gekommen, um das Haus zu sehen, du willst mir Ärger machen.«

»Also gut, ich gehe.« Aber er ging nur bis zur Tür. Dort drehte er sich um und sagte leise: »Ich bin nicht gekommen, um dir Ärger zu machen, Martha. Ich habe wirklich von dir geträumt...«

»Das solltest du nicht. Es ist – ungehörig.«

»Ja, nicht?« sagte Steve mit einem Lächeln. »Ich muß lernen, wach zu bleiben. Bist du gar nicht neugierig, Martha? Willst du nicht wissen, was ich von dir geträumt habe?«

»Nein.«

»Oh, es ist nichts, was deine keuschen Ohren beleidigen könnte. Im Traum hast du mich ignoriert. Das ist alles.« Er holte eine Schachtel Zigaretten heraus. »Möchtest du eine Zigarette?«

»Nein, danke.«

»Stört es dich, wenn ich rauche? Wäre doch schade, wenn dieser Lorbeerascher umsonst dastände. Wohin ist Charles gefahren?«

»Weg.«

»Du bist ganz glücklich mit ihm, oder?«

»Ja, das bin ich. Sehr glücklich.«

»Das freut mich«, sagte er ohne Überzeugung. »Ich hatte das Gefühl, du warst ziemlich durcheinander, als ich weggegangen bin. Wie ich sehe, hat es nicht lange angehalten.«

»Du bist wirklich ein Romantiker.« Sie hatte ihre Haltung wiedergewonnen. Sie musterte ihn jetzt ganz unverhohlen. »Du hast wirklich kein Recht, meinetwegen so verbittert zu sein. Ich bin es umgekehrt jedenfalls nicht.«

»Das ist schön.«

»Wir können uns zumindest zivilisiert benehmen. Möchtest du einen Tee?«

»Nein, danke.«

»Hast du schon mit deinem Buch angefangen?«

»Nein. Ich kann erst anfangen, wenn ich eine Wohnung gefunden habe.«

»Das muß schwierig sein.«

»Ja.«

»Wie man hört, ist die Wohnungsnot schlimm.«

»Ich mache mir nicht allzu große Gedanken. Wenn ich gar nichts finde, kann ich bei Beatrice wohnen. Erinnerst du dich an meine Kusine, Beatrice Rogers?«

»Ja.«

»Sie möchte gern, daß ich bei ihr wohne. Sie hat ein Haus im Westen der Stadt.«

»Oh. Sie ist sehr hübsch, nicht?«

»Wie man's nimmt.«

»Ich habe sie als hübsch in Erinnerung. Hat sie geheiratet?«

»Nein. Sie hat sich übrigens nach dir erkundigt. Sie kennt deinen Mann flüchtig, glaube ich. Also dann –« Er machte eine halbe Drehung – »dann gehe ich jetzt besser. Mach dir keine Gedanken, ich werde dich nicht mehr belästigen. Wirklich nicht.«

»Du hast mich nicht belästigt«, sagte sie mit falscher Herzlichkeit. »Ich hoffe, du findest eine Wohnung.«

»Danke.«

»Wenn nicht, können Charles und ich dir vielleicht helfen. Wir haben ein Apartment über der Garage. Es steht im Moment leer. Forbes ist nicht da. Wenn du wirklich nichts findest, kannst du – ich meine natürlich nur vorübergehend – darin wohnen.«

»Das ist sehr großzügig von dir«, sagte Steve. Das Angebot war so unerwartet gekommen, daß er nicht wußte, ob es ernst zu nehmen war oder nicht. Er warf ihr einen mißtrauischen Blick zu. Martha sah wirklich aus, als meinte sie es ernst. Mehr noch, sie wirkte richtig großmütig, und plötzlich wußte er auch, warum. Nachdem Beatrice angeboten hatte, ihn aufzunehmen, mußte sie natürlich das gleiche Angebot machen.

»Sehr großzügig«, wiederholte er, aber in einem anderen Ton.

Sie war hellhörig genug, die Veränderung in seinem Ton zu hören. Sachlich sagte sie: »Wir wollten die Wohnung sowieso vermieten, weil wir nicht wissen, wie lange Forbes weg ist. Das können Monate werden. Es kommt einem verschwenderisch vor, eine Wohnung leerstehen zu lassen, wenn sie so knapp sind. Ich habe Brown gestern gebeten, eine Anzeige in die Zeitung zu setzen.«

Brown fragen, dachte Steve. »Kann ich sie mal sehen?«

»Aber sicher.«

Sie läutete nach Brown. Als er kam, sagte sie gleichmütig: »Zeigen Sie Mr. Ferris das Apartment von Forbes. Haben Sie die Anzeige schon aufgegeben?«

»Noch nicht, Mrs. Pearson. Ich habe es vergessen.«

»Vielleicht ist es gar nicht nötig.« Sie streckte Steve die Hand hin. »Ich hoffe, die Wohnung gefällt Ihnen, Mr. Ferris. Sie kostet fünfzig Dollar im Monat.«

Auf dem *Mr. Ferris* lag ein warnender Unterton.

»Sehr freundlich von Ihnen, Mrs. Pearson«, sagte Steve. »Sie gefällt mir bestimmt.«

An der Außenseite der Garage führte eine Treppe nach oben. Brown stieg hinauf und schloß die Tür auf.

»Kommen Sie rein«, sagte er.

»Ja, danke.«

Sie traten in eine kleine, quadratische Diele. Der Fußboden war aus Kunststein, in elfenbeinfarbenen und schwarzen Halbkreisen verlegt. Wände und Holzteile waren elfenbeinfarben, und aus jeder Wand sprossen vier durchsichtige Plastikhörner.

Brown berührte eines davon und lächelte grimmig. »Kleiderhaken. Nicht zu überbieten, was? Forbes, der Mann, der hier wohnt, hat ein paar Monate gebraucht, bevor er das durchschaut hatte. Passen Sie auf.«

Er drehte das Horn, die halbe Wand schwenkte heraus, und dahinter kam ein flacher Schrank mit mehreren Reihen von Fächern zum Vorschein. Die Fächer waren voller Flaschen, fast alles leere Ginflaschen.

»Das würde ich nicht jedem zeigen«, sagte Brown.

»Warum ausgerechnet mir?«

»Sie sehen nicht aus wie ein Baptist.«

»Ich habe eine Tante, die zu den Baptisten gehört.«

»Ach, die haben wir doch alle«, meinte Brown leichthin. »Sie würden sich davon nicht beeinflussen lassen.«

»Woher wissen Sie das?«

»Ich erkenne einen Kater von weitem. Sie haben einen.«

»Und?«

»Und«, sagte Brown und brachte die Schrankwand sorgsam wieder in ihre alte Position, »dieser Schrank ist mir wichtig. Ich möchte die Wohnung hier an den Richtigen vermieten.«

»Ich dachte, Mrs. Pearson vermietet sie.«

»Es war Mr. Pearsons Idee. Kennen Sie ihn gut?«

»Nein.«

»Also, er hat ein großartiges soziales Gewissen. Immer macht er sich Gedanken um andere. Zum Beispiel wollte er diese Wohnung hier nicht leerstehen lassen, wenn hundert Leute froh wären, sie zu haben, besonders Veteranen wie Sie.«

»Nett von ihm«, murmelte Steve.

»Er möchte, daß jeder sich wohl fühlt und genug von allem hat. Und weil das nicht geht, wird er nervös und kriegt Ausschlag. Ich kenne ihn von Kindesbeinen an, und es passiert immer, wenn er nervös wird. Dann kriegt er Ausschlag auf der Haut oder in der Kehle und Juckreiz in den Augen.«

Brown schien willens und in der Lage, seinen klinischen Bericht über Charles fortzusetzen. Steve wechselte das Thema: »Kann ich die anderen Räume sehen?«

»Sicher.«

Sie gingen ins Wohnzimmer, Wände und Fußboden waren genau wie in der Diele, nur daß hier mehrere flauschig-gelbe, runde Teppiche lagen. Die großen Fenster hatten Jalousien und elfenbeinfarben- und rotgemusterte Chintzvorhänge. Im Zimmer standen zwei tiefe Sessel, deren Bezüge zu den Vorhängen paßten, und ein kirschrotes Zweiersofa.

»Das Bett klappt man aus der Wand«, sagte Brown. »Wollen Sie's sehen?«

»Nein. Ich kann's mir vorstellen.«

»Hier ist die Küche.« Er stieß die Schwingtür auf. »Schauen Sie selbst. Es ist nicht genug Platz für uns beide.«

Steve warf einen Blick hinein. »Prima.«

»Forbes hat sich seine Mahlzeiten immer selbst gekocht.« Brown setzte sich auf einen der Sessel und zog eine Schachtel Zigaretten heraus. Er schien es nicht eilig zu haben, wieder an seine Arbeit zu kommen, worin sie auch immer bestand. »Forbes war ein guter Koch. Ich bin manchmal rübergekommen und habe mit ihm gegessen, nur um den Frauen zu entfliehen. Drüben im Haus sind lauter Frauen. Manchmal kriegt man als Mann die Frauen ziemlich über. Die haben einfach keinen Sinn für Freundschaft. Entweder sie wollen einen heiraten oder lynchen.«

Er klang plötzlich wie ein seltsamer alter Mann, der den Verlust eines Freundes betrauert.

»Also dann, vielen Dank, daß Sie mich herumgeführt haben«, sagte Steve.

Brown stand auf und drehte den Wohnungsschlüssel in der Hand. »Finden Sie die Wohnung gut?«

»Sehr gut. Aber eigentlich hatte ich etwas für länger gesucht.«

»Ganz wie Sie wollen. Wenn Sie Ihre Meinung ändern, rufen Sie mich an.«

Sie gingen hinaus, und Brown schloß die Tür wieder ab. Am Fuß der Treppe nickte er grüßend, dann ging er zu seinem Sprenger, hob ihn auf und fing an, den Rasen zu sprengen.

Als Steve ins Hotel zurückkam, fand er eine Telefonnummer in seinem Postfach. Er rief von seinem Zimmer aus an, aber sobald er Beatrices Stimme hörte, wünschte er, er hätte es nicht getan. Er hatte keine Ahnung, was er mit ihr reden sollte, außer zu fragen, wie es ihr gehe.

Es ging ihr natürlich gut. Ihm auch. Und ihrer Mutter ebenfalls. Außerdem war es sehr warm für die Jahreszeit.

Auf diesen Austausch folgte eine lange, unbehagliche Pause. Dann wieder Beatrices Stimme, die ziemlich natürlich klang, wenn auch ein bißchen schelmisch. »Mutter ist böse auf dich, weil du neulich einfach gegangen bist. Sie sagt, du kannst das nur wiedergutmachen, indem du zum Abendessen kommst.«

»Das würde ich gerne tun, aber eigentlich...«

»Oh, nicht unbedingt heute. Irgendwann. Wir essen jeden Abend in diesem Haus.«

Sie kicherte leise, und er wußte, daß er auf den Scherz reagieren sollte, aber er sagte ernst: »Ich komme gern. Wann du willst.«

»Morgen?«

»Morgen paßt mir gut.« Sein ganzes Leben lang hatte er solche Einladungen spontan angenommen. Aber eine Minute nachdem er sich auf etwas eingelassen hatte, überlegte er meist schon, wie er sich wieder herausmanövrieren konnte. Je weiter entfernt der Termin war, desto mehr Zeit hatte er für seine Planung. Meist endete es damit, daß er trotzdem ging und sich bestens amüsierte.

Morgen, dachte er. Wenn ich heute abend in ein Flugzeug steige, könnte ich morgen in New York sein oder in Florida oder in Arizona.

Er sagte: »Wann soll ich denn da sein?«

»Je früher, desto besser«, sagte Beatrice.

»Ich komme.«

»Das ist schön, Steve.«

Wieder Schweigen, länger diesmal und irgendwie intimer, eine Pause, wie sie zwischen Liebenden entsteht und die durch nichts ausgefüllt werden kann als durch eine leidenschaftliche Liebes- oder Haßerklärung.

»Hallo«, sagte er. »Hallo? Bea?«

»Ja.«

»Ich dachte, wir seien getrennt worden.«

»Nein, ich habe nur überlegt, ob du gern Steak ißt.«

»Klar esse ich gern Steak.«

»Also Steaks, wenn wir welche bekommen.«

»Gut. Bis morgen dann.«

»Wiedersehen, Steve.«

»Wiedersehen.«

Er legte auf, behielt aber die Hand am Hörer, als ob er sie gleich wieder anrufen wollte, um ihr zu sagen, es tue ihm leid, aber er könne morgen doch nicht, und wie wäre es mit nächstem Jahr?

Er rief nicht an, aber die Einladung setzte ihm den Rest des Tages zu. Andauernd stellte er sich Beatrice beim Fleischer vor, flankiert von rohen Porterhousesteaks, die sie mit ihren langen weißen Fingern eins nach dem anderen sanft betastete.

Er ging früh ins Bett an dem Abend. Als er einnickte, stellte er fest, daß Beatrice die peinliche Angewohnheit hatte, sich in Fleischerläden auszuziehen. Es gab einen ganz schönen Menschenauflauf. Er erklärte allen, daß Beatrice nicht wisse, was sie tue, daß sie nur ein Kind sei.

Das Telefon weckte ihn. Schuldbewußt nahm er den Hörer ab, denn womöglich hatte Beatrice auf irgendeine geheimnisvolle Weise mitbekommen, daß er gerade von ihr geträumt hatte. Aber es war nur die Küche, die wissen wollte, ob er die Zimmernummer sei, die Cornflakes bestellt habe.

Er sagte: »Nein«, legte auf und fragte sich, wer zum Teufel um halb zwölf Uhr nachts Cornflakes essen wollte.

Im Nebenzimmer fand eine Party statt. Eine der Frauen hatte ein schrilles und ausdauerndes Lachen, und irgend jemand klopfte im Takt der Radiomusik an die Wand.

Normalerweise hörte er gern zu, wenn andere sich

amüsierten, aber heute hielt es ihn nur wach. Er überlegte sogar, ob er bei der Rezeption anrufen und sich beschweren sollte, obwohl er wußte, daß er das ebensowenig konnte wie Beatrices Einladung zum Essen absagen oder Brown um die Gelegenheit bringen, ihm das Apartment zu zeigen. Er hatte offenbar die Fähigkeit verloren, eindeutige und rasche Entscheidungen zu fällen. Obwohl er Charles' »sozialem Gewissen« und Marthas Offerte mit der Wohnung zutiefst mißtraute und die darin zum Ausdruck kommende Gönnerhaftigkeit verabscheute, war er nicht in der Lage gewesen, gleich nein zu sagen. Er war einfach gegangen, hatte alles offengelassen und sich so die Möglichkeit vorbehalten, noch anders zu entscheiden. Vielleicht war es eine Charakter- oder Willensschwäche. Oder vielleicht war ihm auch nichts mehr so wichtig, daß er sich dafür ein Bein ausreißen wollte.

Wenn ich wirklich Ruhe haben will, kann ich die Rezeption anrufen. Wenn ich Beatrice nicht wiedersehen will, kann ich sie anrufen und es ihr sagen. Wenn ich eine anständige Wohnung will, kann ich morgen in das Apartment einziehen. Nur drei einfache, klare Telefonate tun es schon. Vergiß Beatrices Gefühle, vergiß Martha, laß dir durch eine laute Party die Nachtruhe nicht nehmen.

Nebenan war die Party unvermittelt zu Ende, und jemand stellte das Radio ab.

Blieben noch zwei Anrufe. Oder, wenn man die Sache mal logisch durchdachte, tat es auch einer. Er mußte morgen nicht zu Beatrice zum Essen gehen, er konnte einfach aus seinem Hotelzimmer ausziehen, ohne eine Adresse oder eine Telefonnummer zu hinterlassen. Beatrice würde so einen Wink bestimmt verstehen.

Der Plan nahm immer mehr Gestalt an. Er kam ihm

richtig vernünftig vor, nicht wie so viele verrückte Dinge, die er im Lauf seines Lebens spontan getan hatte. Natürlich sprach auch einiges dagegen. Aber das war immer so, bei allen Plänen, die man machte. Was spielte es für eine Rolle, wie oder warum er die Wohnung bekam? Wichtig war, daß er sie bekam. Zum Teufel mit Charles und seinem Ausschlag und seinem sozialen Gewissen und seiner Frau. Es ging um ihn, Steve Ferris.

Er schlief in dem beruhigenden Wissen ein, daß er endlich einmal kaltblütig zu einer Entscheidung gekommen war, ohne auf andere als seine eigenen Gefühle Rücksicht genommen zu haben.

Als er am nächsten Nachmittag aus dem Hotel auszog, hinterließ er seine neue Adresse und Telefonnummer, und er rief Beatrice vom Telefon in der Halle aus an. Er sagte, es tue ihm sehr leid, daß er nicht zum Essen kommen könne, aber er habe eine Wohnung gefunden und werde heute noch einziehen.

Sie schien ganz und gar nicht enttäuscht. Sie verstehe das sehr gut, sagte sie, und es mache überhaupt nichts aus.

»Es tut mir wirklich leid«, wiederholte er. »Sag das auch Tante Vi, bitte, ja?«

»Aber sicher, ich werde es ihr sagen. In welche Gegend ziehst du?«

Ohne zu zögern, gab er ihr seine Adresse und Telefonnummer und nahm eine Einladung zum Abendessen in der kommenden Woche an. Bis zur nächsten Woche konnte er in Mexiko sein, in Kuba oder in Buenos Aires.

9

Beim Haus angekommen, ging er zur Hintertür, um sich den Schlüssel für das Apartment zu holen. Brown führte ihn in die Küche, wobei er etwas Förmliches zur Begrüßung murmelte. Er wirkte im Haus zurückhaltender als zuvor im Apartment. Steve dachte, es müsse wohl der Einfluß der Frau sein.

Die Frau wurde ihm als Mrs. Putnam, die Köchin, vorgestellt. Sie stand an der Spüle und wässerte gerade einen Blumenkasten mit Grünzeug, das aussah wie Petersilie. Sie war sehr klein, hatte breite, abfallende Schultern wie ein Mann und ein verhärmtes, feines Profil. Die Vorstellung quittierte sie mit einem flüchtigen, gequälten Lächeln.

»Was haben Sie da?« fragte Steve. »In dem Blumenkasten?«

»Petersilie.«

»Ich dachte mir gleich, daß es wie Petersilie aussieht.«

»Es ist Petersilie.«

»Man kann nie wissen«, sagte Steve. Es war ihm ziemlich egal, was in dem Blumenkasten wuchs, er versuchte nicht einmal bewußt, sich bei Mrs. Putnam beliebt zu machen. Aber wenn er einer Frau begegnete, ganz gleich, wie alt sie war oder wie sie aussah, konnte er der Versuchung nicht widerstehen, der Beziehung sofort eine persönliche Note zu geben.

Angesichts des unnachgiebigen Rückens von Mrs. Putnam wandte er sich wieder an Brown.

»Bezahle ich die Miete an Sie oder an Mrs. Pearson?«

»Das können Sie mit mir regeln.«

»Gut.« Steve nahm fünfzig Dollar aus seiner Brieftasche. Brown gab ihm eine Quittung und einen Schlüsselring mit sechs oder sieben Schlüsseln.

»Das sind Mr. Forbes' Schlüssel«, erklärte Brown. »Einer gehört zum Apartment. Die anderen können Sie vergessen. Haben Sie vor, selbst zu kochen, Mr. Ferris?«

»Vielleicht versuche ich es mal.«

»Wenn Sie merken, daß Sie dabei verhungern, kommen Sie zum Essen rüber, Mrs. Putnam macht es nichts aus.«

»Im Gegenteil«, warf sie ein.

»Vielen Dank«, sagte Steve. Er war ziemlich sicher, daß Brown die Einladung nur ausgesprochen hatte, weil er herausfinden wollte, wie eng seine Freundschaft zu Martha war. Ein guter Freund würde nicht in der Küche mit den Dienstboten essen wollen. Vorsichtig fügte er hinzu: »Darauf komme ich zurück.«

Brown sah etwas überrascht aus, sagte aber nichts.

Steve war nach zehn Minuten mit dem Auspacken fertig. Er hatte nur wenig Garderobe: zwei neue Anzüge, Unterwäsche und Socken noch aus der Militärzeit, außerdem einen Fotoapparat, eine Reiseschreibmaschine, das Rasierzeug, das Beatrice ihm letztes Jahr zu Weihnachten geschenkt hatte, und eine lederne Schreibmappe, in der er einen Schnappschuß von Beatrice und Tante Vi aufbewahrte, der sie verbissen und untrennbar auf ihrer Veranda zeigte. Im Fach für Briefumschläge waren noch andere Fotos. Die meisten von Kameraden seiner Staffel, aber einige waren dabei, an deren Herkunft er sich nicht einmal erinnern konnte: ein paar Mädchen vom Landeinsatz, die voll in die Kamera kicherten, Tauben auf dem Trafalgar Square, ein Schloß, ein Flugzeug, dem ein Rad fehlte, und ein tristes, vergänglich aussehendes Gebäude mit der Aufschrift: »Home Sweet Home«. Ganz unten lag ein zerknitterter Schnappschuß von Martha. Sie stand gegen eine dicke Eiche gelehnt. Sie trug ein leichtes Sommerkleid, und der Wind zauste an ihrem Rock und den kurzen, blonden Locken. Sie lachte und hielt mit beiden Händen den Rock fest.

Er nahm das Foto heraus und legte es in seine Brieftasche. Er wollte nicht, daß Brown es womöglich fand und sie erkannte. Brown war so ein Mensch, der vielleicht gern einmal ganz unschuldig in anderer Leute Sachen herumstöberte.

In die Wand war eine Kommode eingebaut. Er legte seine Sachen alle in die oberste Schublade und ließ die anderen leer. Ihm war wohler, wenn er nur die eine Schublade benutzte. Es unterstrich, daß er nicht bleiben mußte, wenn er nicht wollte oder wenn irgend etwas passierte. Er konnte in drei Minuten packen und weg sein.

Er machte seine Koffer zu und stellte sie in den Schrank. Dann wanderte er ziellos in der Wohnung umher, schaute in Schränke, schaltete den Herd ein und aus, probierte, ob das Bett bequem war, sah sich die Bücher an, die Forbes im Regal zurückgelassen hatte. Schließlich setzte er sich wieder und nahm den Schlüsselring heraus, den Brown ihm gegeben hatte. An jedem Schlüssel war ein kleiner Anhänger aus Pappe: Zündg. Chev., Tür Chev., Zündg. Cad., Tür Cad., Apartmt., Haus hint. Tür, Garage.

Sieben Schlüssel. Und das waren noch nicht halb so viele, wie an Browns eigenem Bund hingen. Na ja, je mehr

Geld die Leute hatten, desto mehr hatten sie zu verlieren, und desto mehr mußten sie für Schlösser und Schlüssel ausgeben. Das Haus, in dem Martha früher gewohnt hatte, fiel ihm ein. Es hatte auch zwei Türen gehabt, aber keine war je abgeschlossen, weil irgendwer vor Jahren die Schlüssel verloren hatte. Jeder konnte jederzeit ein und aus gehen, und doch war nie etwas gestohlen worden.

Er suchte den Garagenschlüssel heraus und ging nach unten, wo er die Seitentür zur Garage aufschloß. Drinnen kletterte er hinter das Steuer des Cadillac. Er hätte den Wagen gern auf die Landstraße gefahren, um die Geschwindigkeit auszuprobieren. Er ließ den Motor an. Ein schönes, gleichmäßiges Brummen ertönte, das sich zu einem Röhren steigerte, wenn er aufs Gaspedal trat. Er genoß das Gefühl, wieder am Steuer eines gewöhnlichen Autos zu sitzen statt eines Flugzeugs oder Jeeps.

Er ließ den Motor laufen und sah sich das Armaturenbrett an. Es war sorgfältig abgestaubt und poliert, der Tank war voll, und selbst die Uhr ging noch. Ein Sonnenstrahl, der durch die offene Garagentür genau darauffiel, beleuchtete die Zeiger. Sie standen auf 4:20. Er verglich die Zeit mit seiner eigenen Uhr, und sie stimmte genau. Er sah Forbes vor sich, wie er kurz vor seiner Abreise hier herunterkam, um den Wagen ein letztes Mal zu überprüfen und sich von ihm zu verabschieden wie eine liebevolle Mutter. Und zuallerletzt hatte er dann die Uhr aufgezogen, als ob er sichergehen wollte, daß eine Spur von seiner Existenz noch ein Weilchen an den mechanischen Zeigern der Uhr zurückblieb.

4:22. Die Ziffern konnte er noch erkennen, aber der Sonnenstrahl war verschwunden. Jemand hatte die Garagentür zugemacht.

So schnell, daß seine Bewegung schon eher ein Reflex war, beugte er sich vor und schaltete die Zündung aus. Dann öffnete er die Tür und stieg aus dem Wagen.

»Die Garage ist zwar ganz schön groß«, sagte er, »und es würde ein Weilchen dauern, bis sie voller Kohlenmonoxyd wäre, aber du solltest trotzdem die Tür aufmachen.«

Das Mädchen hielt sich die Hand vor den Mund. »Au weia, daran hab ich gar nicht gedacht. Ich wollte bloß nicht, daß alle wissen – na ja, du weißt doch, wie manche Leute anderen *nachspionieren*.« Sie stieß mit dem Fuß die Tür auf und hielt sich dabei dicht an der Wand. Offensichtlich stellte sie sich vor, sie hätte ein Rendezvous, und man merkte ihr an, daß sie fest entschlossen war, auch noch das letzte Körnchen Dramatik aus der Gelegenheit herauszuholen.

»Du erinnerst dich nicht mehr an mich«, sagte sie.

»Aber sicher. Du bist Laura.« In einer Menge hätte er sie allerdings nicht erkannt. Sie war mindestens zehn Zentimeter gewachsen. Ihre dunklen Zöpfe waren verschwunden, und das Haar hing ihr glatt und gerade auf die Schultern.

»Komm, wir setzen uns ins Auto«, sagte Laura.

Er rührte sich nicht von der Stelle. »Warum?«

»Na, ich habe dich Jahre nicht gesehen. Ich will alles hören, was du inzwischen erlebt hast. Brown hat Martha heute morgen erzählt, daß du kommst, da habe ich eine Psychologiestunde ausfallen lassen. Ist sowieso nicht besonders interessant, man soll nur seine heißen und kalten Stellen rausfinden und so was.«

»Klingt faszinierend.«

»Das wäre es vielleicht auch, wenn man nur nicht alles

behalten müßte.« Ihre Stimme verebbte, und sie machte eine halb einschmeichelnde, halb verlegene Handbewegung. »Bist du – bist du nicht überrascht, wie erwachsen ich geworden bin?«

»Doch«, sagte Steve. »Allerdings. Sehr.«

Sie schien zufrieden damit und wurde etwas natürlicher. »Willst du hierbleiben?«

»Ein Weilchen.«

»Das wird ein Spaß.«

»Für wen?«

»Ich meinte nur, daß es Spaß macht, gelegentlich jemanden zum Reden zu haben. Mir ist oft so langweilig.«

Er sah, daß sie dick Lippenrot aufgetragen hatte. Sie bewegte beim Sprechen kaum den Mund, als ob sie Angst hätte, den Lippenstift zu verschmieren oder etwas davon an die Zähne zu bekommen.

»Tut mir leid, daß dir oft so langweilig ist«, sagte er sarkastisch.

»Hast du eine Zigarette?«

»Ja, hab ich.« Er machte die Kühlerhaube auf und blickte ins Innere, in der Hoffnung, daß sie den Hinweis verstehen und gehen würde.

»Ich hätte gern eine.«

»Hör mal«, sagte er. »Sind wir nicht auf dem falschen Gleis? Du kannst nicht in Garagen rumhängen und Zigaretten rauchen. Du bist jetzt ein großes Mädchen. Es könnte ein falscher Eindruck entstehen. Du weißt doch, wie Leute anderen Leuten nachspionieren, oder?«

Sie errötete und wich zurück. »Du brauchst gar nicht so gemein zu sein. Und du brauchst auch nicht zu sagen, daß es zu meinem eigenen Besten ist. Wenn du wüßtest, wie öde hier alles ist, wie verdammt kotzöde!« Sie wollte gerade noch weitere Emotionen herauslassen, da fiel ihr der Lippenstift ein, und sie gab ihrem Gesicht rasch einen starr-gelangweilten Ausdruck. »Jetzt ist es noch schlimmer, weil Charley weg ist. Wir unterhalten uns nicht einmal mehr, keiner hat etwas zu sagen. Ich könnte ebensogut in eine Ecke kriechen und sterben. Und es würde niemand kümmern, niemand! Warum kriege ich keine Zigarette?«

»Rauchen hemmt das Wachstum.«

»Ich bin seit einem Jahr nicht mehr gewachsen.«

»Ach, zum Henker.« Er knallte die Kühlerhaube zu, holte ein Päckchen Zigaretten heraus und warf es ihr hin. »Ich hoffe, du wirst Pygmäe.«

»Ich habe auch keine Streichhölzer.«

»Gut, gut.« Er warf die Streichhölzer in ihre Richtung. »Kann ich dir vielleicht sonst noch was anbieten? Martini? Scotch mit Soda?«

»Sei bloß nicht so sarkastisch. Viele Mädchen in meinem Alter rauchen und trinken. Du bist rückständig.«

»Sieht so aus.«

Sie zündete sich gekonnt die Zigarette an. »Wenn die Leute erst mal fünfundzwanzig sind, fangen sie an, spießig zu werden. Ganz egal, wie nett sie früher mal waren. Sie gönnen anderen keinen Spaß, weil sie selber keinen mehr haben können. Alter ist was Gräßliches. Es macht alle Leute so verdrießlich.«

»Bin ich verdrießlich?«

»Mehr als früher jedenfalls. Du hast zum Beispiel noch nicht einmal gelächelt.«

»Soso. Na, dann paß mal auf.« Er lächelte sie breit an.

Sie warf die Zigarette auf den Boden und zertrampelte sie zu kleinen Fetzen.

»Ich glaube, ich gehe dann wieder«, sagte sie, ohne den Kopf zu heben.

»Das wäre sicher besser.«

»Wirst du auch manchmal so – so unzufrieden und – traurig...?«

»Das geht jedem so.«

Sie ging langsam hinaus, als hoffte sie halb und halb, daß er sie zurückrufen und ihr alles erklären würde.

Er ging, etwas verwirrt durch diese Begegnung, in die Wohnung zurück. Er hatte Laura nie sonderlich gemocht. Er hatte sie toleriert, weil sie zufällig Marthas jüngere Schwester war und weil sie mit ihren elf Jahren nicht unleidlicher war als andere Elfjährige.

Aber die neue Laura fand er ziemlich pathetisch. Sechzehn, und dann diese pubertären Qualen und leidenschaftlichen, widersprüchlichen Wünsche. Sie wollte intensiv leben oder sonst sterben, sich amüsieren oder Märtyrerin sein; sie wollte die Aufregungen der großen Leidenschaft oder die Kargheit der Klosterzelle. Alle Extreme waren möglich, sie brauchte sie sogar, um die allmählich auf sie eindringende Welt davon zu überzeugen, daß sie kein gewöhnliches Mädchen war, sondern Laura, ganz anders und zu Besonderem bestimmt.

Steve fühlte durchaus mit ihr, denn er erinnerte sich noch gut an sein eigenes Erwachsenwerden. Er hatte nur aus Appetit und Akne bestanden, aus Schüchternheit und Dünkel. Seine Arme wuchsen über Nacht, während die Ärmel seiner Jacken auf listige Weise schrumpften. Wenn ein Mädchen ihn ansprach, wurde er rot, gleichzeitig berichtete er seinen Freunden mit größter Dreistigkeit von allen möglichen unglaublichen Sexualerfahrungen und lauschte mit andächtiger Einfalt den ihren.

Er hatte Martha kennengelernt, als er siebzehn und in der High School war. Sie war zwei Jahre jünger als er, aber mit der Frühreife bestimmter weiblicher Wesen schien sie schon erwachsen und bereit, die Verantwortung von Ehe und Kindern zu übernehmen. Ihr erstes Rendezvous war ein Schulball gewesen. Sie tanzten beide nicht besonders gut, und so saßen sie die meiste Zeit auf einer Bank an der Wand der Turnhalle und betrachteten verzweifelt hingebungsvoll die anderen Tänzer.

Den letzten Tanz: »I love you truly«, tanzten sie zusammen: Sie war genauso groß wie er, und sie stießen alle paar Schritte mit den Knien zusammen, während sie übers Parkett walzten. Die Turnhalle roch, wie immer bei Tanzveranstaltungen, intensiv nach Schweiß und ungewaschenen Füßen, aber Steve merkte nichts davon.

Er flüsterte Martha ins Ohr: »Du riechst toll.«

»Das ist nur Parfum«, sagte sie.

So direkt war sie damals, als er sie kennenlernte. Sie war nie schüchtern, gab nie Interesse vor, nur um ihm einen Gefallen zu tun. Später, als er auf der Universität war und sie als Stenotypistin bei einer Zulieferfirma arbeitete, nahm er sie ein paarmal zu einem Footballspiel mit. Sie verstand weder etwas vom Football, noch interessierte sie sich dafür, darum verfolgte sie das Spiel auch nicht. Aber hinterher konnte sie alle Leute beschreiben, die in ihrer Nähe gesessen hatten, besonders die Mädchen. Sie dachte, weil es Mädchen waren, die zum College gingen, seien sie bemerkenswert und gelegentlich auch nachahmenswert.

Hin und wieder sprachen sie ernsthaft darüber, um des Geldes willen zu heiraten, er eine reiche alte Matrone, die sich zu Tode essen würde, und sie einen älteren Mann mit schwachem Herz. Sie kamen zu dem Schluß, daß Geld etwas sehr Wichtiges sei, und selbst wenn die Matrone und der Herzkranke ein paar Jahre brauchten, bis sie starben, wäre das Geld die Warterei wert.

Aber an dem Tag, als er seine erste Anstellung als Jungreporter bekam, zahlte er einen Brillantring für fünfundsiebzig Dollar an. Als er ihn Martha überreichte, war er sehr glücklich. Er fand es herrlich, erst einundzwanzig zu sein, Arbeit zu haben und sich mit dem hübschesten Mädchen der Welt zu verloben. In den folgenden Monaten blätterte einiges von der Herrlichkeit ab. Obwohl die Umstände die gleichen waren, begann er sie anders zu interpretieren. Da saß er nun, erst einundzwanzig, schon an eine Frau gebunden und mit einer Stellung, die sie nicht beide unterhalten konnte. Seine eigene Unreife und die geringschätzige Haltung seiner älteren und erfahreneren Freunde waren auch nicht eben hilfreich.

Ebensowenig Martha. Sie wollte unbedingt heiraten und zeigte es auch. Wenn sie sich abends trafen, war sie ganz verliebt, aber nach ein paar Minuten fing sie an, über Budgets zu reden und wieviel sie schon gespart hatte und was er sparen könnte, wenn er nur wollte. Es war immer ein kleiner Schock, daß sie so verträumt und mondsüchtig aussehen und dabei über Essensetat und nötige Ausgaben reden konnte. Der zweite Streit kam leichter als der erste, und danach gab es eine ganze Reihe von Szenen, bis sie beide merkten, daß es so nicht weitergehen konnte. Sie mußten etwas tun, sich trennen oder heiraten oder ein Paar werden.

Sie wurden es auf dem Sofa in Marthas Wohnzimmer, während oben die Familie schlief. Schweigend und ängstlich legte sie sich hin und lauschte dabei auf Geräusche, die sie warnen würden, wenn die Familie aufwachte. Es wachte keiner auf, aber in den folgenden Monaten redeten sie immer wieder einmal davon, daß Martha zunehme und wie wunderbar ihr etwas Farbe in den Wangen und etwas Fleisch auf den Knochen stehe.

Obwohl auch er diese wunderbare körperliche Veränderung an Martha bemerkte, wußte Steve, daß sie an Schuldgefühlen litt. Im Kreis der Familie ging ihr Blick verstohlen hierhin und dahin, und sie war ungewöhnlich gesprächig und laut wie ein Vogel, der ein Riesentrara um ein leeres Nest macht, um vom richtigen abzulenken.

Allein mit ihm war sie launisch. Manchmal weinte sie, oder sie war abweisend und schweigsam, oder sie redete auf eine zynische, unschöne Art über ihre Beziehung. Und weil sein eigenes Schuldgefühl ein Echo des ihren war, wurde er wütend auf sie. Die meiste Zeit stritten sie, wenn sie zusammen waren, aber wenn er nicht mit ihr zusammen war, hatte er das seltsame Gefühl, sie beschützen zu müssen und verantwortlich zu sein. Er versuchte den Grund für diese Situation zu finden. Was war schuld? Die Natur, weil sie das weibliche Geschlecht schneller reifen ließ und es auf die Pflichten der Ehe vorbereitete, solange es noch sehr jung war; oder das Wirtschaftssystem, das den Mann dazu zwang, die Ehe zurückzustellen, oder einfach die normalen biologischen Instinkte, die eine Notwendigkeit für das Ritual der Ehe nicht erkannten?

Er dachte viel darüber nach, kam aber immer zum gleichen Schluß. Er wollte nicht heiraten, solange er eine Frau nicht ernähren konnte. Die Gegenwart war unsicher, und auf die Zukunft konnte er sich nicht verlassen. Die Bürde verdoppeln hieße, das Risiko verdoppeln.

Er ging Anfang 1941 in den Krieg. Sie nahm es sehr ruhig auf und gab ihm ohne Aufhebens seinen Ring zurück.

Er weigerte sich, ihn zu nehmen. Er stritt mit ihr und brüllte herum. Er sagte ihr, daß er sie liebe, daß er zurückkommen werde und sie auf ihn warten solle.

»Du änderst vielleicht deine Meinung«, sagte sie und ließ den Ring ganz nebenbei in seine Jackentasche fallen. »Du könntest es nicht aushalten, gebunden zu sein.«

Zuletzt sah er sie auf der Veranda ihres Hauses stehen. Es schneite, und er konnte nicht erkennen, ob sie weinte oder nicht, weil die Schneeflocken auf ihren Augenlidern und Wangen schmolzen.

Er erhielt einen einzigen Brief von ihr. Er kam, bevor er das Land verließ, als er noch im Camp in Florida war. Es war ein kühler kleiner Wisch, der letztlich darauf hinauslief, daß es »geschmacklos« sei, wenn er ihr immer noch schreibe. Ihre Verlobung sei aufgelöst, und »die Leute« fänden es langsam komisch, wenn sie so viel Post bekomme. Sie wolle kein »Gerede«.

Leute, Geschmack, Gerede. Das war ihr immer sehr wichtig gewesen, und nun war es noch wichtiger geworden, genährt durch ihr schlechtes Gewissen. Sie hatte gesündigt und hatte es genossen, und wenn es auch niemand erfuhr, so war sie doch unfähig, sich weiter natürlich zu benehmen. Sie mußte ihr Gewissen beruhigen, indem sie die ganze Welt beschwichtigte.

Wenn sie irgendwie angedeutet hätte, daß sie ihn zurückhaben wollte, wäre er mit fliegenden Fahnen gekommen. Er vermißte sie sehr. In der Reglementierung seines neuen Lebens mußte sein Ego Schläge verkraften, die ihre Gegenwart hätte abmildern können. Gar nicht so wenige seiner Kameraden im Camp waren verheiratet, und ihre Frauen wohnten in der Stadt. Die meisten waren fröhliche, gutaussehende Mädchen, die an den Samstagabenden mit ihren Ehemännern Bier tranken. Sie schienen nicht nervös oder gereizt, wie er es von Frauen erwartet hätte, die wußten, daß ihre Männer sie bald allein lassen und womöglich nie mehr zurückkommen würden.

Je mehr Ehefrauen er sah, desto mehr nahm ihn der Gedanke ein, Martha zu heiraten und zum Camp zu bringen. Eines Abends, nach einem traumatischen Erlebnis in einem neuen Bomber, rief er sie an. Während er wartete, daß er ans Telefon konnte, überlegte er sich, was er ihr sagen würde: *Hör mal, Martha, ich hatte unrecht, ich war ein Dummkopf. Laß uns heiraten, Martha. Du könntest hierherkommen, und ich könnte ein paar Abende in der Woche zu Hause sein und übers Wochenende auch. Es sind viele Frauen hier. Eine nette Clique, du würdest sie mögen. Was meinst du dazu, Liebling?*

Das Telefon klingelte und klingelte, aber es nahm niemand ab.

Danach kam dann ihr Brief, und er merkte, daß er Luftschlösser gebaut hatte. Sie würde ihn nie heiraten; und wenn doch, würde sie sein ursprüngliches Zögern nie vergessen. Es würde den Rest ihres Lebens zwischen ihnen stehen, weil ihr verletzter Stolz nie ganz heilen würde. Er fuhr nach England ab, ohne sie noch einmal gesehen zu haben.

Er blickte über den Rasen zum Haus hinüber. Er überlegte, ob Martha wohl im Moment da war und über dieselben Dinge nachdachte wie er. Was hatte sie bewegt, als sie ihn auf der Straße traf? Überraschung und Unmut, soviel war offensichtlich. Vielleicht auch ein plötzlicher Wunsch nach Rache, bei dem sie Charles als Waffe benutzte. Die leere Wohnung war vielleicht nur Teil eines wohlüberlegten Planes, sich an ihm zu rächen; es würde dazu beitragen, ihre verletzte Eitelkeit zu besänftigen, wenn sie ihm einen Gefallen tun und ihn damit zu Dank verpflichten konnte.

Er glaubte nicht wirklich, daß sie einen solchen Plan hatte, aber schon die Möglichkeit ärgerte ihn. Einen Augenblick dachte er daran, seine Sachen zu packen und sofort abzuhauen, nur für den Fall. Aber die Miete war schon bezahlt, und er konnte es sich nicht leisten, fünfzig Dollar aus dem Fenster zu werfen. Zudem konnte er es sich nicht leisten, einen Gefallen abzulehnen.

Er überlegte sich mindestens ein Dutzend Gründe, warum er besser blieb, aber der wahre war ihm noch nicht eingefallen – daß er in Marthas Nähe sein wollte.

10

Er sah Brown über den Rasen kommen und trat rasch vom Fenster zurück, als hätte er etwas Unerlaubtes getan. Als Brown hereinkam, tat Steve so, als ob er eben mit dem Auspacken fertig geworden wäre.

»Na, eingerichtet?« fragte Brown.

»Ja.«

»Ich habe die Kleine aus der Garage kommen sehen. Wollte Sie wahrscheinlich begutachten, was?«

»Wahrscheinlich.«

»In mancher Hinsicht ist sie ganz in Ordnung.«

»Schien mir auch so.«

»Ich muß ihr hin und wieder den Kopf zurechtsetzen, aber ich mag sie irgendwie. Sie ist ein bißchen leichtfertig. Ich hätte nicht gern, daß ihr was passiert. Wenn Sie verstehen, was ich meine.«

»Ich glaube schon«, antwortete Steve trocken.

»Na, dann ist ja gut. Ich hoffe, Sie nehmen mir diese Bemerkung nicht übel.«

»Ganz und gar nicht.«

»Wenn sie Ihnen lästig wird, sagen Sie es nicht Mrs. Pearson. Sagen Sie's einfach mir, ich kümmere mich dann schon darum.« Und mit unveränderter Stimme fügte er hinzu: »Wir essen in einer halben Stunde. Sie können gerne mitessen. Sie haben ja nichts eingekauft.«

»Vielen Dank, gerne.«

»Wenn es Ihnen wirklich nichts ausmacht, in der Küche zu essen...«

»Macht mir nichts aus.«

Beim Essen war Brown unnatürlich still. Sie aßen im Frühstücksanbau der Küche, und jeder bediente sich selbst. Außer Brown und Steve waren noch Mrs. Putnam da und ein Dienstmädchen namens Lily. Sie war in Beatrices Alter, hatte eine sehr unreine Haut und machte gerade eine Diät. Mrs. Putnam fand es schlicht unglaublich, daß jemand so dämlich sein konnte zu glauben, die Haut, die außen war, könne vom Essen beeinflußt werden, das nach innen wanderte. Lily blieb fröhlich, aber stur. Nachdem sie einem Arzt fünf Dollar für die Diät bezahlt hatte, wollte sie sich daran halten, bis der Tod persönlich einschritte, was er in Kürze tun würde, wie Mrs. Putnam versicherte.

Aber das Geplänkel war nicht unangenehm. Es wurde in familiärem Stil ausgetragen – alles, was gesagt wurde, war früher schon gesagt worden und würde wieder gesagt werden. Es gab Steve ein angenehmes Gefühl von Kontinuität, als wäre er ein Kind, das eine Zeitlang fort gewesen und nun wieder in die Familie zurückgekehrt war, wo alles so lief wie immer.

Als die beiden Frauen aufstanden, um abzuwaschen, sagte Steve: »Freundliche Gegend hier, finden Sie nicht?«

»Geht so.«

»Allein diese Einladung zum Essen. Das finde ich schon eine sehr freundliche Geste.«

Brown grunzte nur.

»Da stellt sich mir doch die Frage, wessen Idee das war«, sagte Steve.

»Meine.«

»Pflege gutnachbarlicher Beziehungen?«

»Mehr oder weniger.«

»Und Sie sind ganz sicher, daß es nicht Mrs. Pearsons Idee war, bevor sie von Ihnen übernommen wurde, meine ich?«

»Sie hat nur angeregt, daß es nett wäre, wenn wir gutnachbarliche Beziehungen unterhalten. Essen ist dazu ganz gut geeignet, also sind Sie hier.«

»Also bin ich hier«, sagte Steve. Der Plan war sehr schlau, ganz typisch für Martha. Um ihm zu zeigen, daß sie nicht vorhatte, sich zu ihrer Freundschaft zu bekennen, überredete sie ihre Dienstboten, sich »gutnachbarlich« ihm gegenüber zu verhalten.

Er ging still in die Wohnung hinüber, um darüber nachzudenken. Er konnte direkt zu Martha gehen und sie fragen, was für ein Spiel sie eigentlich spielte, aber er traute seiner eigenen Selbstbeherrschung nicht, und außerdem wäre damit auch nichts gewonnen. Martha würde die Unschuld in Person spielen, die kein Wässerchen trüben konnte. An die Sache mußte man klüger herangehen. Er konnte Martha nicht zwingen, etwas zuzugeben, aber überlisten konnte er sie.

Er rief sie an und sagte, da er nicht vorhabe, sein Buch gleich anzufangen, sei er gern bereit, sie irgendwohin zu fahren, wenn sie wolle.

Sie schien angenehm überrascht. »Das ist nett von dir. Ich traue Brown nicht mit dem Cadillac, er ist zu nachlässig.« Sie hielt inne. »Genaugenommen wollte ich morgen Blumen ins Krankenhaus bringen.«

»Um welche Zeit?«

»Um neun.«

»Ich halte den Wagen bereit.«

»Ich belästige dich nicht gern. Ich kann mir auch ohne weiteres ein Taxi nehmen.«

»Es ist keine Belästigung«, sagte er rasch. »Es ist mir ein Vergnügen.«

Am nächsten Morgen stand er eine Viertelstunde zu früh mit dem Wagen vor der Tür, aber er mußte nicht auf sie warten. Sie kam heraus, bevor er noch die Handbremse richtig anziehen konnte. Sie trug ihre Brille und ein ähnliches schwarzes Kostüm wie neulich, als er sie getroffen hatte. Die Arme hatte sie voller Tulpen, die sie so vorsichtig hielt, als ob sie fürchtete, es könnten Insekten daran sein.

Er stieg ungeschickt aus dem Auto.

»Möchtest du hinten sitzen oder vorn beim gemeinen Volk?«

Sie zögerte und errötete leicht. »Beim gemeinen Volk.« Sie öffnete selbst die vordere Tür und stieg ein.

»Wohin?« fragte Steve.

»Zum St. James Hospital. Ich dachte, ich bringe mal ein paar Blumen hin. Wir haben so viele.«

Er ließ den Motor an, ohne ihr zu antworten. Dann fuhr er ein paar Straßen in Richtung Krankenhaus, hielt irgendwo am Straßenrand an und stellte den Motor ab.

»Warum hältst du an?« wollte Martha wissen.

»Ich möchte mit dir reden.«

»Also. Ich – hoffe, du findest das Apartment angenehm?«

»Es ist prima. Alles ist prima, aber ich frage mich trotzdem, was hinter diesen Brillengläsern vorgeht.«

»Hör auf, über meine Brille zu reden. Wenn ich sie schon tragen muß, dann solltest du nicht auch noch …«

»Das Abendessen gestern in der Küche war nett. Ich wollte mich bei dir dafür bedanken.«

»Das ist schon in Ordnung. Können wir jetzt weiterfahren?«

»Ich hab's nicht eilig. Du?«

»Ich wußte gleich, daß an deinem Angebot, mich zu fahren, etwas faul ist«, sagte sie ärgerlich. »Wenn du mir was sagen willst, dann sag es und bring es hinter dich. Ich habe viel zu tun.«

»Möchtest du eine Zigarette?«

»Nein!«

»Wir sind ein bißchen giftig heute morgen, Mrs. Pearson, nicht wahr?«

Ein alter Mann mit Stock ging sehr langsam an ihnen vorbei, als ob er den Stock nur als Entschuldigung dafür benutzte, sie ausgiebig anzustarren.

»Du könntest zumindest einen etwas privateren Ort aussuchen, wenn du mit mir reden willst«, sagte Martha.

»Es ist ganz schön schwer, dich an einen privaten Ort zu kriegen, Mrs. Pearson.«

»Fahr los.«

»Das tue ich, wenn du mir sagst, was du mit mir vorhast.«

»Ich habe gar nichts mit dir vor.«

»Du warst schon immer groß im Pläneschmieden, und ich habe nur überlegt, ob du in letzter Zeit irgendwelche Pläne geschmiedet hast.«

»Warum sollte ich? Du bist wahrscheinlich einfach so eingebildet, daß du glaubst, ich hätte die letzten fünf Jahre damit verbracht, über dich nachzudenken.«

»Es ist mir scheißegal, was du die letzten fünf Jahre gedacht hast. Entscheidend ist, was du jetzt denkst.«

»Ich sehe, daß mein Versuch, dir zu helfen, ein Fehler war«, sagte sie. »Du hast offenbar den Eindruck, ich hätte irgendein obskures Motiv dafür. Habe ich aber nicht. Ich wollte nur nett sein und dir zeigen, daß ich dir nicht böse bin.« Ihre Stimme klang sehr aufrichtig.

»Also gut«, sagte er müde. »Tut mir leid, daß ich aus der Rolle gefallen bin.«

Er fuhr sie zum Krankenhaus und saß rauchend im Wagen, während sie fort war. Nach einer halben Stunde kam sie zurück, und er fuhr sie auf direktem Weg nach Hause. Sie sagte kein Wort, nicht einmal, als er sich erneut entschuldigte. Er ließ sie an der Haustür aussteigen.

»Könnten wir uns nicht irgendwann mal vernünftig unterhalten?« sagte er.

»Worüber?« Sie ging ins Haus, ohne ihn anzusehen.

Den Rest des Vormittags verbrachte er damit, rastlos in seiner Wohnung herumzulaufen. Er räumte ein bißchen auf, machte sich Kaffee und fing an, einen Roman zu lesen, den Forbes hinterlassen hatte. Es war ein schlechter Roman. Er fand, das könne er besser, holte seine Schreibmaschine und spannte einen leeren Bogen ein. Um die Mittagszeit war der Bogen immer noch leer. Hungrig und verbittert ging er sechs Straßen weiter zum nächsten Drugstore, wo er ein Sandwich aß und eine Malzmilch trank.

Als er zurückkam, war Brown dabei, die Hecke entlang der Auffahrt zu schneiden. Brown winkte ihm fröhlich zu und legte die Schere weg, als betrachtete er Steves Erscheinen als eine unerwartete, aber ausreichende Entschuldigung, die Arbeit zu unterbrechen.

»Hallo«, sagte Brown. »Was haben Sie denn so getrieben den ganzen Vormittag?«

»Nichts.«

»Sie langweilen sich wohl, was?«

»Sie sagen es.«

»Es ist schlecht, herumzusitzen und sich zu langweilen. Nehmen Sie mich. Wenn ich mich langweile, gehe ich raus und tue irgendwas.«

»Was zum Beispiel?«

»Na ja, zum Beispiel die Hecken schneiden oder den Rasen mähen. Warum waschen Sie nicht den Wagen oder so was?«

»Er ist nicht schmutzig«, sagte Steve.

»Es wäre ein Zeitvertreib.«

Zeitvertreib. Das hatte er fünf Jahre lang getan, sich die Zeit vertrieben, gewartet wie alle anderen, daß er wieder nach Hause konnte. Und jetzt war er zu Hause und wartete immer noch, aber diesmal wartete er auf nichts.

Was für eine Verschwendung, dachte er wütend, was für eine säuische Verschwendung.

Er sagte: »Zum Teufel mit dem Autowaschen.«

»Schon gut. Ich habe es nur erwähnt, weil ich dachte, dann hätten Sie was zu tun.«

»Sie selbst sind offenbar nicht gerade wild darauf, etwas zu tun zu haben.«

»Das ist was anderes«, sagte Brown. »Ich neige zur Faulheit. Es stört mich nicht, die gleichen Dinge immer wieder zu tun. Das kommt, weil ich weiß, daß ich die Welt nicht verändern kann. Vielleicht können Sie das ja, ich weiß es nicht.«

»Vielleicht.«

»Na, warten wir mal ab, ob sich was tut.«

Steve schwieg. Er fühlte sich eingeschnürt, als hätte ihm jemand ein Seil mit vielen Knoten um die Brust geschlungen, und jeder Knoten schnitt bis aufs Blut ein. Er krümmte sich, um den Schmerz zu lindern.

»Ist was?« fragte Brown.

»Nein, nein.« Er war jetzt ziemlich sicher, daß es stimmte, was der Arzt gesagt hatte – die Schmerzen kamen nicht von seinen Verletzungen, sie traten nur auf, wenn Anforderungen an ihn gestellt wurden und er ihnen nicht gerecht werden konnte und eine Entschuldigung dafür brauchte, daß er ihnen nicht gerecht werden konnte.

»Ich glaube«, sagte er schließlich, »ich werde den Wagen waschen.«

»Lieber Charles«, schrieb Martha. »Du hast mir immer noch nicht Deine Adresse mitgeteilt, woraus ich schließe, daß Du nichts von mir hören willst. Aber ich kann ja trotzdem schreiben. Ich gebe den Brief Dr. MacNeil mit, und Du mußt ihn nicht lesen, wenn Du nicht willst. Es gibt keine Neuigkeiten oder sonst irgend etwas, was ich Dir mitteilen müßte, aber ich wollte Dir sagen, daß es mir sehr leid tut...«

Sie hielt inne, der Federhalter wurde ihr schwer in der Hand. »Es tut mir sehr leid...« *Es tut mir sehr leid, daß ich dir begegnet bin.*

Sie starrte aus dem Fenster ihres Schlafzimmers auf die Blumen, die Hecken, die weite Rasenfläche. Von hier sah es nicht wie Gras aus, sondern wie Samt. Ihr Blick wurde sanft, als ob ihre Seele für einen Augenblick entschlüpft wäre, um sich auf den Samt zu legen und zu träumen.

Es tut mir leid, leid.

Sie wandte sich ab und faßte den Federhalter fester.

»...daß wir so weit auseinandergedriftet sind, daß Du mir alles zutraust. Ich habe Dich geliebt, Charles...«

Jemand ging an der Garage entlang. Steve.

»...und ich dachte, Du liebtest mich auch. MacNeil sagte mir, Du tätest es immer noch. Wenn das stimmt, warum mißtraust Du mir dann weiterhin? Ich habe nie etwas getan, womit ich das verdient hätte.«

Es war eigentlich kein Gehen. Es war eher ein Gleiten. Er hatte schon immer so einen Gang gehabt, als ob er sich nach einer Musik richtete, die niemand sonst hören konnte.

Sie heftete den Blick fest aufs Papier. »Ich habe wirklich versucht, Dir eine gute Frau zu sein. Ich weiß nicht, wo ich gefehlt habe. Wenn ich meine Fehler kennen würde, könnte ich sie ausmerzen. Vielleicht war der Unterschied in unserer Herkunft doch zu groß. Ich bin nicht so aufgewachsen wie Du.«

Als sie wieder hinausschaute, war Steve verschwunden. Er ist weg, dachte sie in plötzlicher Panik, er kommt nicht wieder. Sie mußte ans Fenster klopfen und ihm etwas zurufen.

»Es muß Dir doch klar sein, Charles, wie sehr ich mich bemüht habe, mich in eine neue Lebensart hineinzufinden, und wie demütigend das manchmal war. Wir hatten nämlich kein Geld, weißt Du?«

Wir, nicht mein Vater, meine Mutter und Laura und ich. Sondern wir, Steve und ich. Sie zögerte, überlegte, ob sie den Satz ausstreichen sollte. Charles hatte so eine hinterhältige Art, Dinge zu erraten, er würde sich womöglich über das »wir« wundern. Aber wenn sie es durchstrich, würde er sich noch mehr wundern. Sie sah ihn vor sich, mit vor Mißtrauen weißem Gesicht über das Blatt gebeugt, wie er die ausgestrichenen Buchstaben einen nach dem anderen zu entziffern versuchte.

Sie legte den Füllhalter beiseite und beugte sich vor, um das Fenster aufzumachen. Sommerliche Geräusche drangen durchs Fliegengitter, das aufgeregte Gesumm von Insekten, das pochende, hysterische Kreischen von Baumlaubfröschen. Eine Spinne hangelte sich elegant über den Fenstersims. Eine Fliege machte kurz auf den Maschen des Gitters halt. Im Herbst würde sie langsam und verschlafen sein und nur in Ruhe dösen wollen wie ein alter Mann; aber jetzt war sie fix und achtsam, vom Frühling beflügelt. Martha mußte nur ein bißchen die Hand bewegen, schon flog sie fort, beschwingt und verächtlich ob der schwerfälligen Bewegung. Wohin willst du? Ach, *ich* will doch nirgends hin. *Du* mußt irgendwohin, nicht ich!

Sie folgte dem Insekt mit dem Blick, aber es flog hoch hinauf ins Nirgendwo.

Sie hörte einen Motor brummen und sah den Wagen rückwärts aus der Garage kommen. Steve klettete heraus und begann, den Gartenschlauch zu entrollen. Er hatte Shorts an, weiter nichts.

Sie legte den Brief an Charles in die Schachtel mit Briefpapier zurück. Dann ging sie die Treppe hinunter und hinaus, quer über den Rasen.

Er sah und hörte sie nicht kommen. Das Wassergeräusch vom Schlauch war zu laut, und er war ganz auf seine Arbeit konzentriert.

»Steve«, sagte sie laut.

Er fuhr zusammen und drehte sich um. Der Wasserstrahl spritzte nur Zentimeter an ihr vorbei.

»Oh, Entschuldigung.«

»Stell es ab.«

»Ja, gut.«

Er stellte das Wasser ab und legte den Schlauch hin. Beim Bücken bewegten sich die Muskeln unter seiner Haut wie Schlangen unter Seide. Unter dem linken Schulterblatt hatte er einen Leberfleck.

Er stand wieder aufrecht und sah sie an.

Sie trat einen Schritt zurück. »Wer hat dir gesagt, daß du das machen sollst?«

»Niemand.«

»Ich – ist dein Aufzug nicht ein bißchen unter deinem Niveau?«

»Die Arbeit auch.«

»Die Nachbarn könnten dich sehen. Das würde keinen sehr guten Eindruck machen.«

»Ich sehe keine Nachbarn.«

»Willst du – willst du etwa mit mir streiten?«

Er schüttelte den Kopf. Er schien einsichtig, aber gleichzeitig beobachtete er sie auf eine merkwürdig unverschämte Weise.

»Wenn du wirklich den Wagen waschen willst«, sagte sie, »ziehst du besser etwas Passenderes an. Einen Regenmantel und Gummistiefel vielleicht.«

»Vielleicht.« Ein Schweißtropfen lief ihm vom Hals über den Oberkörper und verschwand in den Brusthaaren. Er kratzte sich unbefangen. Die Haare sahen feucht und seidig aus.

»Du läßt dir ganz bewußt Dinge einfallen, die mich ärgern.«

»Nein, das tue ich nicht«, entgegnete er ernsthaft.

»Es sieht aber so aus. Du solltest wissen, daß die Leute, die in diesem Teil der Stadt wohnen, nicht in Shorts herumlaufen.«

»Ich habe mich noch nie in solchen Kreisen bewegt. Es

wird ein Weilchen dauern, bis ich mich darauf eingestellt habe.«

»Wir haben bestimmt irgendwo einen Regenmantel, den du überziehen kannst.«

»Und Gummistiefel? Au, prima.« Und im selben Ton fügte er hinzu: »Erinnere mich daran, daß ich dir gelegentlich eins in die Fresse haue, für den Seitenhieb mit ›in diesem Teil der Stadt‹.«

Er wandte sich ab und ging.

»Du kommst sofort zurück«, sagte sie.

Er ging in die Garage, ohne zu antworten. Nach kurzem Überlegen folgte sie ihm.

»So kannst du nicht mit mir reden«, sagte sie. »Nicht, wenn du hierbleiben willst.«

»Die Miete habe ich bezahlt. Du mußt mir kündigen. Daran hast du wahrscheinlich nicht gedacht, als du dir dein kleines Spielchen ausgedacht hast.«

»Du kannst nicht bleiben, wenn ich dir befehle zu gehen.«

Er lächelte. »Diese rechtlichen Feinheiten sind zu kompliziert für dein Gehirn, Martha. Nein, ich glaube, ich bleibe ein Weilchen hier. Ich möchte das Leben der oberen Zehntausend kennenlernen. Man kann sich nie genug amüsieren, sage ich immer.«

Ein langes Schweigen folgte.

»Also«, sagte sie endlich, »freut mich, daß du dich gut amüsierst.« Die Garage war düster nach dem hellen Sonnenlicht draußen, und sie konnte ihn kaum sehen. »Bin ich so komisch?«

»Zum Schreien komisch, Liebling.«

»Vielen Dank.«

»Schon gut. Wenn man mich fragt, antworte ich auch.«

Seine Stimme war leise und tonlos. »Möchtest du etwas sehen, Martha? Komm her.«

Sie rührte sich nicht.

»Es ist nur ein Foto«, sagte er. »Das Foto eines Mädchens, das inzwischen ganz anders aussieht. Ich trage es seit Jahren mit mir herum.«

Er ging auf sie zu und hielt ihr das Bild hin.

»Ich will es nicht sehen.« Aber sie schaute doch hin und sah sich in die Kamera lachen.

»Hübsch, nicht wahr?« sagte Steve. »Ich war ganz verrückt nach ihr. Das bin ich immer noch.«

»Hör auf. Hör auf, so zu reden.«

»Ist schon gut. Ich habe von ihr gesprochen, nicht von dir. Dich würde ich nicht mit der Feuerzange anfassen.«

Sie machte einen Schritt auf ihn zu und hob den Arm, als wollte sie weitere Worte abwehren. Er hielt ihr Handgelenk fest.

»Keine Sorge, ich wollte dich nicht schlagen«, erklärte sie höhnisch.

»Ich wollte es nicht drauf ankommen lassen«, meinte er. »Du bist ein ziemlich großes Mädchen, du könntest einem ganz schön eine reinpfeffern.«

»Du hast wahrscheinlich schon öfter mal von einer Frau eine Ohrfeige bekommen.«

»Nicht allzu oft.«

»Laß mich los.«

Er betrachtete sie eine Weile. Dann nahm er ihr Handgelenk zwischen Daumen und Zeigefinger und ließ es plötzlich los.

»Du solltest vielleicht besser mal über diese Kündigung nachdenken, Martha, weil ich nämlich glaube, daß ich eine Weile hierbleibe.«

»Warum?«

»Weil du mich nicht haben willst. Außerdem gefällt es mir hier. Die Atmosphäre ist so freundlich.«

»Wie schön, daß es dir gefällt.«

»Sagen wir es mal so«, sagte er, wandte den Kopf ab und schlug einen unpersönlichen Tonfall an. »Du sollst deine Revanche haben, wenn man es denn so nennen kann. Ich möchte, daß du deine Seele von allem befreist. Dann fangen wir noch mal an.«

»Wir...? Ich weiß nicht, was du meinst.«

»Doch, das weißt du.«

Sie kniff die Augen zusammen. »Du bist ja verrückt!«

»Und komm mir nicht mit Charles. Der kann mir gestohlen bleiben. Und wenn er nackt mit seinen Pusteln hier herumliefe, würde ich nicht mal hingucken.«

»Ich warne dich, du wirst mir nicht wieder mein Leben versauen. Ich bin vollkommen glücklich und will es auch bleiben.«

»Aha. Alles Friede, Freude, Eierkuchen zwischen dir und Charles, ja?«

»Ja.«

»Und wenn es ihm bessergeht, kommt er nach Hause, und du stehst dann dort drüben an der Tür und begrüßt ihn und machst da weiter, wo du aufgehört hast?«

»Ja.«

»Vielleicht änderst du deine Meinung ja noch.«

»Warum sollte ich?«

»Es ist merkwürdig, aber ich kann mich des Eindrucks nicht erwehren, daß du ihn nicht sonderlich magst.«

»Ich liebe ihn sehr.«

»Sag das noch mal.«

»Ich liebe ihn sehr.«

»Noch mal.«

»Zum Henker mit dir«, sagte sie leise.

Als sie in ihr Zimmer kam, fühlte sie sich so erschöpft und angeschlagen, als hätte ihr jemand eine Schicht Haut abgezogen und das rohe Fleisch darunter freigelegt.

»Charles«, schrieb sie. »Ich habe Angst. Ich möchte, daß Du nach Hause kommst.«

11

Am nächsten Tag fuhr der Arzt Charles besuchen. Er stellte nur wenige Fragen. Er ließ Charles fast zwei Stunden lang reden, über seine Kindheit, seine Mutter, Martha, jede Kleinigkeit, die ihm einfiel. Erst als Charles offenbar zu erschöpft war, um weiterzureden, erkundigte sich MacNeil nach seinen physischen Symptomen.

»Macht Ihnen die Migräne immer noch zu schaffen, Pearson?«

»Nein, die ist weg.«

»Gut. Sorgt Forbes zufriedenstellend für Sie?«

»Ja.«

»Er sagt, daß Sie mit gutem Appetit essen.«

»Stimmt.«

»Dann fühlen Sie sich ganz allgemein gut?«

»Mir geht's prima«, sagte Charles ohne Überzeugung.

Er hatte keine Schmerzen, aber seine Glieder fühlten sich irgendwie taub an. Er lag stundenlang in einem Liegestuhl auf der Veranda, eingepackt in Pullover und Decken, und starrte auf den See hinaus. Die ständige Bewegtheit des Wassers schien ihn zu lähmen, er atmete kaum. In seinem Kokon aus Decken und mit den starren Augen wirkte er so sehr wie ein Toter, daß Forbes immer wieder herauskam, um sich zu vergewissern.

»Mr. Pearson, wollen Sie Ihre Mütze?«

Eine gereizte Bewegung unter den Decken. »Was?«

»Ob Sie Ihre Mütze haben möchten.«

»Mütze? Nein. Gar nichts.«

Und etwas beschämt über seine Ängste ging Forbes dann in die Hütte zurück und nahm seine Lektüre eines Buches über Kochen mit Kräutern wieder auf. Kochbücher lesen entspannte ihn. Er war nicht mehr jung, und das ständige Zusammensein mit einem Kranken belastete ihn – es war keine physische Belastung, denn Charles war nicht sehr anspruchsvoll, sondern eher der psychische Druck, nie genau zu wissen, was man zu erwarten hatte. Er hatte Charles zwar gern, aber es war nicht die sentimentale Zuneigung, die Brown für ihn hegte, und er hatte eigentlich schon entschieden, nicht mitzugehen, wenn es soweit war, daß Charles wieder nach Hause ging. Er hatte es Charles noch nicht gesagt, aber Charles schien es zu ahnen, wie er vieles ahnte. Forbes wußte nicht, ob es Eingebung war oder ob Charles einfach aufmerksamer beobachtete als normale Leute.

Während Dr. MacNeil da war, blieb Forbes in der Hütte und bemühte sich, nicht mitzuhören. Aber sobald der Doktor gegangen war, trat Forbes wieder auf die Veranda. Charles saß mit einem ungeöffneten Brief auf dem Schoß da.

»Möchten Sie irgend etwas, Mr. Pearson?«

»Nein, danke. Lassen Sie mich einfach ein Weilchen allein.«

»Ja, gut.«

Charles betrachtete den Brief unwillig, denn er war in seine Privatsphäre eingedrungen. Sie war ihm sogar hierhin gefolgt – sie besaß keinen Anstand, keinen Sinn für …

»Lieber Charles.« Wie seltsam ungereimt ihre Handschrift aussah, dachte er. Ängstliche, zaghafte kleine Buchstaben, die sich schutzsuchend zusammendrängten. Die großen Buchstaben waren kaum größer als die kleinen. Er überlegte, warum ihm das noch nie aufgefallen war und ob es irgend etwas bedeutete.

Als er den Brief zu Ende gelesen hatte, blickte er wieder über den See. »Ich habe Angst. Ich möchte, daß Du nach Hause kommst.« Die Ehrlichkeit der Worte war eindeutig. Sogar ihre Schrift hatte sich an dieser Stelle verändert; sie war größer und so unregelmäßig, daß es aussah, als wäre jeder Buchstabe von einem anderen Menschen geschrieben.

Angst? Natürlich hatte sie Angst. Sie hatte Angst vor dem Gerede der Nachbarn, Angst um ihren Ruf. Aber nicht die Angst war ungewöhnlich, sondern ihr Eingeständnis, und vor allem ihr Appell an ihn. Sie bat sonst nie um etwas. Sie fragte vielleicht, aber wenn er ablehnte, nahm sie seine Ablehnung als endgültig, sie versuchte es nicht mit Schmeichelei, noch setzte sie Sprödigkeit oder Tränen ein. Es war eine der Eigenschaften, die er an ihr bewunderte, doch es war auch die, mit der sie ihn am meisten verletzen konnte – sie hielt es nicht für wert, ihn herumzukriegen oder umzustimmen oder auch nur mit ihm zu streiten. Das Gesicht, das sie ihm darbot, war unverwundbar: *Du kannst mir nicht helfen und mich auch nicht verletzen, Charles.* Es gab offenbar keine Möglichkeit, an sie heranzukommen oder die Kälteschichten zu durchdringen, die sie vor jeder emotionalen Beziehung zu anderen Menschen schützten, selbst vor der zu ihrem Mann. Das war ihr Kapital, eine absolute Unnahbarkeit, die anderen das Gefühl gab, unzureichend und unvollkommen zu sein.

Sie ist unverwundbar, dachte Charles, *weil ich keine andere Reaktion von ihr bekomme als eine kalte Hinnahme kalter Tatsachen. Und diese Unverwundbarkeit ist weniger ein besonderer Zug an ihr als vielmehr der besondere Zug an anderen Menschen, der ihnen menschliche Reaktionen notwendig erscheinen läßt. Kaum einer von uns kann erkennen, daß wir lebendig sind, wenn er es nicht in den Gesichtern der anderen liest. Ein Lächeln, ein Stirnrunzeln, eine hochgezogene Braue, ein Kuß, ein Ausruf – das sind die Zeichen, daß wir lebendig sind, und nicht unser eigener Herzschlag. Was tun also Menschen wie Martha? Sie zielen auf unseren Selbsterhaltungstrieb und machen uns damit angst. Wir haben beide Angst, Martha.*

Aber warum dieses plötzliche Geständnis? War sie schlicht eines Morgens aufgewacht und hatte gemerkt, daß sie nichts vom Leben hatte und daß ihre Jugend und Schönheit langsam Vergangenheit wurden? Sie hatte noch nie etwas von einer solchen Erkenntnis angedeutet. Sie verbrachte ihre Tage, als ob sie ihr Leben bereits gelebt hätte und nur noch die Zeit bis zum Ende abwartete. Sie arbeitete im Garten, sie staubte Bücher ab und schüttete Aschenbecher aus, sie ging gelegentlich mit Laura ins Kino oder mit ihm zum Essen. Es machte ihr keinen Spaß, zum Essen auszugehen; sie fühlte sich dabei immer unwohl und aß kaum etwas. Das hatte ihn erstaunt, denn zu Hause hatte sie einen guten Appetit. Es dauerte eine Weile, bis er herausfand, daß sie sich scheute, in der Öffentlichkeit zu essen. Nein, es war mehr als Scheu, es war so etwas wie Scham, als ob sie anderen nicht gern zeigen wollte, daß auch sie den Anforderungen des Körpers unterlag.

Oder vielleicht war sie auch nur nicht ans Essen im Restaurant gewöhnt. »Es muß Dir doch klar sein, Charles, wie sehr ich mich bemüht habe, mich in eine neue Lebensweise hineinzufinden, und wie demütigend das manchmal war.«

Das stimmte. Sie hatte sich sehr bemüht, aber sie hatte ihre Anstrengungen darauf verwandt, die Frau aus sich zu machen, die er ihrer Meinung nach haben sollte, nicht die, die er wirklich wollte. Einmal, zu Beginn ihrer Ehe, hatte er ihr anvertraut, daß er sie so liebte, wie sie war, und nicht wollte, daß sie sich änderte.

Sie hatte ihn erstaunt und ungläubig angesehen. »Aber ich muß so viel lernen. Ich möchte dir keine Schande machen.«

Er lachte. »Woher um Himmels willen hast du deine Ideen, Martha? Von Henry James?«

Sie wußte, wer Henry James war, aber sie hatte nichts von ihm gelesen. Die Szene, die mit einer Liebeserklärung begonnen hatte, endete damit, daß sie laut aus den *Gesandten* vorlas.

Heiland, dachte er, ich hätte sie packen sollen. Ich hätte ihr das verdammte Buch über den Kopf hauen und mit ihr ins Bett gehen sollen.

Statt dessen war er eingeschlafen. Als er aufwachte, las sie immer noch, und obwohl sie gemerkt haben mußte, daß er geschlafen hatte, sagte sie nichts darüber. Sie überging es, wie man die Ungeschicklichkeiten eines Gastes übergeht – einen Rülpser, ein Gähnen, einen zerbrochenen Teller. Aber er hatte immer das Gefühl, daß ihr Verhalten nicht guten Manieren entsprang, sondern als eine Verweigerung von Intimität gedacht war.

Sie behandelte ihn meist mit einer Förmlichkeit, die

ihm ihren Altersunterschied allzusehr vor Augen führte. Der Unterschied betrug nur neun Jahre und hätte eigentlich keine Rolle spielen müssen. Aber er nagte an Charles. Seine Sterilität machte ihn übermäßig empfindlich und selbstkritisch, und der Gedanke, daß er eine so viel jüngere, gesunde Frau geheiratet hatte und nicht einmal Kinder mit ihr haben konnte, beschäftigte ihn ständig.

Seine Haltung ihr gegenüber bekam zunehmend etwas Entschuldigendes. Wenn er nachts zu ihr ging, klopfte er immer an die Tür und wartete auf die Erlaubnis einzutreten. Wenn sie andeutete, daß sie müde war oder Kopfschmerzen hatte, ging er sofort wieder, ohne ihr einen Gutenachtkuß zu geben, und hatte dabei das Gefühl, daß er etwas verdorben hatte und sie ihn verabscheute, weil er zeugungsunfähig war.

Wenn er aber blieb, war sie hilfsbereit und kooperativ, so kooperativ, daß es Monate dauerte, bis er begriff, daß sie von einer schon fast krankhaften Schamhaftigkeit war, daß es eine Qual für sie war, sich vor ihm auszuziehen. Er konnte nicht verstehen, wie jemand, der einen so schönen Körper hatte, sich dessen schämen konnte.

»Du bist wunderschön«, sagte er zu ihr. »Du bist wirklich schön.«

»Nein, nein. Das bin ich nicht.«

»Du bist die schönste Frau …«

»Nein.« Sie schloß die Augen und wandte sich ab.

»Bleib einen Moment so«, sagte er. »Du erinnerst mich an ein Gemälde, das ich mal gesehen habe. Es ist eine Venus von Velazquez in der National Gallery in London.«

»Sei nicht albern, Charles«, entgegnete sie scharf.

Am nächsten Tag kaufte er eine Reproduktion der Venus von Velazquez und brachte sie ihr mit. Das Bild gefiel ihr, aber sie erklärte ihm entschieden, es sei absurd, wenn er glaube, sie sehe so aus.

Das Bild war aber doch eine Hilfe. Martha schien etwas weniger gehemmt vor ihm und wehrte seine Komplimente nicht mehr so brüsk ab. Sie hielt sie immer noch für unzutreffend, aber er hatte den Eindruck, daß sie eher bereit war, sich überzeugen zu lassen.

Er hätte es natürlich weiter versuchen sollen, nicht ihr über ihre Verlegenheit hinwegzuhelfen, sondern ihr die Augen dafür zu öffnen, wie sie wirklich war. Es mutete ihn lächerlich an, daß sie die Eitelkeit, die sie besaß, an Eigenschaften hängte, die sie nicht besaß. Sie war durchaus bereit zuzugeben, daß sie einen klugen Kopf und einen starken Charakter hatte.

»Ich glaube nicht an physische Schönheit«, erklärte sie ihm. »Sie ist vergänglich.«

Er fing an zu lachen, er konnte sich nicht beherrschen.

Sofort wurde sie mißtrauisch. »Was ist daran so komisch?«

»Ich weiß nicht. Alles, glaube ich.«

»Das war doch das richtige Wort, oder? Vergänglich?«

»Ja. Guter Gott, ja.«

»Und?«

Er konnte nicht erklären, warum er lachte.

Wenigstens war sie konsequent in ihrer Haltung. Ihre Kleidung war nüchtern und praktisch, und als Laura aufs College kam und anfing, die üblichen sackförmigen Pullover und robusten Oxfordschuhe zu tragen, war Martha sehr einverstanden. Sie sagte, ihrer Meinung nach kleide die junge Generation sich vernünftiger als ihre eigene.

Wenn sie Laura auch nicht offen bewunderte, war sie doch sehr stolz auf sie. Laura war klug; Laura sollte alle

Möglichkeiten haben, die sie, Martha, nie gehabt hatte; Laura würde sich einen Namen machen (ob sie wollte oder nicht, deutete ihr Tonfall an).

Belustigt und auch etwas erschrocken über Marthas Entschiedenheit, hatte Charles darüber mit Laura gesprochen.

»Ach, das ist schon in Ordnung«, sagte Laura. »Ich habe es sowieso vor. Etwas zu werden, meine ich.« Und lässig fügte sie hinzu: »Das ist auch besser so, weil ich nämlich nie heiraten werde.«

»Warum nicht?«

»Ach, die Ehe macht die Leute alt. Sieh nur dich und Martha an. Ich meine, was habt ihr denn davon?«

Eigentlich wollte er mit einem Lächeln darüber hinweggehen, aber ehe er es sich versah, sagte er nüchtern: »Ich weiß nicht recht.«

»Ich meine, du und Martha, ihr seid sicher ein abschreckendes Beispiel dafür, was passiert, wenn Leute heiraten.«

»Ach ja, sind wir das? Sprich weiter.«

»Nein, nein. Sonst wirst du böse.«

»Das werde ich nicht. Ich schwöre bei meiner Ehre, daß ich nicht böse werde!«

Sie weigerte sich, weiter darüber zu reden. Sie sagte nur mit ihrer abgeklärtesten Stimme: »Bist schon ein Goldschatz, Charley.«

Er war ganz überwältigt von dieser Schmeichelei. »Du bist auch nicht so übel.«

»Glaubst du, daß ich so hübsch wie Martha werde, wenn ich älter bin, meine ich?«

»Das ist meiner Ansicht nach sehr wahrscheinlich.«

»Ich glaube es nicht. Ich kriege dauernd diese gräßlichen Pickel. Einen nach dem anderen. Das macht mich richtig fertig.«

»Wahrscheinlich sehe ich in meinem hohen Alter nicht mehr so gut, aber ich kann keine Pickel entdecken.«

»Das würdest du schon, wenn ich mein Gesicht abwaschen würde. Ich trage sie schließlich nicht zur Schau.«

Charles lächelte. »Trotz dieser ernsten Hindernisse auf dem Pfad der Schönheit glaube ich, daß du ganz ordentlich abschneiden wirst.«

»Jetzt nimmst du mich auf den Arm.«

»Nein, das tue ich nicht. Und ich hoffe – nun, ich hoffe, daß du eines Tages sehr glücklich und sehr hübsch sein wirst.«

Sie stierte ihn mit offenem Mund an. »Wie komisch du das sagst. Als ob du gleich weinen wolltest oder so.«

»Ich hoffe nicht«, sagte er.

Nur einen Monat später, Anfang April, kam er mit nervtötenden Kopfschmerzen nach Hause und ging gleich ins Bett.

Martha kam in sein Zimmer herauf. »Brown sagt, du hast wieder so scheußliche Kopfschmerzen.«

»Ziemlich scheußlich.«

»Nimm doch mal das Zeug, das der Arzt dir verschrieben hat.«

»Das hilft nicht.«

Er drehte sich um und schloß die Augen, um anzuzeigen, daß er keine Lust zum Reden hatte.

Sie redete trotzdem weiter. »Woher willst du das wissen, wenn du nie etwas probierst? Mutter hat auch Kopfschmerztabletten, aber ich weiß, daß du sie nicht nehmen würdest. Es kommt mir vor, als ob du es genießt, Kopfschmerzen zu haben.«

»Ach, zum Teufel, hör doch auf.«

»Fluche nicht. Es ist so kindisch.«

»Also gut. Du hast gewonnen.«

Sie brachte ihm ein Glas Wasser und zwei Tabletten, die er schluckte. Sie ging immer noch nicht, und er tat, als ob er schliefe. Sie zog ihm die Decke über die Schultern und küßte ihn auf die Stirn.

Dann stieß sie ihm unvermittelt brutal die Faust in den Magen. Er schrie, und sie warf ihm Sand in den Mund. Er krümmte sich vor Schmerzen, und sie rammte ihm ein Messer zwischen die Schulterblätter. Und die ganze Zeit über veränderte sich ihr Gesichtsausdruck nicht. Er war äußerst sanft und unnahbar, und ihre Stimme war wie Liebesgeflüster. »Oh, Charles, tut es weh? Oh, es tut mir leid, wenn es weh tut, Charles. Wir versuchen statt dessen mal das hier«, sagte sie und zerschnitt ihm mit ihrem Daumennagel gekonnt die Augenlider.

»Wachen Sie auf, Mr. Pearson«, sagte Forbes. »Zeit für Ihr Mittagessen.«

»Ich habe geträumt«, sagte Charles, aber er war nicht sicher, wo der Traum angefangen hatte.

»Sie sollten nicht in der Sonne schlafen, ohne die Augen zu schützen, Sir. Das ist nicht gut.«

»Ich glaube nicht, daß ich geschlafen habe. Ich glaube nicht.«

Der Brief war zu Boden gefallen. Er beugte sich vor und hob ihn mit einer merkwürdigen Mischung aus Mitleid und Abscheu und Liebe auf. *Meine Frau*, dachte er, *Martha...*

Forbes rückte den Stuhl aus der Sonne und brachte das Tablett mit dem Essen. Während er aß, dachte Charles über Martha nach. Der Brief hatte sie ihm näher gebracht, und sie erschien ihm wirklicher als in der ganzen Zeit, da er sie jede Minute des Tages um sich gehabt hatte. So absurd es auch sein mochte, er hatte das Gefühl, sie könnte jeden Augenblick auf die Veranda heraustreten. Sie würde direkt zu ihm herüberkommen und ihn auf den Mund küssen. Ihr Haar würde windzerzaust über ihre Schultern fallen und nach Sonne riechen. Er würde sich unbewegt geben, sogar brutal:

»Verschwinde. Siehst du nicht, daß ich esse?«

»Oh, Charles, bitte! Ich habe Angst. Ich habe mich ohne dich so einsam gefühlt.«

»Du mußt schon warten, bis ich mit dem Essen fertig bin.«

Hirngespinste, dachte er, unsinnige Hirngespinste. Aber sein Atem ging schneller, und als Forbes wieder herauskam, stellte Charles erstaunt fest, daß er, ohne es zu merken, alles aufgegessen hatte.

Er setzte sich bequem in seinem Stuhl zurück. Warum konnte es denn nicht so werden? Warum kann ich nicht dafür sorgen, daß es so wird? Ich kenne sie jetzt besser. Ich verstehe sie. Wenn ich meine Nerven unter Kontrolle behalte, wenn ich aufhöre, mir Dinge über sie auszumalen …

Er sah sich zu Hause ankommen, gekräftigt und wieder ganz auf dem Posten, sicher in dem Wissen, daß er ihre Schwierigkeiten und Schwächen endlich verstand und daß dieses Verständnis hieß: Er konnte mit ihr fertig werden. Ihre Schuldgefühle, ihre Unsicherheit, ihr mangelndes Selbstbewußtsein, er würde ihr helfen, all das zu überwinden. Er würde harsch sein, wenn nötig, und zärtlich; er würde sie weiterhin lieben, aber er würde unabhängig und distanziert bleiben.

Er wußte nun, daß Martha ein einfacherer Mensch war

als er selbst und daß es ein Fehler gewesen war, die Vielschichtigkeit seiner eigenen Persönlichkeit in ihre hineinzudeuten.

Als MacNeil drei Tage später wieder zu ihm herauskam, war er erstaunt, wie gut Charles aussah und wie energisch er sich im Haus bewegte.

Er sagte es ihm, und Charles lächelte und meinte: »Das muß die frische Luft sein.«

»Das muß es wohl«, stimmte MacNeil zu. Er war angenehm überrascht, aber gleichzeitig beunruhigte ihn der plötzliche Wandel ein bißchen.

Bevor er ging, sprach er unter vier Augen mit Forbes. »Ist irgendwas Besonderes passiert?«

»Nein«, sagte Forbes. »Er läuft nur immer so verklärt herum.«

»Verklärt?«

»Na ja, als habe er allerlei nette Sachen zu denken, wissen Sie, und sei gerade damit beschäftigt.«

»Merkwürdig«, sagte MacNeil. Es war mehr als merkwürdig, es war schon verdächtig, daß Pearson, ein unheilbarer Schwarzseher, plötzlich seine Schwarzseherei zugunsten von allerlei netten Sachen aufgab, über die man nachdenken konnte.

»Er hat davon gesprochen, daß er bald nach Hause möchte.«

»Er ist doch erst eine Woche hier.«

»Und heute vormittag hat er in seinem Büro angerufen und mit seiner Sekretärin gesprochen. Geschäftliche Einzelheiten.«

MacNeil dachte an den Brief von Mrs. Pearson. Er hätte viel darum gegeben, wenn er ihn hätte lesen können, aber er rief sich ernst zur Ordnung. Das ging ihn nichts an.

Außerdem erzählte Pearson ihm vielleicht ohnehin irgendwann davon.

Als er gegangen war, lief Charles zum Strand hinunter und legte sich in den Sand. Martha war bei ihm. Sie trug zwei winzige Stoffetzen als Badeanzug, und als sie sich neben ihm niederließ, legte sie den Kopf an seine Schulter. So blieben sie liegen, ohne sich zu bewegen und ohne zu reden, bis er sagte: »Komm, wir gehen nach oben.«

»Aber was werden die Leute…«

»Zum Teufel mit den Leuten. Komm nach oben.«

Also gingen sie nach oben.

Wie einfach das alles war. Wie einfach sie waren. Naturkinder.

Ich darf mir nichts vormachen, dachte er und merkte plötzlich, wie der Sand unter seinem Schienbein knirschte und der Wind kühl vom See her wehte. Ich darf mich nicht mit Phantasien betäuben.

Aber die Warnung hatte offenbar nicht viel zu bedeuten. Solch kalte und grausame Worte gebrauchte man nicht für so liebenswerte Naturkinder.

In der Nacht wachte er schweißnaß und erschöpft auf. Forbes hörte ihn herumrumoren und kam an seine Schlafzimmertür.

»Ist irgendwas, Mr. Pearson?«

»Nein«, antwortete Charles. »Ich hätte gern ein Glas Wasser.«

»Natürlich.« Forbes ging das Wasser holen. Er war noch angezogen. Obwohl es schon nach zwei war, hatte er noch nicht geschlafen. Er fand es eigenartig, daß Charles das nicht bemerkte und einen Kommentar dazu abgab.

Aber Charles schien überhaupt nichts zu bemerken. Seine Augen glänzten und sahen leer aus, und auf seinem

Gesicht lag eine exaltierte Sanftheit, die Forbes an einen Onkel erinnerte, der religiös geworden war. Der Onkel hatte das Licht gesehen und stierte nur noch darauf, blind für alles, was zwischen ihm und diesem Licht lag.

»Noch etwas, Mr. Pearson?«

»Was?« Charles blinzelte, und seine Augen sahen plötzlich wieder. »Du liebe Güte, Sie waren ja noch gar nicht im Bett. Wie spät ist es denn?«

»Zehn nach zwei.«

»Schlafen Sie denn nie?«

»Nicht auf dem Land. Da gibt es so viele Geräusche.« Forbes zögerte. »Keine – menschlichen Geräusche, meine ich, die man abstellen oder mit denen man sich auseinandersetzen könnte. In der Stadt, wenn man da eine Straßenbahn hört, dann ist das in Ordnung. Man weiß, daß jemand das Ding steuert, ein Mensch. Aber wenn ich dieses verdammte Wasser höre ...«

Charles sah erstaunt auf. Forbes redete so selten über sich, daß es schwerfiel, ihn als normales menschliches Wesen mit Zweifeln und Schwächen zu sehen. Er schien immer derselbe, ein robuster, dunkelhäutiger kleiner Mann, unempfindlich gegen jeglichen Wandel, gegen Wetter oder Emotionen. Wie die besten Armbanduhren, dachte Charles, stoßsicher, wasserdicht und antimagnetisch.

»... wenn ich diesem verdammten Wasser lausche«, wiederholte Forbes, »dann habe ich das Gefühl, ich sollte an irgend etwas glauben – Gott oder die Hölle oder Feen.« Er lächelte, aber in seinem Blick lag etwas Hinterhältiges. »Und Sie, Mr. Pearson, glauben Sie an etwas?«

»Ich weiß nicht recht.«

»Ich hatte irgendwie den Eindruck, daß Sie es tun.« Er ging langsam zur Tür. »Soll ich das Licht ausmachen?«

»Ja, bitte.«

»Gute Nacht, Sir.«

»Gute Nacht.«

Charles blieb wach in der Dunkelheit liegen. Er versuchte, an Martha zu denken, aber diesmal kam ihr Bild nicht so leicht, und die Geräusche vom See begannen ihn zu beunruhigen.

Ich sollte an etwas glauben.

12

Am nächsten Nachmittag schaute MacNeil bei den Pearsons vorbei. Er konnte seine Neugier nicht länger bezähmen. In jeder freien Minute stellte er Spekulationen über die Pearsons an. Charles' plötzliche Besserung machte ihm Sorgen. Extreme und plötzliche Veränderungen waren bei anaphylaktischen Persönlichkeiten nicht ungewöhnlich, aber normalerweise konnte man den Grund finden, und in Pearsons Fall schien es keinen Grund zu geben. Vielleicht der Brief von seiner Frau. Oder die frische, pollenfreie Luft. Aber keins von beiden reichte aus, um diesen beinah psychopathischen, verträumten Ausdruck in Pearsons Augen zu erklären. »Er läuft so verklärt herum«, hatte Forbes gesagt. Aber gleichzeitig lag in Pearsons Gesicht auch etwas Verstohlenes. MacNeil versuchte sich zu erinnern, wo er diesen Ausdruck schon gesehen hatte, und schließlich wußte er es. Es war bei einem seiner Söhne gewesen, als er ihn in einer dunklen Ecke des Werkzeugschuppens dabei ertappte, wie er sich hastig die Hose zuknöpfte.

»Gütiger Himmel«, sagte MacNeil laut und drückte lange und heftig auf den Klingelknopf.

Er hatte seinen Patienten in letzter Zeit nicht unter diesem Gesichtspunkt betrachtet, weil er sich so daran gewöhnt hatte, in Pearson den Kranken zu sehen. Doch genau in der Tatsache, daß er krank war, lag möglicherweise die Ursache seines derzeitigen Zustandes, mutmaßte MacNeil. Als Kranker hatte Pearson einige Zeit keinen intimen Verkehr mit seiner Frau gehabt. Jetzt, da er langsam genas, wollte er es. Natürlich konnte er nicht mit einer Frau schlafen, von der er glaubte, daß sie ihn umbringen wollte, also nahm sein Unbewußtes die nötigen Anpassungen vor. Sie hatte nicht versucht, ihn umzubringen, sie war unschuldig, er hatte ihr Unrecht getan. Pearson hatte, wenn man es recht bedachte, die Bühne für ein neues Stück umgebaut.

Die Tür wurde von Mrs. Pearson persönlich geöffnet.

Sie tauschten höflich, aber argwöhnisch Floskeln aus. Sie sagte, sie habe gerade eine Freundin besuchen wollen, aber er könne gern hereinkommen.

»Ich bleibe nicht lange«, sagte er. »Ich bin zufällig vorbeigefahren und dachte, ich schaue mal rein.«

Sie ging ins Wohnzimmer, und er folgte ihr. Sie war nervös, sah aber sehr gut aus, wie er mit professionellem Interesse bemerkte. Ihre Augen waren glänzend und klar, und ihre Wangen hatten eine gesunde Farbe, obwohl sie in der vergangenen Woche abgenommen zu haben schien. Er überlegte, ob es wohl eine Diät war oder die Sorge um Pearson oder nur der Schnitt ihres Kleides. Normalerweise achtete er nicht darauf, wie Frauen angezogen waren, aber er war so an Mrs. Pearsons nachlässige schwarze Kleidung gewöhnt, daß ihm dieses Kleid sofort ins Auge gefallen war. Es war aus einem weichen, honigfarbenen Material und hatte einen breiten, roten Gürtel und rote Paspeln.

»Wie geht es ihm?« fragte sie geradeheraus.

»Ich habe ihn gestern besucht«, antwortete MacNeil. »Es geht ihm sehr gut. Machen Sie sich keine Sorgen.«

»Hat er meinen Brief bekommen?«

»Ich habe ihn Mr. Pearson gegeben.«

»Und hat er irgend etwas gesagt?«

»Nein.«

Darüber schien sie erleichtert. »Ich habe ihm einen ziemlich hysterischen Brief geschrieben. Ich bin froh, daß er ihn nicht ernst genommen hat. Ich war an dem Tag so deprimiert.«

»Sie hatten Grund dazu. Wenn ich irgend etwas tun kann...«

»Nein, nein. Ich fühle mich schon wieder besser, danke.«

Er lächelte. »Das kommt mir wie eine Untertreibung vor. Sie sehen erstaunlich gut aus.«

»Ach ja?« Sie fuhr sich abrupt mit der Hand an die Kehle.

»Ein bißchen nervös vielleicht«, sagte er. »Ich könnte Ihnen ein Beruhigungsmittel verordnen, wenn Sie wollen.«

»Ich nehme nie Medikamente. Ich bin völlig gesund.«

So sah sie auch aus. Sie hatte gute, robuste Erbanlagen, dachte MacNeil. Darauf beruhte wohl ein Teil ihrer Anziehungkraft auf den Ästheten Pearson, und vielleicht war dies auch Teil der Feindseligkeit zwischen den beiden.

»Außerdem«, fügte sie hinzu, »sind Sie doch gekommen, um über Charles zu reden, oder?«

»So ist es.« Die Rüge machte ihn verlegen. »Aber Sie sind auch wichtig. An einer Ehe sind gewöhnlich zwei beteiligt.«

»Unsere Ehe geht Sie wohl kaum etwas an.«

»Doch, das tut sie, denn sie betrifft Ihren Mann. Er ist nicht nur mein Patient, er hat mich auch um Rat gebeten.«

»Charles und ich sind intelligente Menschen. Wenn etwas zwischen uns nicht stimmt, dann machen wir das unter uns aus.«

Sie stand auf. Sie war einen halben Kopf größer als er, und er sah wohlgefällig zu ihr auf. Rein physisch gesehen war sie eine großartige Frau. Wie schade, daß sie an Pearson verschwendet war, ebenso wie auf andere Weise Pearson an sie.

»Ich hoffe, Sie können es wirklich unter sich ausmachen«, sagte er, indem er sich über ihren offensichtlichen Wunsch, daß er gehen möge, hinwegsetzte. »Ich hatte letzte Woche einen Fall, der dem von Mr. Pearson sehr ähnelt. Vielleicht würden Sie die Schwierigkeiten Ihres Mannes besser verstehen, wenn ich Ihnen davon erzählte.«

»Gut, dann erzählen Sie.«

Er begann im Zimmer auf und ab zugehen. »Die Patientin ist eine Frau in Ihrem Alter, einziges Kind, unverheiratet, lebt bei ihren Eltern. Letzte Woche brachte ihr Vater eines Abends einen jungen Mann mit nach Hause zum Essen. Dem Mädchen wurde entsetzlich schlecht, als sie ihren Kaffee trank. Sie hat zwar eine lange Vorgeschichte als Allergikerin, aber Kaffee rief bisher keine Reaktionen hervor. Jetzt kann sie nicht einmal mehr den Geruch ertragen. Ich habe mit ihr darüber gesprochen; sie ist intelligent und hilfsbereit. Als einzige Erklärung fiel ihr dazu ein, daß sie den jungen Mann, den ihr Vater mitgebracht hatte, von Anfang an sehr unsympathisch fand. Das ist ja soweit alles nachvollziehbar. Aber warum diese Abneigung? Und wenn sie schon gleich da war, warum kam die Reaktion dann nicht auf etwas, das zu Beginn des Essens serviert wurde? Warum mußte sie überhaupt auf etwas reagieren? Ich kann natürlich Theorien aufstellen. Zunächst einmal wollte sie Aufmerksamkeit erregen. Der junge Mann gefiel ihr, und sie wollte ihm auch gefallen. Da sie mit normalen Mitteln keinen Erfolg hatte, griff sie zu außergewöhnlichen – sie wurde krank.

Aber die Erklärung könnte auch viel komplexer sein. Das Mädchen ist außergewöhnlich sensibel und selbstkritisch. Als es ihr nicht gelang, das Interesse des jungen Mannes zu erregen, war ihre Eitelkeit verletzt, und sie haßte sich vielleicht plötzlich dafür, daß sie es versucht hatte. ›Ich mag dich nicht‹, heißt ja so häufig: ›Du sorgst dafür, daß ich mich selbst nicht mag.‹ Ihre Reaktion auf den Kaffee wäre dann ein Ausdruck von Selbsthaß und eine milde Form der Selbstzerstörung. Es gibt also drei Erklärungsebenen. Die erste: Es war eine simple allergische Reaktion. Die zweite: Sie wollte die Aufmerksamkeit des jungen Mannes auf sich lenken. Und auf der dritten und tiefsten Ebene hat sie sich umgebracht.«

»Das klingt für mich sehr weit hergeholt«, sagte Martha.

»Jede Interpretation kann falsch sein oder weit hergeholt, wie Sie es nennen. Aber der Todeswunsch ist eine Tatsache; bei manchen Menschen ist er sehr stark.«

»Sie meinen Charles?«

»Es erscheint möglich, finden Sie nicht auch? Seit seinem anaphylaktischen Schock nach dem Aspirin sind jetzt fast zwei Monate vergangen. Normalerweise klingt so etwas sehr rasch wieder ab. Ein anaphylaktischer Schock ist etwas Schnelles; entweder stirbt der Patient, oder er wird rasch wieder gesund. Organisch ist Ihr Mann völlig gesund. Selbst seine Sterilität hat, soweit wir das feststellen konnten, anscheinend keine physische Ursache.

Wenn wir eine finden könnten, hätten wir eine einfache und passende Erklärung für seine seelischen Probleme – nämlich, daß sie eine Folge seiner Sterilität sind.

Ich weiß nicht. Ich taste mich da wie ein Blinder vor. Ich bin kein Psychologe, den er eigentlich brauchte. Aber ich hoffe, daß ich seine Neurose wenn auch nicht heilen, so doch in konstruktivere Kanäle lenken kann. Kurz gesagt, er muß etwas haben, wofür er leben und woran er seine Hoffnungen knüpfen kann.«

Er sah ihren Blick zur Tür. »Ich hoffe, ich halte Sie nicht von Ihrer Verabredung ab.«

»Nein, natürlich nicht«, antwortete sie höflich.

»Ich muß jetzt ohnehin gehen.«

»Es tut mir leid. Ich kann Ihnen nichts über Charles sagen, was Ihnen helfen könnte. Genaugenommen kenne ich ihn eigentlich nicht besonders gut.«

Wenn eine gewisse Ironie in ihrer Bemerkung lag, dann war sie weder auf ihrem Gesicht zu sehen noch aus ihrer Stimme herauszuhören. MacNeil dachte an seine eigene Frau und ihre etwas lästige Angewohnheit, ihm zu erklären, daß er für sie ein offenes Buch sei. Er dachte: *Irgendwo zwischen den beiden Extremen...*

Als er ging, kam Laura gerade die Treppe herauf. Sie hüpfte wie ein kleines Mädchen, aber als sie ihn sah, hörte sie sofort damit auf, nahm Haltung an und setzte ihren Weg ins Haus mit schrecklicher Würde fort.

»Was hast du denn mit deinen Haaren gemacht?« fragte Martha.

»Findest du sie gut?«

»Nicht besonders. Sieht aus wie ein Hirtenhund.«

»Steve sagt, ich sehe damit aus wie Lauren Bacall.«

»Wer immer das sein mag.«

»Ach, sie ist klasse, einfach klasse! Natürlich hat Steve mich bloß auf den Arm genommen.«

»Das halte ich für sehr wahrscheinlich«, sagte Martha kühl. »Du hast wohl vergessen, daß ich dir gesagt habe, du sollst nicht rübergehen und ihm auf die Nerven fallen.«

»Aber er findet es gut, wenn ich komme.«

»Das spielt keine Rolle. Wir können es uns nicht leisten, daß die Leute tratschen.«

»Warum sollten sie tratschen? Ich meine, er ist doch ein alter Freund der Familie, oder? Wir kennen ihn schon ewig, es wäre schlicht albern, nicht –«

»Zum Donnerwetter, hältst du jetzt endlich den Mund!«

Sie hatte das nicht so sagen wollen. Sie wußte, daß es dumm war, Laura gegen sich aufzubringen. Etwas ruhiger fuhr sie fort: »Tut mir leid, daß ich so energisch mit dir reden muß, aber du solltest wirklich langsam lernen, daß es Konventionen gibt. Du vergißt manchmal, daß du jetzt eine gewisse Verantwortung hast. Du kannst nicht immer machen, was dir gerade einfällt. Du redest vielleicht gern mit Steve, aber es schickt sich einfach nicht.«

»Warum nicht?«

»Weil ich es sage. Ich hoffe, du machst jetzt nicht noch Theater.«

»Ich sehe nicht ein, was daran Theater sein soll, wenn ich gelegentlich mit jemandem reden will. Jemand, der zur Abwechslung mal ein bißchen Lebendigkeit ausstrahlt.«

»Das ist nicht gerade sehr schmeichelhaft.«

»Aber es ist die Wahrheit. Du sagst immer die Wahrheit, und nur aus dem Grund, weil es die Wahrheit ist. Aber du magst es nicht, wenn man es dir gegenüber genauso macht! Und dazu wären etliche Leute imstande.«

Martha war irritiert durch Lauras Heftigkeit. Es war schwer, mit ihr fertig zu werden; still und heimlich schaffte sie es, die meisten Regeln zu brechen, die ihr auferlegt wurden. Aber dieser offene Widerstand war neu. Es war, als ob ihr der Kontakt mit Steve klargemacht hätte, daß sie eine Frau war und als solche gewisse Rechte hatte. Sie mußte sich nicht länger von einer anderen Frau sagen lassen, was sie zu tun und zu lassen hatte.

Laura machte sich das Schweigen zunutze. »Ich bin nicht in ihn verknallt oder so was, falls du das denkst. Ich fühle mich nur einfach gut in seiner Gegenwart. Ich meine, selbst wenn er sich über mich lustig macht, fühle ich mich dabei –«

»Steve kommt bei Frauen sehr gut an, besonders bei jungen Mädchen. Wenn ich noch mal sehe, wie du da drüben mit ihm redest, muß er sofort ausziehen!«

»Aber warum?« rief Laura. »Warum?«

»Ich kann deinen Ruf nicht aufs Spiel setzen. Du bist erst –«

»Und was ist mit deinem Ruf? Du redest doch auch mit ihm.«

»Nur, weil ich muß.«

»In der Garage?« sagte Laura. »Ich habe dich gesehen.«

»Na und?«

»Ich kam gerade aus der Schule, und du bist aus der Garage gekommen, und er war drin.«

»Rede bitte nicht so laut. Sicher bin ich aus der Garage gekommen. Aus irgendeinem seltsamen Grund hatte er angefangen, den Wagen zu waschen. Sein Aufzug war nicht ganz passend, und das mußte ich ihm sagen.«

»Ich weiß, warum du nicht willst, daß ich mit ihm rede«, sagte Laura. »Du bist eifersüchtig.«

»Ich glaube, du gehst besser in dein Zimmer, bevor ich die Geduld verliere.« Das Mädchen rührte sich nicht. »Verstehst du mich, Laura? Du sollst nach oben gehen und über deine letzte Bemerkung nachdenken. Wenn du erkannt hast, wie völlig unverantwortlich und dumm sie war, kannst du wieder runterkommen und dich entschuldigen.«

»Wenn du glaubst, daß du mich dazu bringen kannst, mich zu entschuldigen, dann kann ich es auch gleich tun.«

»Ich möchte nicht, daß du es gleich tust. Denk erst darüber nach.«

»Also gut. Es tut mir leid.« Sie war schon den Tränen nahe und kramte in ihrer Rocktasche nach einem Taschentuch.

»Du willst doch wohl nicht weinen, Laura?« sagte Martha, aber Tränen und Taschentuch waren schon zum Vorschein gekommen.

Sie legte Laura den Arm um die Schultern. Sie fühlte sich plötzlich ausgelaugt, als ob in ihrem Inneren viele Dinge im Widerstreit lägen und ihre ganze Vitalität verbrauchten.

Mit brüchiger Stimme sagte sie: »Was um alles in der Welt ist denn bloß mit dir los, Laura?«

»Ich weiß es nicht.«

»Es ist wahrscheinlich Steve.«

»Ich – ich glaube, ja. Ich finde ihn wunderbar. *Ich* bin eifersüchtig.«

»Aha.«

»Ich bin ganz verrückt nach ihm. So was ist mir noch nie passiert. Nie.«

Martha strich ihr übers Haar. Sie lächelte, aber ihre Augen waren düster und bitter. Es war nicht Laura, die weinend in der Diele stand, sie selbst war es, Martha. »Das vergeht schon wieder, Laura. Der Frühling ist etwas Schreckliches, wenn man sechzehn ist.«

»Aber das wird nicht vergehen! Das ist es ja. Viele Mädchen heiraten mit sechzehn.«

»Du hoffentlich nicht. Er hat dich ja noch nicht mal gefragt, oder?«

»Nein, aber ich hatte ja auch noch gar keine Gelegenheit, ihn auf mich aufmerksam zu machen. Er hat mich noch nicht mal in meinem neuen blauen Kostüm mit hochgestecktem Haar gesehen oder so.«

»Und du möchtest gern, daß ich dir die Möglichkeit gebe, ihn – auf dich aufmerksam zu machen?«

»Oh, Martha, würdest du das tun? Ich weiß, daß er mich gern hat, ich fühle es. Auch wenn er immer sagt, daß ich nur ein Kind bin, ich weiß, daß er es nur tut, um sich selbst gegen mich zu schützen. Ich meine, er ist so zynisch und sarkastisch, aber ich fühle mich sicher, wenn er in der Nähe ist, als ob er mich beschützen würde. Ach, ich kann es keinem erklären!«

»Das ist schon sehr gut, nur weiter.«

»Und er beschützt mich wirklich. Er will sogar, daß ich das Rauchen aufgebe, weil er Angst hat, daß es mein Wachstum hindert. An solchen Kleinigkeiten merke ich, daß ich ihm etwas bedeute, auch wenn er es nicht zeigt.« Lauras Augen leuchteten, noch feucht von Tränen. »Ach, Martha, ist es dir mit Charley auch so ergangen?«

»Ich war älter als du, als ich Charles kennengelernt habe.«

»Na ja, aber irgendwann mit einem anderen vielleicht?«

»Wahrscheinlich; ich erinnere mich nicht.«

»Aber so was vergißt man doch nicht«, rief Laura. »Nicht in einer Million Jahre!«

»O doch, das vergißt man. Du wärst erstaunt, wenn du wüßtest, wie leicht es ist zu vergessen, aber wahrscheinlich bist du noch zu jung, um das glauben zu können.«

»Das Alter hat damit nichts zu tun.«

»Meiner Ansicht nach wirst du nichts glauben, was ich darüber sage, jedenfalls eine Zeitlang nicht. Später, wenn du ruhiger bist, reden wir über die Sache.«

»Wir haben darüber geredet. Weiter gibt es nichts zu sagen«, erklärte Laura. Sie trat einen Schritt zurück, und ein Ausdruck des Schreckens glitt über ihr Gesicht. »Du glaubst doch wohl nicht, daß du das mit Worten ändern kannst, oder?«

»Bitte, sei doch –«

»Du glaubst es, ich sehe es deinem Gesicht an. Du glaubst, du redest mit mir, sagst Sachen über Steve – über die Liebe... Als wenn du etwas von Liebe verstehen würdest! Du und Charley – ihr – ihr haßt euch doch!«

Martha sagte: »Für heute habe ich mir genug von dir gefallen lassen. Geh nach oben.«

»Alle wissen es! Du kannst es nicht mal verbergen!«

Mit triumphierend gerötetem Gesicht machte sie einen Schritt auf die Treppe zu.

»Moment mal«, sagte Martha. Sie streckte die Hand aus und packte Laura am Ärmel ihres Pullovers. Der Ärmel dehnte sich, bis er die Form eines Flügels hatte. »Schon gut, mach dir keine Sorgen, es gibt nichts mehr zu sagen.« Sie ließ unvermittelt los, und der Flügel wurde wieder zu einem schlabbrigen Ärmel.

»Du hast meinen Pullover ruiniert.«

»Ach was. Wenn er gewaschen ist, kommt er wieder in Form.«

»Nein, kommt er eben nicht. Du hast ihn versaut!« Sie stieß einen kurzen, wütenden Schluchzer aus und rannte zur Treppe.

Martha ging langsam ins Wohnzimmer. *»Das verkrafte ich nicht. Das ist der Gipfel. Viele Mädchen heiraten mit sechzehn.«*

Alberne, normale Worte. Wahrscheinlich gab es nur wenige Mädchen in dem Alter, die sie nicht geäußert, und nur wenige ältere Schwestern, die sich nicht darüber lustig gemacht hatten. Die Situation war nicht im geringsten ungewöhnlich; kein Grund, sich aufzuregen. Nur eine neue Schwärmerei in der Reihe, die Lauras emotionales Dasein ausfüllten. Der Unterschied war, daß der Mann diesmal Steve Ferris hieß.

Sie dachte an all die Nächte, in denen sie geträumt hatte, daß Steve Ferris tot sei, und mit harten, schmerzenden Brüsten und einer erschreckenden Freude aufgewacht war, die in ihr aufbrandete: *»Na bitte. Das hast du davon. Du hast es nicht anders verdient!«* Aber die Freude verebbte langsam und ließ sie leer und einsam in der Dunkelheit zurück.

Manchmal kam Charles dann in seinen Hausschuhen in ihr Zimmer geschlurft, stand neben ihrem Bett und blickte unsicher und ein bißchen scheu auf sie herab.

»Hast du mich gerufen, Martha?«

»Nein.«

»Na, wahrscheinlich hast du geträumt.«

»Ja.«

»Ja. Also, dann gute Nacht, Martha.«

»Gute Nacht.«

»Wenn du etwas brauchst, rufst du mich, ja?«

»Ja. Danke, Charles.«

»Also, gute Nacht, Martha.«

Aber er konnte nie schnell und entschieden gehen. Er hing an der Tür herum, er kam zurück, um eine Zigarette zu suchen, er brachte ihr ein Glas Sherry, um sie zu beruhigen. Und die ganze Zeit über lag sie wie erstarrt unter ihrer Decke und wartete, und in ihr kreischte es: *Bitte geh. Verschwinde. Ich weiß, was du willst, aber ich kann nicht, Charles. Oh, bitte, ich kann nicht. Es ist nicht meine Schuld. Niemand hat Schuld daran, aber ich kann nicht!*

»Na, dann werde ich mal wieder schlafen gehen.«

»Gute Nacht, Charles.«

»Kann ich dir wirklich nichts weiter bringen?«

»Nein, danke.«

»Tut mir leid, daß du schlecht geträumt hast.«

»Ist schon gut.«

»Gute Nacht, Martha.«

»Gute Nacht.«

Selbst danach war ihre Anspannung noch nicht vorbei. Er ging immer so langsam, als ob er hoffte, daß sie es sich doch noch anders überlegte und ihn zurückrief. Erst wenn sie hörte, wie er nebenan ins Bett ging, entspannten ihre Muskeln sich. Sie lag zitternd da und verabscheute sich selbst und Charles und Steve und wünschte, sie seien alle tot.

Einmal war Charles zwar gegangen, aber fünf Minuten später wiedergekommen. In den fünf Minuten war eine Veränderung mit ihm vorgegangen. Er wirkte nicht mehr schüchtern oder unfähig. Sein Blick war wütend, und sein Pyjama hatte Schweißflecken. Er kam mit langen Schritten zu ihrem Bett und knipste die Nachttischlampe an.

»Wach auf!« Seine Stimme klang rauh, und er atmete, als sei er gerannt. »Wach auf, du Miststück.«

Sie setzte sich auf, die Decke fest um sich gezogen.

»Sieh mich an!« schrie er. »Sieh mich an!«

Sie sah ihn an, sagte aber nichts.

»Muß ich in einen Puff gehen? Muß ich dich auf Knien anflehen?« Er zitterte am ganzen Körper und schaute an sich herunter, als wäre er gleichzeitig fasziniert und angewidert von dem, was er da sah. »Muß ich in einen Puff gehen?«

Wortlos schob sie die Decke beiseite und glitt aus dem Bett. Sie ging zu ihm und preßte ihren Körper fest gegen seinen.

»Charles, Charles«, sagte sie.

Er schob sie halbherzig weg. Sie klammerte sich an ihn, schlang die Arme um seinen Hals und küßte ihn leidenschaftlich auf den Mund. Sie empfand ein seltenes, unpersönliches Mitleid für ihn, weil er hilflos war und es so leicht war, ihm zu helfen.

Charles riß mit dem Fuß den Stecker aus der Dose, und mit dem Licht verlosch ihr Mitleid. Stumm und im Dunkeln, hatte Charles seine Identität verloren und war nur noch ein harter, drängender Körper, der in ihren eigenen paßte. Sie spürte, wie ihre Brüste schwollen und sich aufrichteten, als wollte alle Kraft zum Denken und Leben sich dort konzentrieren, damit ihre Seele ungehindert in einer warmen, beruhigenden Flüssigkeit dösen und träumen konnte, die leise auf und ab schwappte. In der Flüssigkeit schwammen sanfte, namenlose Gesichter und anmutig schmachtende Körper, die sich wie Seegras wiegten; farbige Blitze, wie Grün aus einem halbgeschlossenen Auge; Gold wie ein Fisch.

Die Flüssigkeit lief schlagartig ab, und sie war einen Augenblick wie betäubt. Dann merkte sie allmählich, daß ihre Brüste schmerzten, ihr Nachthemd lag zerrissen auf dem Boden, und sie war in Schweiß gebadet; ob es ihr eigener oder der von Charles war, wußte sie nicht.

»Charles, wach auf. Bitte, wach auf, du kannst in deinem eigenen Bett schlafen, Charles.«

Aber er schlief schon. Er lag auf der Seite, nackt und wieder irgendwie hilflos. Eine Hand hatte er über die Augen gelegt, als ob er sich vor einem Schlag schützen wollte, und obgleich er schlief, sah sein Gesicht weder friedvoll noch befriedigt aus. Um seinen Mund waren bittere Linien, als könnte er nicht einmal im Schlaf vergessen, daß er zu lange und zu schwer für diesen Sieg hatte kämpfen müssen.

»Charles, wach doch bitte auf!«

Er rührte sich nicht, aber sie meinte ihn leise stöhnen zu hören. Das Mitleid kehrte zurück und mit ihm ein schmerzhaftes Gefühl von Versagen und Sinnlosigkeit.

Nein, du mußt nicht in einen Puff gehen, Charles. Du kannst zu Hause bei mir bleiben. Ich versuche, so gut wie möglich zu sein.

O Gott. O Gott. Es ist vier Uhr morgens.

Sie stand auf und deckte ihn zu, nicht wissend, ob sie es tat, weil sie nicht wollte, daß er sich erkältete, oder weil sie es nicht länger ertragen konnte, ihn nackt da liegen zu sehen.

Vier Uhr. Sie hörte den dumpfen Schlag der Standuhr in der Diele, der das Kommen des Jüngsten Gerichts verkündete und dann mit einem düsteren, endgültigen »A-men« die Predigt beendete.

Wieder Stille. Nicht einmal Charles' Atemzüge waren

zu hören, und als sie ihren Bademantel anzog und ans Fenster trat, bewegte sich in dem Schwarz draußen nichts. Alles war ganz plötzlich gestorben. Das war ihre Strafe, weil sie eine schlechte Frau war: sie mußte allein und lebendig in einer toten Welt sitzen.

Das war ihre Strafe, und sie war gerecht. Sie nahm sie an. Sie saß da bis zum Tagesanbruch. Sie hatte immer Angst vor der Dunkelheit gehabt, aber sie saß still und machte kein Licht.

Wie lange war das her? dachte sie. Zwei Jahre? Drei? Sie wußte es nicht mehr, und es war auch nicht wichtig. Sie und Steve und Charles, sie hatten ihre Chance gehabt, und sie hatten alle drei ein Durcheinander aus ihrem Leben gemacht. Die einzige, auf die es jetzt ankam, war Laura.

Ich muß Laura schützen, dachte sie. *Ich kann nicht zulassen, daß sie die gleichen Fehler macht wie ich. Ich muß Steve loswerden.*

13

Mrs. Shaw schälte eine Mandarine. Das war keine besonders wichtige Aufgabe, aber sie tat es mit ganzer Hingabe. Wichtige Dinge wurden nicht mehr von ihr gefordert oder erwartet, und diese Sachlage kam ihr sehr zupaß. So konnte sie sich auf kleine Dinge konzentrieren; sie konnte, wenn sie wollte, eine ganze Stunde damit vertun, eine Mandarine zu schälen, präzise und geschickt die Segmente voneinander zu trennen und sie nebeneinander aufzureihen, um sie zu zählen. Zehn natürlich. Es waren offenbar immer zehn. So ordentlich waren Mandarinen. Nur die Kerne nicht. Die Anzahl der Kerne variierte. Aber das war nicht so schlimm. Es wäre allerdings nett gewesen, wenn es immer gleich viele gewesen wären. Dann hätte sie zu jemandem sagen können: »Rate mal, wie viele Kerne eine Mandarine hat.«

Sie aß jedes Stückchen langsam, wobei sie nicht unbedingt die Frucht selbst genoß, denn die war trocken und faserig, sondern das köstliche Gefühl, danach nichts weiter zu tun zu haben, als das nächste Stück zu essen. Wunderbar. Wie hätte Harry sich daran erfreut, würde er noch leben. Sie hatten beide so schwer gearbeitet, schwerer als andere normale Leute, weil sie beide Wirrköpfe gewesen waren und schon darum viel mehr arbeiten mußten, um durchzukommen.

Sie langweilte sich nie allein in ihrem Zimmer, auch wenn die Mädchen meinten, daß sie das sicher tue. Sie drängten sie ständig, doch einen Spaziergang zu machen, einen Schaufensterbummel oder ins Kino zu gehen. Sie verstanden nicht, daß sie da oben in ihrem Zimmer nicht tatenlos herumsaß. Sie dachte nach. Sie zupfte Fäden aus der Vergangenheit heraus, hier einen grauen, dort einen roten, und webte sie zusammen. Sie hatte ein erfülltes und glückliches Leben geführt, aber die ganze Zeit schien es ihr keine Struktur zu haben. Jetzt sah sie natürlich, daß es sehr wohl eine hatte. Die grauen und die roten Fäden vermischten sich, paßten zusammen. Ein bißchen wie die Mandarine, dachte sie, immer zehn Segmente, aber eine unbekannte Anzahl von Kernen.

Sie war zufrieden mit sich, als ob sie ganz allein eine bedeutende wissenschaftliche Wahrheit entdeckt hätte. Vielleicht würde sie eines Tages zu jemandem sagen: »Rate mal, was ich heute für eine wissenschaftliche Wahrheit entdeckt habe.«

Nein, es wäre wahrscheinlich besser, das nicht zu sagen. Es würde die Mädchen schockieren. Sie würden glauben, daß sie langsam den Verstand verlor. Die beiden waren wirklich nicht in der Lage, die Wichtigkeit einer Mandarine zu erkennen, und was noch merkwürdiger war, sie waren beide so leicht schockiert. Besonders über mich, dachte sie. Sie haben vor Jahren für sich entschieden, wie ich bin, und wenn sie merken würden, daß ich doch nicht so bin, wären sie schockiert oder vielleicht sogar verletzt.

Man mußte sehr vorsichtig umgehen mit so entschiedenen, eigensinnigen Menschen. Sie waren so verletzlich, so spröde wie Glas.

Aber es war schön, daß sie klüger waren als Harry oder

sie selbst. Harry war ja schon klug gewesen, aber er hatte seine Gabe an Kleinigkeiten verschwendet. Einmal hatte er eine Erfindung gemacht, die das Klappern von Fenstern verhinderte: ein keilförmiges Stück Gummi mit Griff. Es funktionierte gut, aber Harry verlor das Interesse daran, weil er sagte, wenn die Leute sich etwas kaufen konnten, was das Fensterklappern verhinderte, dann konnten sie es sich wahrscheinlich auch leisten, ihre Fenster überholen zu lassen. Das war eines der wenigen Male in seinem Leben gewesen, daß Harry verbittert geklungen hatte. Er hatte alle Keile genommen und in die Mülltonne geworfen. Ohne sie klapperten die Fenster ganz schön, aber sie war klug genug gewesen, das Thema nicht anzuschneiden. So klapperte es zehn Jahre lang, und schließlich gewöhnte sie sich sogar an das Geräusch.

Sie aß das letzte Stück Mandarine und nahm alle Kerne in die Hand. Einundzwanzig. Sie hatte irgendwie Hemmungen, sie wegzuwerfen, denn verschwommen war ihr bewußt, daß diese Kerne lebendig waren und wachsen konnten. Da würden sie sich natürlich nicht gern wegwerfen lassen. Schließlich nahm sie die Brillantbrosche, die Martha ihr mitgebracht hatte, aus dem roten Samtkästchen und legte statt dessen die Kerne hinein. Dann verstaute sie das Kästchen sorgfältig in einer Schublade ihrer Kommode. Hätte sie einen Stift zur Hand gehabt, hätte sie vielleicht ein Schildchen darauf geklebt, auf dem stand: »Kerne. 10. Juni, der Tag, an dem ich die Anzahl der Segmente bei Mandarinen entdeckte.«

Aber sie brauchte kein Schildchen. Sie vergaß es nicht. Die Kommode war vollgestopft mit Kästchen, den verschiedensten Bändern und bunten Wollfäden, zwei Rotkehlcheneiern (vorsichtshalber hart gekocht), gepreßten

Blumen und Ahornblättern und leeren Streichholzbriefchen. Jedes einzelne Stück bedeutete etwas für sie, jedes war ein heller Tupfer, ein bunter Faden aus ihrem Leben. Sie wollte nichts davon ausrangieren; sie sah keinen Anlaß dafür. Das Haus war so groß, und es gab so viel Platz, warum sollte man ihn nicht nutzen?

»Aber das ist so unordentlich«, hatte Martha gesagt.

Ihre Mutter hatte darauf nicht geantwortet, denn die einzige Antwort, die ihr einfiel, war die Wahrheit, nämlich daß Unordnung sie nicht störte, daß sie ihr sogar Spaß machte.

Sie schob die Kommodenschublade zu und ging zu ihrem Sofa. Sie hatte sich schon gemütlich hingesetzt, als ihr einfiel, daß sie die Brillantbrosche nicht weggeräumt hatte. Natürlich sollte sie jetzt eigentlich aufstehen und es gleich tun. Aber sie hatte keine rechte Lust dazu. Die Brosche gehörte ihr, Martha hatte sie ihr geschenkt, aber sie gehörte ihr nicht auf die gleiche Weise, wie ihr die Mandarinenkerne gehörten. Es gefiel ihr sogar, sie vernachlässigt da auf dem Tisch liegen zu sehen, während die Kerne schön verpackt in der Schachtel aus rotem Samt lagen.

Aber nur schon die Vorstellung, Martha das erklären zu müssen! Lieber Himmel! Und ihr dann auch gleich noch zu erklären, daß sie keine teuren Geschenke von ihr wollte, daß sie Schuldgefühle hatte, wenn sie so etwas annahm, weil es nicht von Marthas Geld gekauft war, sondern von Charles'.

Sie erinnerte sich an den Tag, als Martha ihr die Perlenohrringe geschenkt hatte. Sie hatte nie Ohrringe besessen oder haben wollen, aber Martha bestand darauf, daß sie damit zum Essen kam, damit Charles sie sah, und sie hatte es getan, um Unstimmigkeiten aus dem Wege zu gehen.

Sie wartete nicht, bis Charles sie von sich aus bemerkte. Sie sagte gleich: »Na, Charley, wie gefallen dir die Ohrringe, die du mir geschenkt hast?«

Charles lächelte. »Sehr gut. Ich habe einen guten Geschmack, nicht wahr?«

Sein Lächeln beruhigte sie. Es war ein bißchen ironisch, aber gleichzeitig freundlich, als könnte er die Ironie nicht vermeiden – die galt der ganzen Welt –, aber die Freundlichkeit war nur für sie.

Hin und wieder suchte er im Lauf des Abends ihren Blick. Er schien zu wissen, daß die Ohrringe höllisch kniffen und ihr Kopfschmerzen verursachten. So etwas wußte er immer. Zuerst verstand sie nicht, wie er das machte, aber als sie ihn besser kennenlernte, merkte sie, daß es mit seiner ungewöhnlichen Einfühlsamkeit zusammenhing. Er versetzte sich ständig in die Lage anderer. Er verstand Siegesfreude und Schwächen und Demütigungen anderer, weil sie auch die seinen waren. Er wußte, wie sie zu den Ohrringen stand, weil er wußte, wie er selbst unter den Umständen empfunden hätte.

Ja, Charles war ein guter Mensch. Man konnte leicht verstehen, warum so viele Leute so an ihm hingen. Aber es war ebenso leicht, sich in Martha einzufühlen. Charles' Selbstbeobachtung verwirrte sie, seine geschliffenen Manieren trugen dazu bei, daß sie sich plump und ungehobelt vorkam. Seine angegriffene Gesundheit machte sie ungeduldig, und sein Humor verärgerte sie, weil sie glaubte – und meist stimmte das ja auch –, er sei gegen sie gerichtet.

Es klopfte. Mrs. Shaw glitt hastig von der Couch, griff sich die Brillantbrosche und sagte: »Komm rein.«

Als Martha eintrat, war sie angenehm überrascht zu

sehen, daß ihre Mutter wieder Interesse für etwas aufbrachte, daß sie tatsächlich vor dem Spiegel stand und sich die Brillantbrosche anhielt.

»Gefällt sie dir wirklich?« fragte Martha.

»Sie ist wunderschön«, antwortete ihre Mutter, durchaus wahrheitsgemäß.

»Ich verwahre sie in meinem Wandsafe für dich. Wo ist die Schachtel?«

»Ich dachte, wir könnten sie in ein seidenes Taschentuch gewickelt aufbewahren. Ich habe irgendwo gelesen, das soll besser sein.«

»Ach ja?«

»Ja, in irgendeiner Zeitschrift.« Du liebe Güte, dachte sie, was für ein kompliziertes Netz wir weben, wenn wir der Lüge Vorrang geben.

Sie hoffte, daß Martha das Thema nicht weiterverfolgen würde, und ausnahmsweise tat sie es auch nicht.

Statt dessen sagte sie: »Kennen wir irgendwelche Leute mit jungen Männern in der Familie?«

»Jungen Männern?«

»Außer den Randolphs, meine ich. Der junge Randolph hat vorstehende Zähne. Abgesehen davon ist er erst fünfzehn. Er würde Laura kaum interessieren. Es wird langsam Zeit, daß sie junge Männer kennenlernt.«

»Aber tut sie das denn nicht? In der Schule oder so?«

»Das ist etwas anderes. Wir könnten hier bei uns eine Party für sie geben, wenn wir nur wüßten, wen wir einzuladen hätten.«

»Eine Party?«

»Guck nicht so erstaunt. Andere Leute geben auch Partys. Im Wohnzimmer ist genügend Platz für eine kleine Band.«

»Aber ...«, sagte Mrs. Shaw und hielt unvermittelt inne. Es hatte keinen Zweck, Martha ein »Aber« entgegenzuhalten. Wenn sie sich für eine Party entschieden hatte, dann war eine Party unausweichlich. Und ebenso unausweichlich war es, daß diese Party auf irgendeine Weise mißglückte. Martha würde tagelang herumsausen, einkaufen, saubermachen, die Dienstboten scheuchen, den Blumen gut zureden, und in letzter Minute würde dann irgend etwas Wichtiges fehlen.

»Es würde Laura guttun«, sagte Martha. »Es würde sie auf andere – Gedanken bringen.«

»Wie meinst du das, andere Gedanken?«

»Sie lernt zu viel.«

»Oh.« Mrs. Shaw war erstaunt, daß Martha sich die Mühe machte, sie anzulügen. Es muß etwas Ernstes sein, dachte sie. Was hat Laura wohl getan? Heimlich geraucht? Getrunken? Sich verliebt? Das mußte es sein, sonst hätte Martha nicht von »jungen Männern« geredet.

»Eine Party wäre sicher nett«, sagte sie.

»Das glaube ich auch. Der Zeitpunkt dafür ist so günstig, ich meine, solange Charles nicht da ist. Der Lärm könnte ihn stören.«

»Da bin ich ganz sicher«, sagte Mrs. Shaw, die genau wußte, daß Lärm Charles nicht im geringsten störte.

»Die kalten Platten und Getränke könnten wir bei Hunters bestellen. Und weißt du noch, wie die Firma heißt, die Einladungskarten druckt? Franklin, glaube ich. Wegen eines Orchesters muß ich mal Brown fragen.«

»Warum fragst du nicht Laura? Sie weiß so etwas bestimmt besser als Brown.«

»Wahrscheinlich.«

Aber Laura war die letzte im Haus, die von der Party

erfuhr. Ihre Mutter erzählte es ihr, als sie zum Gutenachtsagen kam.

»Martha gibt eine Party für dich.«

Laura saß vor dem Frisierspiegel und wickelte sich die Haare auf. Sie hatte eine Haarnadel zwischen den Zähnen, wodurch ihre Stimme etwas angespannt klang.

»Warum?«

»Sie dachte, es würde dir Freude machen. Sie macht sich viel Mühe – ein Orchester und gedruckte Einladungen ...«

»Gedruckte Einladungen!« Laura fuhr herum. »Lieber würde ich sterben!«

»Na hör mal!«

»Eher würde ich mir ein Messer ins Herz stoßen! Will sie einen Idioten aus mir machen? Eine Party von der Sorte – meine Freunde würden sich kaputtlachen. Das ist eine Mauerblümchen-Falle.«

»Oh.«

»Wenn du ein absoluter Heuler bist, wenn du total und rundum langweilig bist, dann muß deine Familie so eine Party für dich geben, weil dich nur dabei einer zum Tanzen auffordert. Und ich bin kein Mauerblümchen, ehrlich!«

Sie drehte sich Bestätigung heischend zum Spiegel. Das Bild war nicht sehr tröstlich. Die eine Hälfte ihrer Haare hing herunter, die andere war aufgerollt, und die Spezialantifaltencreme, die sie sich gegen den Ansturm des Alters um die Augen geschmiert hatte, lief ihr wie ölige Tränen über die Wangen.

Etwas unsicherer fuhr sie fort: »Ich meine, wenn ich richtig zurechtgemacht bin und mein neues blaues Kostüm anhabe.«

»Lieber Gott, natürlich bist du kein Mauerblümchen.«

»Sie muß keine Jungen für mich einfangen! Viele finden, daß ich – durchaus vorzeigbar bin.«

»Ich bin überzeugt davon, daß sie das finden.«

»Nicht, daß ich sonderlich interessiert wäre an Jungen. Sie sind zu jung für mich. Ich habe das nur zur Klarstellung gesagt.« Sie griff sich eine Haarsträhne und drehte sie wütend um einen Lockenwickler. »Und überhaupt hat Charley gesagt, daß ich genauso gut aussehen werde wie sie, wenn ich älter bin.«

»Was hast du da im Gesicht, Kind?«

»Zeug. Gegen meine Krähenfüße. Mit Garantie.« Sie beugte sich vor und betrachtete im Spiegel trübsinnig die Haut um ihre Augen, wo sie, wenn man dem Hersteller der Creme glauben wollte, wahrscheinlich die ersten gräßlichen Anzeichen des Alters finden würde.

»Laura?«

»Was ist?«

»Weißt du, Martha hat keine Ahnung von – Mauerblümchen-Fallen. Ich hatte ja auch keine, ich hatte davon noch nie etwas gehört. Aber ich verstehe jetzt, was du meinst. Und wenn du es Martha erklärst, versteht sie es bestimmt auch.«

»Ach ja, glaubst du? Vielleicht will sie es gar nicht verstehen. Vielleicht ist ihr nichts lieber, als mich als Mauerblümchen hinzustellen, weil sie eifersüchtig ist.«

»Martha hat keinen Grund, eifersüchtig auf dich zu sein.«

»Ach nein?« Laura nahm die restlichen Haarnadeln auf, eine nach der anderen. Sie wirkte wieder nüchtern und beherrscht. »Gut, soll sie doch die Party geben, wenn sie will. Aber ich komme nicht. Ich werde einfach nicht da sein, Punkt.« Sie würde davonlaufen. Von ihrer eifersüchtigen Schwester aus ihrem Heim vertrieben, würde sie in Steves Arme fliehen und dort Frieden finden. Sie wünschte, sie hätte öfter Gelegenheit gehabt, Steve zu umgarnen, damit sie sich ihrer Aufnahme etwas sicherer sein konnte. Aber daran war nun nichts mehr zu ändern. Sie fand womöglich nie wieder eine Gelegenheit zu fliehen, also mußte sie es jetzt tun. Zu dumm, daß sie gehen mußte, bevor ihr Grübchen-Apparat, mit Garantie, für 2 Dollar 95 aus New York kam. Aber man konnte nicht alles haben.

»Jetzt hör mal zu, Laura«, sagte ihre Mutter.

»Ich gehe ins Bett.«

»Was für eine Party hättest du denn gern? Martha tut doch ihr Bestes, aber man kann nicht erwarten, daß sie Gedanken lesen kann, weißt du.«

»Ein verdammtes Glück, daß sie's nicht kann.«

»Fluch nicht, Kind. Wie soll denn deiner Meinung nach eine Party aussehen?«

»Also«, Laura zögerte. »Einfach ein Cola-Treff. Weißt du, wer kommt, der kommt, und ein paar neue Schallplatten, und vielleicht Hot dogs dazu.«

»Dann sollst du so eine Party haben.«

»Ehrlich? Und keine Anstandswauwaus? Bitte nicht.«

»Keine Anstandswauwaus«, sagte Mrs. Shaw mit einer Überzeugung, die sie nicht verspürte.

»Wann? Wann kann ich sie machen?«

»Jederzeit. Morgen abend, wenn du willst.«

Die Flucht mußte verschoben werden, was vielleicht auch sein Gutes hatte. Dann hatte sie Zeit, ihr neues Kostüm an Steve auszuprobieren, und vielleicht auch die Grübchen, wenn der Apparat morgen kam.

Sie rannte quer durchs Zimmer und küßte ihre Mutter auf die Wange. »Ehrlich, du bist ja richtig menschlich!«

»Das habe ich immer als selbstverständlich angenommen«, sagte Mrs. Shaw, aber sie war sehr zufrieden. Ihr war klar, daß Laura und ihre Freunde alten Wörtern neue Bedeutungen gaben und daß »menschlich« ein großes Kompliment war. »Du gehst jetzt schlafen. Ich rede gleich mit Martha.«

»Versprochen?«

»Versprochen.«

»Und du wirst darauf bestehen? Ganz energisch?«

»Ich werde ganz energisch darauf bestehen.«

»Du bist prima«, sagte Laura und ging friedlich zu Bett.

Ihre Mutter fand Martha unten im Wohnzimmer. Alle Lampen brannten, und Martha stand in einer Ecke und musterte jedes Möbelstück und jede Lampe wie ein Regisseur seine Bühne.

Mrs. Shaw blieb zögernd an der Tür stehen. Etwas von ihrer Energie hatte sie bereits verlassen. Nicht, daß sie Angst vor Martha gehabt hätte, aber sie tat ihr leid. Denn Martha plante, daran war kein Zweifel. Sie plante nicht nur die Einzelheiten der Party selbst, sondern wer da sein sollte und wo jeder sitzen sollte und welche Fragen gestellt und welche Antworten gegeben würden. Und in ihrem Plan war alles perfekt. Die Mädchen waren gut angezogen und hübsch, wobei Laura natürlich die Hübscheste war; die Jungen waren gutaussehend und aufmerksam. Alle waren fröhlich und lachten, wobei Laura am fröhlichsten war, am besten tanzte, das schönste Kleid trug und sich den hübschesten Jungen angelte. Alles war perfekt – in Marthas Plänen.

Ihre Mutter beobachtete sie mitleidig. Nur jemand, der

zutiefst unglücklich und unzufrieden war, konnte seine ganze Zeit damit verbringen, Perfektion zu planen. Wenn sie Charley liebte, dachte Mrs. Shaw, wenn sie ein eigenes Leben hätte…

»Ich habe gerade überlegt«, sagte Martha unvermittelt, »Lauras Kleid. Es sollte nicht ausgeschnitten sein. Ihre Schlüsselbeine stehen so heraus.«

Da mußte sie es ihr sagen. Sie erklärte ihr ganz nüchtern die Sache mit den Hot dogs, den Mauerblümchen, den neuen Tanzplatten und den nicht erwünschten Anstandswauwaus.

Martha sträubte sich nicht. »Aber sicher. Wenn Laura es so haben will.« Sie schien nicht einmal überrascht, als ob sie die ganze Zeit gewußt hätte, daß ihre Pläne sich nicht verwirklichen lassen würden. »Es ist schon spät, nicht?« sagte sie.

»Beinah elf.«

»Ich glaube, ich gehe ins Bett.« Sie knipste die Lampen aus, eine nach der anderen. Ihre Stimme kam noch einmal aus dem Dunkel.

»Ich überlege, wie viele Hot dogs wohl.«

14

Er sah Laura mit Paketen beladen die Auffahrt heraufkommen und versuchte in der Garage zu verschwinden, bevor sie ihn entdeckte. Aber es war zu spät.

»Hallo!« rief sie.

»Hallo, Frechdachs.«

Sie nahm seine Worte als Ermutigung und beschleunigte ihre Schritte. Er wartete etwas unsicher auf sie. Laura war ganz in Ordnung, aber er wußte nie, was er von ihr zu erwarten hatte. Sie war in dem verrückten Alter, in dem die Phantasie sich über die Tatsachen hinwegsetzte. Alles war subjektiv, Worte, Menschen, sogar das Wetter. Wenn er sie also »Frechdachs« nannte, faßte sie es womöglich als Kompliment auf, und wenn er gesagt hätte: »Tausendschönchen«, hätte sie das ebensogut für Ironie halten können.

»Warum bist du nicht in der Schule?« wollte er wissen.

»Martha hat gesagt, ich kann schwänzen, wegen der Party heute abend.« Sie schlug die Augen nieder und spielte an der Verschnürung eines ihrer Pakete herum. »Ich würde dich gern einladen.«

»Das ist sehr nett von dir, aber ich fürchte, deine Schwester würde das nicht gutheißen. Außerdem bekomme ich Besuch.«

»Wer kommt?«

Er lachte. »Geht dich nichts an, Frechdachs. Ich habe dich ja auch nicht gefragt, wer zu deiner Party kommt, oder?«

»Das ist etwas anderes. Du weißt ja, daß ich mich für irgendwelche Jungen nicht interessiere.«

»Du solltest jetzt besser reingehen.«

Eines der Pakete fiel ihr herunter. Statt es aufzuheben, trat sie mit dem Fuß dagegen.

»Wer kommt zu Besuch?«

Er grinste sie wortlos an.

»Ist sie hübsch?«

»Hmm.«

»Blond oder was?«

»Was.« Er hob das Päckchen auf und reichte es ihr.

»Ich glaube es nicht«, sagte sie und marschierte los.

Er fand nicht, daß man Beatrice direkt als »hübsch« bezeichnen konnte, aber immerhin konnte sie als »Besuch« gelten.

Als sie kurz nach acht bei ihm ankam, sah sie sehr attraktiv aus. Sie trug ein enges blaues Wollkleid und hatte ihr Haar hochgesteckt. Dadurch sah sie strenger und intellektueller aus, als sie war.

»Hallo.«

»Hallo, Bea.«

Er hielt ihr die Tür auf, sie kam herein und sah sich mit höflicher Neugier in der Wohnung um.

»Hübsch hast du's hier. Kein Wunder, daß du bleiben möchtest.« Sie streifte ihre Handschuhe ab und verstaute sie ordentlich in ihrer Handtasche. »Mutter konnte leider nicht mitkommen. Sie hat Kopfschmerzen.«

»Das tut mir leid.«

»Jedenfalls sagt sie das. Mutter bekommt immer Kopfschmerzen, wenn sie eine Gelegenheit sieht, mich mit einem arglosen männlichen Wesen allein zu lassen.«

Sie lächelte, nicht im mindesten befangen, sondern ganz offen. Es war eine Aufforderung an ihn mitzulächeln.

Er kam ihr nach. »Die Beschreibung paßt wohl kaum auf mich. Ich bin nicht ganz arglos.«

»Außerdem haben wir das doch schon am ersten Abend geregelt, oder nicht?«

»Haben wir das?«

»Ich hoffe, es ist in Ordnung, daß ich meinen Wagen in der Einfahrt geparkt habe. Da standen noch viele andere Autos.« Sie ging rasch ans Fenster, als ob sie kaum erwarten könnte, die anderen Autos wieder zu sehen. »Gibt Mrs. Pearson eine Party?«

»Nein, die kleine Schwester, Laura.« Er folgte ihr ans Fenster und wünschte, sie wäre fort und er hätte den Mut, sie nie wiederzusehen. Es war hoffnungslos, wenn zwei Menschen zusammenkamen, von denen einer dringend haben wollte, was der andere nicht geben konnte. Wie glatt die Oberfläche ihrer Unterhaltung auch sein mochte, darunter hörte man Frustration, Demütigung, ja sogar Verzweiflung mitschwingen. Vielleicht war Beatrice jetzt so zumute, während sie kühl über Autos redete und mit glänzenden, freundlichen Augen den hell beleuchteten Eingang des großen Hauses beobachtete.

»Ich wußte gar nicht, daß Mrs. Pearson eine Schwester hat«, sagte sie. »Wie alt ist sie denn?«

»Fünfzehn, sechzehn. Man kann es an den Autos ihrer Partygäste sehen. Die Hälfte davon sind heiße Öfen, alte Blechkisten, so aufgemotzt, daß sie fahren wie der Teufel.«

Sie wirkte nachdenklich.

»Sechzehn«, sagte sie schließlich. »Das ist sehr jung.« Sie drehte sich abrupt um und sah ihn an, aber nicht direkt, wie normale Menschen andere ansehen. Er stellte verblüfft fest, daß sie genau auf seinen Mund starrte, direkt hinein, wobei ihre Augäpfel jede Falte seiner Lippen und jede Pore seiner Zunge abtasteten. Sein Mund zuckte an den Winkeln und wurde starr. Er verweigerte ihm den Gehorsam; er wurde zu einem ganz und gar selbständigen Teil, das Beatrice für sich beschlagnahmt hatte und womöglich sogar mit nach Hause nehmen wollte, um es einzuparfümieren und im Dunkeln zu liebkosen.

»Sechzehn«, sagte sie. »Weißt du, was ich tun würde, wenn ich noch mal sechzehn wäre, Steve?«

»Möchtest du etwas trinken?«

»Ja, gleich. Willst du nicht hören, was ich täte, wenn ich sechzehn wäre?«

»Doch, sicher. Ich kann aber gleichzeitig trinken und zuhören.«

Es waren nur ein paar Schritte bis zur Küche, aber als er dort ankam, schnaufte er, als ob er vor etwas davongerannt wäre. Er nahm voller Angst und Hoffnung eine Flasche Scotch aus dem Schrank, als ob seine Flucht noch nicht ganz gelungen wäre, aber der Scotch ihm helfen könnte weiterzulaufen.

Sie hörte nicht auf zu reden. Ihre Stimme klang ein bißchen verträumt, und sie hob sie auch nicht, um das Klirren der Gläser und Eiswürfel zu übertönen. Es war ihr offenbar nicht wichtig, ob er sie hörte oder nicht.

Er machte extra viel Krach mit den Eiswürfeln, damit er nicht zuhören mußte, aber jedes Wort drang klar wie eine Glocke zu ihm. Sie hätte genausogut neben ihm stehen und in sein Ohr flüstern können.

»Ich würde versuchen, schön zu sein«, sagte sie. »Ich meine, ich würde mich wirklich bemühen. Ich würde daran arbeiten. Das klingt wahrscheinlich dumm für dich, daß jemand schön werden könnte, indem er daran arbeitet. Besonders ich. Oder daß es jemand so sehr will, daß er eine Vollzeitbeschäftigung daraus macht. Aber das kommt daher, daß du nicht weißt, was es für eine Frau bedeutet, nicht hübsch zu sein. Es ist eigenartig, wie früh man das merkt, eigentlich schon, solange man noch ganz klein ist, wenn die Leute sagen: ›Sie ist ein kluges kleines Ding‹ statt: ›Ist sie nicht süß?‹ Und wenn du es erst einmal weißt, dann wächst ›das Ding‹ in dir wie ein Magengeschwür, und du mußt ihm eine Spezialdiät verabreichen, damit es nicht weh tut. Die Aufbaudiät, jede Menge Süßholz. Jedes Kompliment, jeden Blick, jeden Pfiff hegst und pflegst du und verstreichst sie wie Butter und gibst sie samt und sonders weiter an deine Freunde und alle, die dir zuhören.«

»Ich verstehe dich nicht«, rief er. »Würde es dir etwas ausmachen, ein bißchen lauter zu sprechen?« Heftig riß er den Deckel von der Sodaflasche. *»Würdest du bitte nach Hause gehen, Beatrice, oder aus dem Fenster fallen oder direkt vor einen Zehntonner laufen?«*

»Natürlich wäre ich nie richtig hübsch geworden, das weiß ich auch. Aber es gab Kleinigkeiten, die man hätte ändern können. Ich habe zwei schiefe Zähne. Ist dir das je aufgefallen?«

»Nein.«

»Ich hätte sie mir richten lassen können. Vielleicht hätte ich sogar meine Nase verändern können, und ich hätte lernen können, wie man – wie man so ist. Du weißt schon, was ich meine. Ich bin offenbar überhaupt nicht so. Wenn ich so wäre, würdest du mich nicht ansehen, wie du es tust, als ob du wünschtest, ich würde gehen oder wäre nie geboren.«

Die Drinks waren fertig. Er stand da, hielt die Gläser in der Hand und starrte auf die Schranktür. Es gab nichts, was er Beatrice hätte sagen können, damit sie sich besser fühlte, oder was Beatrice zu ihm hätte sagen können, damit er sich änderte. So war es also. Hoffnungslos. Es war außerdem auch noch ziemlich idiotisch. Er fing an zu lachen, und gleich darauf stand sie auf der Türschwelle.

Sie war ganz gefaßt. »Brauchst du Hilfe?«

»Nein, danke.«

Er reichte ihr das Glas. Sie nahm es lächelnd entgegen. Zum ersten Mal sah er, daß ihre beiden unteren Vorderzähne ein bißchen übereinanderstanden.

»Sie sind nicht sehr schief«, sagte er. »Außerdem sind das nicht die Dinge, die eine Rolle spielen.«

»Wahrscheinlich nicht.« Sie nippte an ihrem Drink. Ein paar Tropfen fielen auf ihr Kleid, aber sie kümmerte sich nicht darum. »Steve?«

»Ja.«

»Du bist ein weichherziger Mann, stimmt's?«

»Was immer das heißen mag.«

»Na, du wolltest eigentlich nicht, daß ich heute abend herkomme, aber du konntest nicht nein sagen.«

Er sah ärgerlich aus. »Warum um Himmels willen konnte ich nicht nein sagen?«

»Weil du eben so gestrickt bist. Ich weiß, was du von mir hältst, Steve. Ich mache dich verlegen. Ich glaube sogar, daß du mich manchmal haßt. Nein, unterbrich mich nicht – eigentlich ist es ganz natürlich, daß du das tust.«

Draußen fuhr hupend und mit Vollgas ein Auto die

Auffahrt hinunter. Sie lauschten beide, als ob es sehr wichtig wäre.

»Also gut«, sagte er endlich. »Wo waren wir? Ich hasse dich, und das ist ganz natürlich. Weiter.«

»Es ist mir auch einmal passiert, darum weiß ich, wie es ist. Ich kannte einen Mann, der mich heiraten wollte. Er war nicht sonderlich attraktiv, aber klug und verläßlich und beständig, genau der Mann, den ich hätte heiraten sollen. Das entscheidende ist, daß ich es nicht aushalten konnte, ihn um mich zu haben. Jedesmal, wenn ich ihn ansah, haßte ich ihn, weil er nicht du war.«

»Und?«

»Und ich bin nicht Martha.«

»Das ist eine nette, einfache Erklärung von einem netten, einfachen Mädchen. Und wie wäre es, wenn du das Ganze jetzt vergißt? Wo sind deine Handschuhe?«

Sie war verwirrt. »In meiner Tasche. Warum?«

»Die ziehst du jetzt an, und dann nimmst du deinen Mantel und gehst raus.«

»Aber warum denn?«

»Dann klopfst du an die Tür, und ich mache dir auf, und wir fangen noch mal von vorn an. Wir verbringen einen netten, ruhigen, zivilisierten Abend zusammen und trinken uns einen an. Keine Erklärungen, keine Charakterstudien und keine wohlerzogenen langen Wörter. Einverstanden?«

»Ich war noch nie angetrunken«, meinte sie nachdenklich. »Das könnte interessant sein.«

»Ja, vielleicht.« Zu interessant, dachte er. Frauen wie Beatrice konnten nicht gut trinken. Wieviel Alkohol sie auch intus haben mochten, sie wollten nie nach Hause gehen oder schlicht umfallen wie ein Gentleman; sie hingen herum und wurden gefühlsduselig oder weinerlich und erzählten langweilige Geschichten aus ihrer Kindheit. Na ja.

Er griff nach ihrem Glas. Draußen ging jemand über die Auffahrt, und er lauschte, wie er es jedesmal tat, um herauszubekommen, wer es war, halb hoffend, jemand käme zu ihm.

Ein rascher, energischer Schritt. Vielleicht Brown, der wieder Durst hatte.

»Erwartest du jemanden?« fragte Beatrice.

Er lachte, um seine Verärgerung zu verbergen. »Nein, eigentlich nicht. Ich war so lange weg, daß ich niemanden erwarten kann.«

Es klingelte. Dann war es also nicht Brown. Der klopfte einfach ein paarmal und kam dann herein.

»Willst du nicht hingehen?« fragte Beatrice eine Spur säuerlich.

»Ja. Natürlich.«

»Wenn es sehr privat ist, kann ich mich ja hinter der Tür verstecken und mir die Ohren zuhalten.«

Es klingelte wieder. Ohne Beatrice anzusehen, ging er hinaus und durchs Wohnzimmer. Er hörte, wie sie ganz leise die Küchentür hinter ihm zumachte. Das ärgerte ihn. Er kam sich wie ein Heimlichtuer vor, der sich vor der Polizei versteckte und nicht nur mit seiner Kusine ein Gläschen trank.

Er machte die Tür auf. Martha stand davor. Sie hatte ein langes, schwarzes, paillettenbesetztes Kleid an, dazu einen kleinen, schwarzen Hut, ebenfalls mit Pailletten. Als ob sie die Pailletten neutralisieren wollte, hatte sie ihre Brille aufgesetzt.

»Kann ich etwas für Sie tun, Mrs. Pearson?« fragte er.

»Du kannst Laura zu ihrer Party zurückschicken.«
»Das würde ich gern, wenn ich könnte.«
»Die Leute fragen sich langsam, wo sie ist.«
»Aber du hast es natürlich gleich gewußt.«
Sie war wütend, aber sie hatte sich ziemlich gut in der Gewalt. Sie versuchte sogar, an sein besseres Ich zu appellieren. »Sie ist erst sechzehn, weißt du.«
»Ja, ich weiß.«
»Ich glaube, ich nehme sie gleich mit.«
»Aber bitte.«
Keiner rührte sich. Es herrschte Stille.
Plötzlich rief sie laut: »Laura! Du kommst jetzt sofort mit mir rüber, hörst du?«
Er konnte kaum schlucken vor Wut. »Du bist natürlich ziemlich sicher, daß sie hier ist. Klar, du bist dir immer bei allem sicher, Mrs. Pearson.«
»Sie ist hier. Ich habe sie gesehen.« Ihre Stimme wurde nicht schrill, wie er erwartet hatte. Sie vibrierte nur. Ihr ganzer Körper vibrierte, so daß die Pailletten ihm zublinzelten wie lauter kleine, schlaue Augen. »Du bist so schamlos und dumm, daß du nicht mal genug Verstand hast, die Rollos runterzulassen.«
»Vielleicht kommt das daher, weil ich nicht damit rechne, daß jemand hier hereingafft und seine Nase in meine Angelegenheiten steckt.«
»Laura ist meine Angelegenheit.«
Sie drängte sich an ihm vorbei. Ihr Blick wanderte durchs Zimmer.
»Zweite Schublade links in der Kommode«, sagte er. »Ich mußte ein bißchen quetschen, aber ich habe sie reinbekommen.« Sein Mund fühlte sich trocken und staubig an, als ob er Asche gegessen hätte. »Natürlich ist sie erst

sechzehn, weißt du. Manche dieser Sechzehnjährigen sind sehr elastisch.«

»Laura!«

Sie entdeckte die geschlossene Küchentür und hielt darauf zu. Er rannte durchs Zimmer und war als erster da.

»Darf ich«, sagte er und machte die Tür auf.

Beatrice trocknete gerade mit einem Küchenhandtuch die Gläser ab. Der Scotch und die Eisbehälter waren weggeräumt und die Spüle trockengewischt.

»Hallo, Martha«, sagte Beatrice ruhig.

Martha holte tief Luft. »Hallo – Beatrice.«

»Ich habe dich ewig nicht gesehen.«

»Stimmt.«

Beatrice faltete das Handtuch ordentlich zusammen und hängte es über den Handtuchhalter. »Ich dachte, ich räume ein bißchen auf, bevor ich gehe, Steve. Ich hasse Unordnung in der Küche, du nicht auch?«

»Doch«, sagte Steve.

»Also, dann werde ich mich mal auf den Weg machen. Ich habe Mutter versprochen, nur kurz guten Tag zu sagen und nachzusehen, wie es dir geht. Ich werde ihr erzählen, daß du – ganz der alte bist.«

»Tu das.«

»Vielen Dank für den Drink. Ich finde schon allein raus.«

»Ich begleite dich zum Auto«, sagte er.

»Nein, bitte.«

Er folgte ihr ins Wohnzimmer und nahm ihren Mantel, während sie sich die Handschuhe anzog.

»Fertig?«

»Komm nicht mit«, sagte sie und wandte sich abrupt um. Sie war fort, ehe er sich dessen bewußt wurde.

Er hörte das Klappern ihrer Absätze auf der Treppe, dann das Knirschen des Kieses auf der Auffahrt und das ungeduldige Dröhnen eines Motors.

Martha kam langsam aus der Küche. Sie wirkte nicht verlegen oder irritiert. Sie war nur blaß, das war alles.

Sie sagte: »Ich nehme an, du erwartest, daß ich mich jetzt entschuldige.«

»Das ist das letzte, was ich erwarten würde.«

»Mein Irrtum kommt ja nicht von ungefähr. Da ich dich kenne und weiß, wie leicht man Laura umgarnen kann, habe ich die Frau, die ich sah, für Laura gehalten.«

»Vielleicht solltest du dir eine neue Brille besorgen.« Er ging auf sie zu. »Vielleicht sollte ich diese hier zerschlagen, damit ich sicher sein kann, daß du dir eine neue kaufst.«

Er streckte die Hand aus und stieß ihr die Brille von der Nase. Das Gestell verfing sich in ihrem Haar, und er mußte kräftig daran reißen, aber sie verzog keine Miene.

Sie sagte: »Liebe Güte, wie stark du bist!«

Er zerquetschte die Brille mit den Fingern. Ein Stück zerbrochenes Glas grub sich in seine Hand. Der Schmerz und das feuchte Blut trugen dazu bei, daß er sich besser fühlte.

»Laß das«, sagte sie. »Steve, laß das!«

Er machte die Faust auf, und die zerbrochene Brille fiel zu Boden. Das Blut floß langsam an seinen Händen entlang und tropfte von den Fingerspitzen.

»Das würde ich gern mit dir machen«, sagte er. »Dich zwischen die Finger nehmen und zerquetschen, bis du quietschst wie eine rohe Auster. Ich möchte es tun, weil du eben einen Fehler in der Einschätzung meines Charakters begangen hast, wenn man es so nennen will.« Er hielt die Hand hoch und sah zu, wie das Blut von seinen Fingern troff. »Stellen wir das mal richtig. Wenn ich eine Frau haben will, dann halte ich nicht nach ein Paar Ringelsocken Ausschau. Ich bin inzwischen ein großer Junge. Und ich brauche ein großes Mädchen. Wie dich.«

Er wollte sie erwürgen und mit ihr schlafen und sich hinsetzen und wie ein Kind flennen und einen Verband um seine Hand machen und sich erschießen.

Er setzte sich und hielt sich mit der gesunden Hand den Kopf.

»Steve.«

»Du gehst besser nach Hause.«

»Du blutest. Vielleicht hast du eine Arterie verletzt.«

Das war zu dämlich, um darauf zu antworten, also schloß er die Augen und wartete, daß sie ging.

»Charles hat mich mal in die Hand gebissen«, sagte sie. »Du kannst die Narben noch sehen.«

Er sagte nichts.

»Willst du sie sehen?«

»Nein, danke.«

Er hörte ihr Kleid über den Boden schleifen, als sie auf ihn zuging. Er machte die Augen auf. Sie stand vor ihm und hielt ihm die Hand mit der Handfläche nach oben hin.

»Siehst du?«

Er sah die kleinen Narben. »Das muß weh getan haben.«

»Nicht sehr.«

»Habe ich – dir am Kopf weh getan?«

»Nein.«

»Ich liebe dich.«

»Ja, ich weiß.«

Er konnte ihr Gesicht nicht sehen, nur ihre Hand, die so

klein und traurig aussah mit den winzigen Narben. Er stand unvermittelt auf und machte ein paar Schritte von ihr weg.

»Willst du hören, wie das mit meiner Liebe ist?« fragte er.

»Ja.«

»Es ist keine schöne Liebe. Ich will dich nicht heiraten, nicht mal mit dir zusammenleben. Ich möchte auch keine Kinder von dir.«

Sie gab keinen Laut von sich, und er mußte sich umdrehen, um zu sehen, warum nicht, oder auch nur um sie anzusehen, er wußte es selbst nicht.

Sie hatte sich in einen Sessel gesetzt und betrachtete ihn ernst, nicht verletzt oder erstaunt, wie eine andere Frau es wahrscheinlich getan hätte.

Vorsätzlich sagte er: »Ich will mich nicht um dich kümmern müssen, wenn du krank bist, oder dich als erstes morgens sehen oder...«

Er ging zu ihr, kniete nieder, und legte den Kopf an ihre Knie.

»Ich lüge«, sagte er.

»Ja.«

»Du hast auch gelogen.«

»Ja.«

Ihr Mund legte sich auf seine Wange. Er fühlte ihre Brüste, die Brustwarzen unter ihrem Kleid waren hart, als ob sie ein eigenes Leben und eigene Sehnsüchte hätten, die man berücksichtigen mußte.

Laß uns deine Brüste berücksichtigen, meine Geliebte, meine Liebste.

»Du bist meine Liebste«, sagte er. »Meine Liebste.«

Er fühlte eine große Kraft in sich aufsteigen, eine Kraft

ohne Gewalt, eine Stärke, die Herausforderungen verachtete. Ihr Mund war kein Mund, den man verletzte, er war eine Blume, die atmete und seinem Willen gehorchte. Er öffnete sich für seine Zunge und schloß sich sanft über seinem Ohrläppchen.

»Soll ich das Licht ausmachen?« fragte sie.

»Nein. Nein, das mache ich.« Er knipste die Lampe aus und ging zu ihr zurück. Er stand hinter dem Stuhl, auf dem sie saß, und nahm ihr behutsam den Hut ab, dann fing er an, die Haarnadeln aus ihrem Haar zu ziehen, während sie sitzen blieb, die Hände über den Brüsten, als ob sie schmerzten.

Ihr Haar löste sich und fiel wie Seide über seine Handgelenke.

Langsam. Er hatte lange gewartet, und es gab keinen Grund, sich jetzt zu beeilen. Er mußte ihr nicht die Röcke hochstreifen oder die Kleider vom Leib reißen. Er konnte es sich leisten zu warten.

»Komm her«, sagte sie mit halberstickter Stimme. »Komm hierher, Steve.«

Sie stand auf, und er ging um den Stuhl herum und stellte sich ganz dicht vor sie. Er war nur wenig größer als sie, und sie paßten genau zusammen.

»Steve...«

Im flackernden Halbdunkel hob sich der Raum, schwebte, wurde nur gehalten von flüsternden Fäden, Wörter, gedämpft durch Rundungen und Einbuchtungen nackten Fleisches. Er sprach nicht zu ihr, sondern zu ihren Brüsten, ihren Hüften, ihrem Bauch. Sie durfte zuhören, wenn sie wollte, aber zu ihnen sprach er. Sie hörte zu und prägte sich dabei mit dem Mund seine Schultern ein.

»Du bist meine Frau, nicht wahr? Bist du nicht meine Frau?«

»Ich habe nie einen anderen geliebt, nie.«

Sie bewegten sich zu einer Musik, die nur sie hören konnten.

Kein Anlaß zur Eile, kein Anlaß zur Eile...

Er stieß einen Laut hervor, der sich anhörte wie ein gequältes Stöhnen, ein triumphierendes Krähen.

Sie lagen zusammen auf dem Bett.

»Wirklich nicht?« fragte er.

Sie reckte sich verträumt wie eine Katze. »Wirklich nicht.«

Meine Liebste, meine Frau... Meine Frau und ich passen genau zusammen...

Er lächelte dämlich zur Decke hinauf und schlief ein.

Als er aufwachte, schwitzte er. Sie hatte Decken über ihn gebreitet und ihm ein Kissen unter den Kopf geschoben. Seine Kleider hingen ordentlich über der Stuhllehne, und seine Schuhe standen nebeneinander, die Socken umgestülpt. Aber sie war fort.

Er stand auf und machte Licht, während sein Blick nach einer Spur von ihr suchte. Aber er fand nicht einmal eine Haarnadel oder eine Paillette von ihrem Kleid oder einen Glassplitter von ihrer Brille.

Er blickte auf seine Hand und sah, daß sie sogar das angetrocknete Blut abgewaschen hatte. Er fühlte sich plötzlich schrecklich verlassen und einsam. Sie hätte etwas von sich zurücklassen sollen, irgend etwas...

Es war nach zwei Uhr, aber er zog sich an und ging nach draußen. Die Party war vorbei; die Autos waren weg; das Haus lag im Dunkel.

15

So ging es eine Woche lang. Er stand morgens spät auf und saß den Rest des Tages herum und wartete, bis es so dunkel war, daß sie kommen konnte. Er hatte weder den Ehrgeiz noch den Wunsch, etwas zu tun, mit seinem Buch anzufangen oder alte Freunde zu treffen oder auch nur einen Spaziergang zu machen. Er las ein bißchen, aber gewöhnlich saß er herum und dachte an Martha, starrte zwischen den Schlitzen der Rollos hindurch, bis sein Blick verschwamm. Selbst wenn er die Augen abwandte und etwas im Zimmer ins Visier nahm, sah er weiter die Schlitze vor sich, wie ein querstehendes Gefängnisgitter.

Bei Tagesbeginn waren seine Gedanken angenehm: Sie war schön, sie gehörte ihm, jede einzelne Pore ihrer Haut gehörte ihm, sie war seine Frau.

Wenn er dann zu ihr hinübergehen und mit ihr hätte reden können oder sie zu ihm hätte kommen können, wäre er vielleicht nie zur zweiten Stufe seiner Überlegungen gekommen. Denn damit wurden die Fragezeichen in seinem Kopf lebendig, scharf und grausam wie Angelhaken: Wie ist das mit Charles und dir, mein Schatz? Wie oft bist du mit ihm zu Bett gegangen? Und wie oft hast du anschließend mit ihm geschlafen? Ihr habt natürlich ein Doppelbett? Natürlich. Sondergröße, Maßanfertigung, Ruhewohl-Matratze und garantiert geräuscharme Federn.

Verdammte kleine Angelhaken.

War er gut im Bett? Habt ihr das Licht brennen lassen oder nicht? Warst du nackt, oder mußtest du ihn mit einem aufreizenden Nachthemd oder Parfum anheizen? Ich mag es, wie du ohne Parfum riechst. Dein Schweiß ist sauber und süß wie der eines Kleinkindes. Sagt Charles je solche Sachen zu dir? Was sagt er überhaupt? Erzähl mir, was er sagt, erzähl mir alles über Charles. Fünf Jahre mit einem Mann sind eine lange Zeit. In fünf Jahren kann man verdammt oft zusammen schlafen, oder? Habt ihr das getan?

»Nein, haben wir nicht.« Sie antwortete ruhig auf seine Frage. »In der Beziehung sind wir nicht besonders gut miteinander klargekommen.«

»Warum nicht?«

»Ich weiß es nicht. Weil ich ihn nicht liebe, wahrscheinlich.«

»Ich habe gelesen, daß manche Frauen die Augen zumachen und an einen anderen Mann denken. Hast du an mich gedacht?«

»Nein. Ich habe an gar nichts gedacht.«

Sie schien seine Fragen nicht übelzunehmen oder ihnen ausweichen zu wollen. Sie war geduldig; sie versuchte nicht, ihm klarzumachen, wie unsinnig es war, so furchtbar eifersüchtig zu sein, sie erinnerte ihn nicht einmal daran, daß er sie verlassen hatte.

Noch stellte sie irgendwelche Fragen. Das fand er komisch.

»Interessiert es dich denn gar nicht?« wollte er wissen. »Ich hätte ein paar Dutzend Frauen gehabt haben können. Willst du nichts darüber hören?«

»Nein. Dann würde ich mich nur mies fühlen.«

»Ich will, daß du dich mies fühlst.«

Sie lächelte traurig. »Es wird immer Frauen geben, die verrückt nach dir sind. Ich darf nicht zulassen, daß mich das belastet.«

Ihr Lächeln und ihre Ruhe brachten ihn auf die Palme. »Verdammt noch mal, ich werde dafür sorgen, daß es dich belastet.« Er legte ihr die Hände um den Hals. Er war warm und verletzlich, und ihr Puls schlug gegen seine Daumen wie winzige Herzen.

Er ließ abrupt die Hände sinken. »Als Kind hatte ich eine kleine Ente«, sagte er. »Ausgestopft natürlich. Sie hat mich immer beunruhigt.« Er lachte kurz. »Deine Kehle erinnert mich daran, sie ist so weich.«

So ging es jeden Tag. Erst hatte er ein gutes Gefühl, wenn er an sie dachte, dann kamen die Fragen und der Groll und schließlich die Gewaltsamkeit, die im Liebesakt endete. Es waren verwirrte, unwirkliche, unvernünftige Tage, mit Charles im Hintergrund, einem stillen, reglosen Schatten, der sich jedoch stündlich in ihre Richtung bewegen konnte. Sie sagte, sie habe nichts von ihm gehört, sie wisse nicht, wann er komme und was er tun werde, wenn er kam.

Gegen Ende der Woche ging er zum Mittagessen hinüber ins Haus. Sie taten alle überrascht und schienen froh, ihn zu sehen.

»Willkommen, Fremder«, sagte Lily.

»Wovon haben Sie gelebt?« fragte Mrs. Putnam. »Von Luft?«

»Ich bin zum Essen ausgegangen«, log er.

Die beiden Frauen glaubten ihm. »Meine Kochkünste sind Ihnen wohl nicht gut genug, was?« sagte Mrs. Putnam.

»Zu gut. Ich könnte dick werden.«

Ja, die beiden Frauen waren arglos, über sie brauchte er sich keine Gedanken zu machen. Brown war derjenige, der überzeugt werden mußte.

»Sie sehen nicht sonderlich gut aus«, bemerkte Brown. »Irgendwie ausgepumpt.«

»Bin ich auch.« Sollte Brown sich seinen eigenen Reim darauf machen, wenn er wollte.

Brown wollte. »Vielleicht gehen Sie ja zu spät ins Bett. Ich sehe manchmal um drei oder vier Uhr früh noch Licht bei Ihnen brennen.«

»Ich schlafe schlecht. Dann stehe ich oft auf und lese.«

»Ich habe früher auch unter Schlaflosigkeit gelitten«, erklärte Brown ernsthaft. »Seit einigen Jahren ist das vorbei.«

Steve hob höflich die Brauen. »Ach ja?«

»Ja. Genaugenommen, seit ich mich mit Philosophie beschäftige. Philosophie kann einem manches ersetzen.«

»Das muß ich mal probieren.«

»Brown ist ein alter Schwätzer«, meinte Mrs. Putnam. »Der hat keine Ahnung von Philosophie. Erfindet einfach Sachen aus dem Stegreif.«

»Frauen verstehen so was nicht«, sagte Brown mit einem Augenzwinkern in Steves Richtung.

»Ach, so ist das also, wir verstehen so was nicht.«

»Frauen sind nicht dumm, verstehen Sie mich richtig. Nein, ich wäre der letzte Mann, der behaupten würde, daß Frauen dumm sind. Sie haben schlicht eine Abneigung gegens Lernen.«

Mrs. Putnam war gekränkt. Sie bot keinem eine zweite Portion an und schlürfte nur ihren Tee. Das Schweigen war so zäh wie Brotteig.

Steve wechselte das Thema. »Hat jemand gehört, wann Mr. Pearson zurückkommt?«

»Nicht direkt«, sagte Brown. Das würdest du wohl gern wissen, was? sagte sein Grinsen. »Ich habe nur gehört, daß er Fortschritte macht, die Landluft tut ihm gut.«

»Ihm tut gut, daß er von ihr weg ist«, erklärte Lily.

»Keinen Klatsch«, verwarnte sie Mrs. Putnam.

»Das ist kein Klatsch, das ist –«

»Doch. Das nenne ich die Hand beißen, die einen füttert.«

»Sie füttert mich nicht, das tut er.«

Steve zündete sich eine Zigarette an. Er fühlte sich plötzlich schwach und elend. Er war keine regelmäßigen Mahlzeiten mehr gewohnt, das war es. Oder vielleicht waren es die Erwähnung von Martha und die Boshaftigkeit in Lilys Stimme und das Gerede über Bisse in die Hand. Charles hatte Martha in die Hand gebissen, aber das erwähnte keiner. Alles, was gesagt wurde, war zu Charles' Gunsten. Er hatte keinen Fehler, er war der Gott der Küche.

»Mrs. Pearson scheint nicht sonderlich beliebt zu sein«, sagte Steve.

Die Frauen wechselten einen Blick.

»Bei mir schon«, erklärte Brown unerwartet. »Zuerst konnte ich sie nicht leiden, aber inzwischen doch. Sie hält ganz schön viel aus. Ich will nichts gegen Mr. Pearson sagen; er ist ein feiner Kerl. Aber...« Er warf Lily einen scharfen Blick zu, daß sie ihn nicht unterbrechen sollte, »... es ist nicht so einfach, mit ihm zusammenzuleben. Für die Leute, die für ihn arbeiten, sicher. Aber nicht für eine Ehefrau.«

Steve war Brown zutiefst dankbar, daß er sie verteidigte. Er hätte ihm am liebsten die Hand geschüttelt, ihm zu seiner Scharfsichtigkeit gratuliert und ihn auf einen Drink zu sich gebeten.

»Ich gebe zu, sie hat sich gebessert«, sagte Mrs. Putnam. »Das dumme ist, daß sie nicht genug zu tun hat. Sie sollte ein paar Kinder haben oder Hunde.«

»Oder einen Liebhaber«, sagte Brown.

Mrs. Putnam erklärte, er habe eine schmutzige Phantasie und keinen moralischen Knochen im Leib, und zehn zu eins sei er Kommunist und überhaupt kein Philosoph, nur ein ganz ordinärer Kommunist.

Mitten in der Auseinandersetzung, die nun folgte, stand Steve auf und ging nach draußen.

Die Luft war ruhig, die Mittagssonne brannte heiß auf seinem Gesicht. Er schaute blinzelnd zu ihr hinauf, etwas überrascht, daß sie noch da war, obwohl er sie so lange nicht wahrgenommen hatte. Er hatte überhaupt nichts mehr wahrgenommen, keine Wochentage, kein Wetter, aber jetzt überkam ihn alles auf einmal. Es war Samstag, und der Frühling ging zu Ende. Der Geruch nach feuchter Erde und Flieder hing in der Luft wie Schwaden der Vergangenheit und Andeutungen der Zukunft.

Ich hole Martha, dachte er. Wir machen einen Waldspaziergang und legen uns in die Sonne, und ich pflücke Blumen für ihr Haar. Buschwindröschen oder Veilchen.

Nein, es ist zu spät für Buschwindröschen oder Veilchen.

Dann eben Pilze. Wir können Pilze sammeln, und dann bringen wir sie hierher, und ich brate sie ihr.

Ihr würdet beide abkratzen, Junge. Du kannst doch einen eßbaren Pilz nicht von einem giftigen unterscheiden.

Aber wir können auf jeden Fall in der Sonne liegen.

Wenn es nicht regnet.

Ich werde sie vor dem Regen schützen. Ich gebe ihr mein Jackett und mein Hemd, und ich werde…

Und du wirst ihr auch deine Unterhose geben.

Er ging langsam auf die Garage zu. Es war sinnlos, sinnlos, vorgeben zu wollen, daß sie ein normales Liebespaar waren oder daß sie normale Dinge tun konnten wie in der Sonne liegen. Die Sonne hatte nichts mit ihnen zu tun. Wenn sie zusammenlagen, war es Nacht. Sie trafen sich wie Diebe im Dunkeln, sie unterhielten sich flüsternd wie Mörder, sie flohen vor der Morgendämmerung wie Gespenster.

Der Blumenduft wurde schal, die knospenden Bäume waren eine Beleidigung. Ganz bewußt preßte er bei jedem Schritt seine Absätze in den Boden, so daß seine Füße Narben hinterließen, eine Spur aus zertretenem Gras.

Als sie nachts kam, erzählte er ihr gleich von den Buschwindröschen und lachte dabei, um ihr zu zeigen, wie komisch das war.

»Buschwindröschen«, sagte er. »Kannst du dir das vorstellen?«

Sie legte den Kopf an seine Schulter, so daß ihre Wimpern bei jedem Lidschlag seinen Hals streiften wie Federn.

»Ich mag Blumen«, sagte sie ernst. »Die Wälder auch.«

»Ich glaube, du hast keinen Sinn für Humor, Liebling.«

»Habe ich auch nicht.« Er fühlte, wie sie an seinem Hals die Stirn runzelte. »Ich hätte gern Humor. Charles fand mich immer komisch, wenn ich es gar nicht fand.«

»Guter alter Charles. Ich habe ganze drei Minuten nicht an ihn gedacht, da mußt du ihn wieder erwähnen.«

»Tut mir leid.«

»Schon gut.« Er hob grüßend die Hand. »Hallo, Charley! Komm doch rein. Nett, daß du da bist. Setz dich hierhin, direkt auf meinen Schoß.«

Sie hob den Kopf, um ihm ins Gesicht zu sehen.

»War das jetzt komisch?« fragte sie. »Ich meine es ernst. War es komisch?«

»Mäßig.«

»Oh.«

»Das war auch nicht meine Glanzrolle. Als dummer August bin ich besser.«

»Du klingst ziemlich verbittert heute«, sagte sie. »Ist irgendwas?«

»Welch eine Frage!«

»Ich möchte es gern wissen. Ich dachte, du wärest... Ich möchte, daß du genauso glücklich bist wie ich.«

»Bist du glücklich?«

»Sehr.«

»Es macht dir nichts aus, diese Heimlichkeit, dieses im Dunkeln herumschleichen?«

»Ich verheimliche nichts«, sagte sie offen. »Ich habe nicht das Gefühl, etwas verheimlichen zu müssen.«

»Was sagst du denn deiner Mutter oder Laura, wenn du jeden Abend verschwindest?«

»Nichts. Ich gehe einfach.«

»Damit sie sich wundern können?«

»Wenn sie sich wundern wollen, kann ich sie nicht daran hindern.«

»Brown kannst du auch an nichts hindern.«

Sie lächelte kurz. »Ach, ich habe gar nicht erst versucht, Brown zu täuschen. Ich wußte, daß ich das nicht kann. Er könnte natürlich an Charles schreiben und ihm alles erzählen, aber ich glaube nicht, daß er es tun wird. Ich glaube, auf seine verquere Art will Brown alle zufrieden und glücklich sehen, selbst mich.«

»Die Rechtsverdreher haben einen Namen für das, was wir treiben – Ehebruch. Du bist eine Ehebrecherin, mein Schatz. Eine glückliche Ehebrecherin.«

Sie lächelte nicht. »Das stimmt.«

»Es ist dir völlig egal, was die Leute denken.«

»Ja.«

»Und vor ein paar Wochen warst du noch so ehrbar, du hast sogar Hut und Handschuhe getragen, wenn du in die Badewanne gestiegen bist. Der Wandel ist sicher verständlich, aber wie oder warum …«

»Ich fühle mich jetzt ehrbarer«, sagte sie. »Ich habe dich wieder.«

»Und ich habe eine ehrliche Frau aus dir gemacht, nehme ich an?«

»Vielleicht hast du das. Jedenfalls fühle ich mich so.«

Und so sah sie auch aus. Stolz und zufrieden, als sei sie willens, bis in alle Ewigkeit so weiterzumachen.

Also ich nicht, dachte er, *ich nicht*.

»Nicht Brown wird es Charles mitteilen«, sagte er, »sondern du.«

Sie schwieg.

»Du wolltest es ihm doch sagen, oder?«

»Ich weiß nicht. So weit hatte ich noch gar nicht gedacht.«

»Aber ich.« Er bemühte sich um Geduld, aber seine Stimme hatte einen harten Unterton. »Ich habe dich meine Frau genannt. Glaubst du, das habe ich zu jeder Frau gesagt, mit der ich in den letzten fünf Jahren ins Bett gestiegen bin?«

»Wie viele Frauen?« fragte sie. »Viele?«

»Genug.«

»Zehn?«

»Ach, zum Donnerwetter!«

»Zwanzig? Doch nicht zwanzig?«

»Du weichst vom Thema ab.«

Sie wandte den Kopf ab. »Ich kann es Charles nicht sagen, weil ich nicht weiß, wo er ist.«

»Ich suche ihn für dich. Ich begleite dich sogar zu ihm.«

»Nein. Nein. Ich werde ihn schon finden. Es ist nur – ich weiß nicht, was ich sagen soll.«

»Du bittest ihn um die Scheidung. Wenn er wissen will, warum, dann sagst du es ihm.« Ihre Schultern zuckten, und er legte den Arm fester um sie. »Du hast doch nicht etwa Angst, oder?«

»Nein.«

»Wenn du Angst hast, komme ich mit. Als Beweisstück Nummer eins.«

»Das könnte ich nicht ertragen«, sagte sie. »Wirklich nicht. Du bist so viel – robuster als Charles.«

Er fragte nicht, wie sie das meinte. Er hatte das Gefühl, daß es besser für ihn war, es nicht zu wissen.

16

In der Nacht hatte sie einen wirren, endlosen Traum, in dem sie ein Meeresungeheuer beobachtete, das am Ufer des Sees entlangschwamm, wobei es den Kopf mit verächtlicher Würde über Wasser hielt. Es herrschte Abenddämmerung, und sie hatte ihre Brille zerbrochen; sie mußte ewig warten, bis es so nah kam, daß sie es genau sehen konnte. Mit Schrecken, aber zugleich erleichtert erkannte sie, daß das Ungeheuer Charles' Kopf hatte.

»Es ist nur Charles!« rief sie den Leuten am Ufer mit ihren halb fremden, halb vertrauten Gesichtern zu.

Es wurde dunkel, und plötzlich verschwanden alle, gruben sich im Sand ein und duckten sich hinter Felsbrocken.

»Charles, warte mal! Hör mir zu! Ich will mich scheiden lassen!«

Grau und schwerfällig wie ein Kriegsschiff verschwand das Ungeheuer im schwarzen Wasser.

Sie ging nach Hause. Dabei stolperte sie über einige der im Sand versteckten Leute. Sie entschuldigte sich wortreich, aber sie gaben nicht zu erkennen, daß sie überhaupt da waren.

Der Wecker klingelte um acht.

Sie stand hastig auf, getrieben von einem Gefühl der Dringlichkeit, deren Grund sie nicht kannte. Es war, als ob ihre Muskeln schon wüßten, woran ihr Gehirn sich später erinnern würde, nämlich daß etwas Schwieriges getan werden mußte und sie vorbereitet zu sein hatten.

Sie lief eilig durchs Zimmer und zog die Vorhänge auf, als ob sie es kaum erwarten konnte, diesen neuen Tag zu sehen. Die Sonne schien wie ein Glückwunsch. Ein Schwarm Bienen tanzte einen geräuschvollen, trunkenen Tanz ganz allein für sie, und ihr Traum ertrank an seinem eigenen Gewicht. Die Leute gruben sich aus dem Sand und reckten sich und fingen an, menschliche Laute von sich zu geben.

Ihre Mutter hustete, Laura war in der Dusche, Brown pfiff auf der Treppe vor sich hin, Mrs. Putnam holte die Milch herein.

Sie rief den Arzt an, bevor sie nach unten zum Frühstück ging. Als sie ihm sagte, daß sie Charles' Adresse haben wollte, gab er sie ihr ohne Erstaunen oder Fragen. Er hatte offenbar sogar darauf gewartet, daß sie ihn anrief, und schien Charles' Anweisungen zu folgen.

Vielleicht weiß Charles ja schon Bescheid, dachte sie, und wartet auf mich. Brown hatte ihm vielleicht doch geschrieben oder es Forbes erzählt. Sie wußte, daß Forbes hin und wieder anrief und mit Brown redete – auf der Telefonrechnung waren ein paar R-Gespräche aus Green Village. Brown hatte nichts darüber gesagt, und sie hatte nicht gefragt. Es war irgendwie ärgerlich, Brown etwas fragen zu müssen. Er antwortete immer wahrheitsgemäß, und die Wahrheit war immer untadelig. Nur sein Gesicht log. Es ließ Intrigen vermuten. In seinem Blick lagen Komplotte, Spione und Geheimformeln lauerten in seinen Augenwinkeln. Hinter seinem Lächeln wuchsen riesige Skandale, und in seinen Augenbrauen zuckten Revolutionen. Nicht nachweisbare Gifte rollten auf seiner Zunge, und seine Hände liebkosten eine selbstgebastelte Bombe. Man fühlte sich betrogen, wenn er einem sein Herz öffnete und man sah, daß es dick, rosa und unschuldig war wie ein Baby.

Nein, Brown hatte nichts erzählt, und er würde es auch nicht tun.

»Haben Sie das?« fragte Dr. MacNeil.

»Ja, danke.« Sie las ihm vor, was sie notiert hatte. »An der Hauptkreuzung des Dorfes links abbiegen und zwei Meilen weiter dann rechts, danach ist es das dritte Häuschen.«

»Sehr gut. Ich denke, Sie werden ihn in guter Verfassung vorfinden.«

»Das hoffe ich«, sagte sie und überlegte, warum er plötzlich so freundlich war, so eifrig darauf bedacht, daß sie Charles besuchte.

»Oh, da können Sie sicher sein. Seine Haltung ist viel vernünftiger geworden. Er hatte Gelegenheit, sich alles gründlich durch den Kopf gehen zu lassen.«

»Was heißt das, alles?«

»Nun, die allgemeine Situation«, antwortete MacNeil unverbindlich.

Sie bedankte sich für die Wegbeschreibung und legte auf.

Weder Laura noch ihre Mutter waren schon zum Frühstück heruntergekommen. Brown war im Eßzimmer und legte auf jeden Platz eine Grapefruithälfte.

»Guten Morgen«, sagte sie.

»Guten Morgen, Mrs. Pearson.« Seine kleinen Augen wanderten von ihrem Gesicht zu der Grapefruit und wieder zurück, als wollte er sagen: *Raten Sie mal, was heute in der Grapefruit ist. Kommen Sie nicht drauf? Curare!*

Ich habe gerade eine Schiffsladung vom Häuptling des Stammes am Amazonas bekommen.

Sie mußte lächeln, und er lächelte zurück. Es war, als ob sie beide an einem ungeheuren, unergründlichen Scherz teilhätten, der nicht für andere Leute bestimmt war.

»Ich fahre heute zu Mr. Pearson«, sagte sie. »Sie können mir gleich nach dem Frühstück ein Taxi bestellen.«

»Mr. Ferris würde Sie sicher gern fahren.«

»Ich möchte ihn nicht ausnützen.«

»Ich bin sicher, er würde das nicht so sehen.«

»Ich nehme lieber ein Taxi.«

»Selbstverständlich, Ma'am.« Er rieb sich nachdenklich das Kinn. »Eine bestimmte Farbe?«

»Rosa«, sagte sie und biß entschieden in das Stück Grapefruit.

Das Taxi kam um neun, und Brown ging mit ihr hinaus. Sie war sehr überrascht, als sie sah, daß es tatsächlich rosa war. Brown wartete mit kindischer Freude, daß sie eine Bemerkung dazu machte.

»Es ist hübsch«, sagte sie.

»Das einzige rosa Taxi in der Stadt.« Er nickte geheimnisvoll, was heißen sollte: *Ein paar Freunde von mir, die zufällig Heinzelmännchen sind, haben es ruck, zuck für mich angestrichen.*

Sie war fast bereit zu glauben, daß er das wirklich ausgesprochen hatte und daß es stimmte. Der Fahrer sah aus wie ein Heinzelmännchen. Er trug eine übergroße rosa-grau-karierte Kappe, unter der er sein trauriges, zartes Gesichtchen vor einer Welt versteckte, die ihn nicht verstand. Seine Stimme war hoch und süß wie die eines Chorknaben, und seine schmale Hand bediente den Schalthebel mit spinnengleicher Eleganz.

»Ein herrlicher Tag«, sagte er. »Wirklich ein herrlicher Tag.«

»Ja, nicht wahr?«

»Das Taxi hier gehört mir ganz allein.«

Ganz allein. Ich habe es mit meinen eigenen kleinen Händchen mit Pinsel und Wasserfarben angemalt, und ich fahre damit die Klaviatur rauf und runter.

Sie lehnte sich zurück und schloß die Augen, erlegte dem Heinzelmännchen damit Schweigen auf und sperrte den herrlichen Tag aus. Jede Radumdrehung brachte sie Charles näher, aber sie konnte nicht einmal sein Bild heraufbeschwören oder sich auch nur einen einzigen Satz zurechtlegen, den sie ihm sagen wollte. Sie konnte höchstens mit sich selbst ins Gericht gehen, und auch das nur auf banale und ziemlich allgemeine Weise: Dies ist eine schlimme Situation, und du bist eine schlimme Frau. Du solltest dich schämen. Es wird einen schrecklichen Skandal geben, Unschuldige werden leiden, nicht nur du...

Aber ich werde nicht leiden, dachte sie erstaunt, und ich glaube nicht, daß ich eine schlimme Frau bin. Ich schäme mich auch nicht, höchstens darüber, daß ich Charles geheiratet und dann alles vermasselt habe.

Sie konnte ihre Ehe jetzt, da sie bald beendet sein würde, mit Abstand betrachten. Der Fehler lag hauptsächlich bei ihr. Sie hatte Charles etwas verheimlicht, und schon allein das hatte ihre Sünde verschlimmert, so wie Puderschichten zwar die Akne übertünchen, gleichzeitig aber dafür sorgen, daß sie sich ausbreitet und juckt. Sie hatte Charles zu einer Zeit geheiratet, als ein Groll auf alle Männer sie erfüllte, weil einer sie einmal verführt hatte (ziemlich leicht, wie sie zugeben mußte), um sie dann zu verlassen.

Es war nicht der Verlust ihrer Unschuld, der ihr zu schaffen machte, sondern eher die Tatsache, sie für nichts verloren zu haben, und auf eine so miese, gewöhnliche Art. Sie erinnerte sich an die quietschende Couch im Wohnzimmer ihrer Eltern, die verhaltenen Bewegungen, um die zerbrochene Feder zu vermeiden, und die Dunkelheit, durch die hin und wieder die gigantischen Schnarcher ihres Vaters drangen oder der Ruf ihrer Mutter: »Martha, du solltest jetzt langsam ins Bett gehen. Es ist schon spät.«

Ihre Mutter rief immer auf dieselbe Weise, mit freundlicher, aber etwas abwesender Stimme. Beinah, als ob sie wüßte, was da unten vorging, dachte Martha, sich aber weder das Recht noch die Kraft zur Einmischung zugestehen wollte. Ihre Eltern hatten beide dieselbe Haltung. Ihr Moralbegriff war nicht lasch, ihr Leben verlief untadelig und langweilig, aber sie besaßen eine gewisse Entschlußlosigkeit. In ihren Gedanken oder Plänen gab es nichts Klares oder Definitives. Sie strebten nie etwas konsequent oder energisch genug an, um es weiterzuverfolgen. Wie sie alles, was kam, widerstandslos hinnahmen, hatte Martha als Kind verwirrt und später wütend gemacht. Als sie fünfzehn war, stand ihr Leben schon in scharfem Gegensatz zu dem ihrer Eltern. Sie war gnadenlos ehrgeizig und puritanisch. Sie ging geradlinig vor wie eine Dampfwalze und zermalmte dabei alles, was ihr in den Weg kam. Sie machte ihrer Mutter Vorwürfe wegen ihrer Haushaltsführung und ihrem Vater wegen seiner gelegentlichen harmlosen Trinkgelage. Sie kümmerte sich um Laura, wusch und bügelte deren Kleider, bürstete ihr die Haare und schickte sie adrett und ehrbar zur Schule.

Sie lernte viel und bis spät in die Nacht, ohne Freude

und ohne großen Erfolg. Obwohl sie in der Schule als Blaustrumpf galt, blieben ihre Noten immer mittelmäßig. Sie war nicht beliebt. Ein paar Jungen bewunderten sie von fern und schickten ihr Liebesbriefchen, doch sie wies sie voller Verachtung ab. Sie verliebte sich wie alle Schulmädchen heftig in ihre männlichen Lehrer und diverse Filmschauspieler und Dirigenten, in romantische Fremdlinge, denen sie auf der Straße begegnete, und romantische Fremdlinge, die sie aus Autos oder Bussen ansahen. Nur ein langer, tiefer Blick, und die Verliebtheit war geboren und wurde aus ihrem Herzen zärtlich in ihr Tagebuch verfrachtet: »Ich gehe heute wie auf Wolken, liebes Tagebuch, weil ich endlich IHN gesehen habe. Ich weiß nicht einmal, wie er heißt, aber insgeheim nenne ich ihn Mr. x. Namen sind sowieso nicht wichtig. Wenn die Blicke zweier Menschen sich treffen, sollten beide Bescheid wissen.«

Ein Mr. x nach dem anderen marschierte munter ins Vergessen, und ihr Duft verlor sich im dumpfen Tintengeruch, während Silberfischchen über ihre Spuren glitten.

Vor ihrer Heirat mit Charles verbrannte sie alles in der Heizung. Sie ließ die Ofentür offen und sah zu, wie die Aufzeichnungen der Jahre zu Asche wurden, die vergessenen Männer und kichernden Mädchen, die längst getrockneten Tränen und die Triumphe, die keine Rolle mehr spielten. Sie klappte die Eisentür über ihren toten Geheimnissen zu, wusch sich sorgfältig den Ruß von den Händen und begann ihr Leben mit Charles.

Der Heinzelmann wurde unruhig, er wollte reden. Er empfand es als Gemeinheit, daß sie nicht reden wollte, wo er sich doch so schrecklich langweilte.

»Wir müßten in fünf Minuten in Green Village sein«,

sagte er. »Sie können schon die Brise vom See spüren, wenn Sie das Fenster weiter runterkurbeln.«

Sie antwortete nicht, sie war nicht einmal so höflich, die Augen aufzumachen. Vulgär war sie, jawohl. Unsensibel. Das sah man ja schon auf einen Blick. Alte Kuh. Mit so einem Euter.

Er funkelte sie wütend an, aber seine Wut wurde durch den Spiegel gebrochen, und außerdem sah sie gar nicht hin.

Charles war zu Anfang sehr verliebt gewesen. Er konnte gar nicht genug für sie tun. Er ließ das Haus genau so bauen, wie sie es haben wollte, und er war es auch, der vorschlug, daß ihre Familie ja bei ihnen wohnen könnte, falls Martha sich einsam fühlte. Als die Familie dann tatsächlich einzog, tat er alles dafür, daß sie sich zu Hause fühlte. Er bezauberte die Mutter mit seinem Witz und kaufte Lauras Herz mit einer geschickten Mischung aus Mandelnougat und Samstagsmatineen. Er unterhielt sie, er spielte Klavier und sang und erzählte ihnen Geschichten. Nur wenn sie allein waren, konnte Martha ihn nicht ertragen. Er veränderte sich abrupt, sobald sie durch eine geschlossene Tür von den anderen getrennt waren. Dann wurde er unterwürfig, fast verlegen. Er folgte ihr überallhin, um Aufmerksamkeit bettelnd wie ein Hund, und lächelte sie so strahlend und ungläubig an, als ob er sich in dieser Sekunde erst klarmachte, daß sie wirklich seine Frau war. Sie konnte kein Buch lesen, ohne daß sie seinen Blick auf sich spürte, seine Hand ihre Schulter berührte oder ihr übers Haar strich. Sie las dann grimmig weiter, während er mit ruhigem, sanftem Geschick unsichtbare Ketten um sie schmiedete.

»Komm zu Bett, Martha.«

»Macht es dir etwas aus, wenn ich noch dieses Kapitel zu Ende lese?«

»Aber natürlich nicht. Kann ich dir etwas bringen? Einen Drink? Eine Zigarette?«

»Nein, danke.«

»Ist es ein langes Kapitel?«

»Ich weiß es nicht, ich habe nicht nachgesehen.«

»Wenn ja, dann lege ich noch ein Stück Holz aufs Feuer.«

Er legte das Holz aufs Feuer, er machte ihr etwas zu trinken, er schob ihr eine angezündete Zigarette zwischen die Lippen. Dann setzte er sich ihr zu Füßen, den Kopf gegen ihre Knie gelegt, und umspannte mit den Fingern ihre Knöchel.

»Was für zierliche Knöchel du hast... Deine Beine fühlen sich kalt an, möchtest du eine Decke?«

»Nein, danke.«

Ihr Knöchel zuckte, versuchte seiner Umklammerung zu entkommen.

»Ich bringe dir doch lieber eine. Ich möchte nicht, daß du dich erkältest.«

»Kannst du mich nicht in Ruhe lassen, Charles?«

Da. Sie hatte den Hund getreten. Er war gekränkt, aber er klemmte nicht den Schwanz ein. Er war von edlem Geblüt und zog sich mit Würde zurück.

»Tut mir leid, Liebling. Ich bin dir wahrscheinlich lästig.«

»Nein, das bist du nicht. Ich will nur einfach dieses Kapitel fertiglesen.«

Auf diese Weise las sie viele Kapitel zu Ende, aber sie konnte sich an kein einziges davon erinnern. Sie erinnerte sich nur an die Drinks, die Holzscheite, die Zigaretten, die Decken und wie das alles allmählich aufhörte.

Laura wuchs aus den Samstagsmatineen heraus, und Mandelnougat ließ die Akne bei ihr blühen. Ihre Mutter zog sich in ihr Zimmer zurück, um ihr Leben noch einmal ohne Fehler zu durchleben.

Green Village.

»Kein schlechtes Städtchen«, sagte das Heinzelmännchen. »Ich hätte nichts dagegen, hier zu wohnen.«

Natürlich hätte er in Wahrheit etwas dagegen gehabt. In einer kleinen Stadt lernten die Leute einen zu gut und zu schnell kennen. Man konnte sich nicht umdrehen, ohne daß jemand mißtrauisch wurde. Ein paar von den Jungs hatten mal ein Häuschen hier gemietet und keine Woche überdauert. Die Nachbarn hatten sich beschwert, daß sie bei hochgezogenen Rollos nackt herumliefen und sich gegenseitig den Hintern versohlten. Sie sagten, man höre das Klatschen die ganze Nacht und sie könnten dabei nicht schlafen.

Dreckige Phantasie, dachte das Heinzelmännchen.

Das rosa Taxi glitt unter den Matronenbusen der Ahornbäume und den dürren Altjungfernarmen der Kiefern dahin.

Es hielt auf ihre Anweisung außer Sichtweite der Hütte. Sie ging allein den Weg hinunter. Die Sonne schien immer noch, aber der Wind war feucht und kühl.

Die Hütte sah aus wie tausend andere rund um den See, quadratisch und häßlich und nicht sehr stabil, als hätte der Erbauer sich gedacht, daß der See sie eines Tages sowieso zerstörte und man darum nicht allzuviel Geld hineinstecken dürfe. Sie erkannte eine Badehose von Charles, die über dem Geländer der hinteren Veranda hing. Aus einem offenen Fenster drang zarter Essensgeruch, aber in der Küche sah sie niemanden.

Sie ging zum vorderen Teil der Hütte. Der weiche Untergrund aus Kiefernnadeln und Moos dämpfte ihre Schritte. Niemand hörte sie, niemand wußte, daß sie hier war. Sie konnte noch zurück, sie mußte nicht bleiben...

Sie ging um die Ecke und sah Forbes.

Er saß in einem Schaukelstuhl auf der Veranda, rauchte Pfeife und beobachtete das Wasser. Der Schaukelstuhl knarrte rhythmisch wie ein kaputtes Saxophon.

Er nahm die Pfeife aus dem Mund und klopfte sie am Geländer aus.

»Forbes?« sagte sie.

Er drehte ihr langsam den Kopf zu.

»Ich dachte mir schon, daß jemand kommt«, sagte er. »Ich habe ein Auto gehört.« Sein Blick wanderte zurück zum See. »Mr. Pearson ist schwimmen gegangen.«

Sie folgte seinem Blick und sah Charles' Kopf wie einen Ball auf den Wellen tanzen.

»Das Wasser sieht kalt aus.«

»Ist es auch.« Er machte keine Anstalten, aufzustehen oder höflich zu sein. »Er sollte nicht schwimmen. Er ist nicht kräftig genug. Jemand sollte ihn zurückhalten. Ich kann es nicht.«

Seine Stimme war kalt, anklagend wie ein ausgestreckter Zeigefinger.

»Meinen Sie, *ich* sollte es tun?« fragte sie.

»Sie können es versuchen. Für Sie tut er es schließlich.«

»Ich weiß nicht, was Sie meinen.«

»Alle seine verrückten neuen Mätzchen, die rohen Karotten und die kalten Bäder und daß er in solchem Wasser schwimmen geht. Ich nehme an, das tut er für Sie. Ich wüßte nicht, für wen sonst.« Er klopfte seine Pfeife wieder gegen das Geländer. »Oder er versucht sich umzubringen. Auf lange Sicht läuft es wahrscheinlich aufs selbe hinaus.«

»Sind Sie nicht etwas unverschämt?«

»Also, ehrlich gesagt finde ich das nicht. Ich rede nur zur Abwechslung mal normal. Ich kann es mir leisten. Ich arbeite nicht mehr für Sie. Ich arbeite für niemanden. Ich bleibe auch nicht zum Vergnügen hier. Dieser verdammte See macht mich krank, und die Mücken fressen mich auf.« Er zog ein Hosenbein hoch und kratzte sich mit wilder Befriedigung. »Ich bleibe nur, weil ich nicht gern jemanden hängenlasse. Besonders, wenn er keinen hat, dem er trauen kann.«

Sie wandte sich abrupt ab und schrie plötzlich und gellend: »Charles! Charles!«

»Er kann Sie nicht hören«, sagte Forbes trocken. »Er hat Stöpsel in den Ohren.«

Sie rannte ans Seeufer, behindert durch den schweren Sand in ihren Schuhen. Er mußte sie gesehen haben, denn er begann mit kurzen Armstößen zum Ufer zu schwimmen.

Als er das seichte Wasser erreichte, stand er auf, nahm die Ohrstöpsel heraus und schüttelte Wasser aus seinem Haar. Er tat, als bemerkte er sie nicht, nahm sich offenbar Zeit, sich auf die Situation einzustellen.

»Hallo, Charles«, sagte sie und dachte dabei, wie erstaunlich es war, daß sie vergessen hatte, wie er aussah, wo sein Gesicht ihr doch so vertraut war wie ihr eigenes.

Er kam fröstelnd aus dem Wasser. Als er sie schließlich direkt anblickte, sah sie, daß er auf eine schüchterne, süße und hoffnungsvolle Art lächelte.

»Martha. Also, Martha.«

»Du bist ganz durchgefroren. Es ist zu kalt zum Schwimmen.«

»Ja?« Er lachte. »Macht nichts.«

»Leg dir meinen Mantel um die Schultern«, sagte sie energisch. »Hier.«

»Nein. Nein, er wird ja naß.«

»Das macht nichts.«

»Na gut.«

Sie legte ihm den Mantel um. Es erinnerte sie daran, wie oft sie ihn zugedeckt hatte, wenn er nackt auf ihrem Bett eingeschlafen war, und daß sie nie wußte, ob sie es tat, um ihn nicht zu sehen oder um ihn warm zu halten.

Sie gingen irgendwie feierlich im Gleichschritt auf die Hütte zu.

»Du siehst wunderbar aus, Martha«, sagte er. »Was hast du so gemacht?«

17

Nachdem er sich angezogen hatte, saßen sie nebeneinander auf der Veranda und unterhielten sich.

»Warum bist du gekommen?« fragte er. »Weil du mich sehen wolltest?«

»Ja, natürlich. Aber…«

»Mir geht's gut. Sehe ich nicht gut aus?« Er lächelte sie mit noch immer kälteblauen Lippen an.

Sie nickte. Er sah ganz und gar nicht gut aus, schien aber um einiges kräftiger als vorher.

»Ich esse viel«, sagte er. »Rohkost, weißt du. Zum Beispiel Möhren.«

»Das hat Forbes mir erzählt.«

»Forbes findet es albern, obwohl es ihm viel Kocharbeit spart.«

Als hätte er seinen Namen gehört, kam Forbes leise mit einer Wärmedecke aus dem Haus.

»Hör auf, mich wie einen alten Mann zu behandeln. Ich brauche keine Decke.«

Forbes schnaubte sehr verhalten und ging wieder hinein.

»Möchtest du eine Zigarette oder irgendwas anderes, Martha?«

»Nein, danke.«

»Bleibst du wenigstens zum Mittagessen?«

»Ich würde gerne bleiben, aber das Taxi wartet.«

»Laß es warten, ja? Ich muß dir so vieles sagen. Ich weiß gar nicht, wo ich anfangen soll.«

»Ich muß auch etwas sehr Wichtiges mit dir besprechen.«

»Dann mußt du bleiben. Was ich dir sagen will, kann zwei Stunden dauern, vielleicht den ganzen Rest meines Lebens. Sieh mal, Martha.« Er holte einen zerknitterten Umschlag aus der Brusttasche, auf dem sein Name stand. »Kennst du den?«

»Ja.«

»Ich trage ihn immer bei mir. Es ist der einzige Brief, den du mir je geschrieben hast.«

»Wirf ihn weg«, sagte sie mit scharfer Stimme.

Er starrte sie an. »Warum?«

»Weil es ein dummer Brief ist.«

»Sehr dumm. Deshalb ist er so wichtig. Weißt du noch, was du geschrieben hast?«

»Ungefähr.«

»Du hast geschrieben, daß du Angst hast und möchtest, daß ich wieder nach Hause komme.«

Sie fuhr sich mit der Zunge über die Lippen. »Habe ich das?«

»Angst. Ist es zu glauben? Das hat mich umgehauen, weil ich nie gedacht hätte, daß du Angst haben kannst. Ich habe immer angenommen, du seist eine ziemlich nüchterne Frau.«

»Das bin ich auch. Laß dich da von einem Brief nicht in die Irre führen.«

»Das habe ich auch nicht. Ich habe nur angefangen zu überlegen, ob ich nicht der große Versager in unserer Ehe bin. Du hattest so viele gute Anlagen, und ich war nie in der Lage, sie zu wecken. Ich wußte natürlich, daß du mich nicht liebst, und ich bin fast verrückt geworden vor Eifersucht, weil ich immer überlegt habe, ob du je einen anderen geliebt hast und wie er wohl hieß und aussah.«

Er lehnte sich lächelnd zurück.

»Verrückt vor Eifersucht«, sagte er. »War ich nicht ein Narr?«

Sie fuhr sich mit der Hand an die Kehle, als wollte sie die unsichtbaren Ketten lockern, die sich wieder um sie legten und die Worte abschnürten, die sie sagen wollte.

»Aber ich habe mich geändert, Martha. Ich weiß, wie lächerlich es ist, plötzlich aufzustehen und zu verkünden, man habe sich geändert, aber es ist wirklich so. Ich werde es dir beweisen. Du läßt es mich doch beweisen, nicht? Du willst doch, daß ich nach Hause komme, wie du in deinem Brief geschrieben hast?«

Sie sprang heftig auf. Der Stuhl schwankte, der Boden vibrierte.

»Ich gehe wohl besser dem Taxifahrer Bescheid sagen, daß er im Ort zu Mittag essen soll.«

»Aber du hast meine Frage nicht beantwortet. Du willst doch, daß ich nach Hause komme... Oder?«

»Natürlich«, sagte sie mit flacher, dünner Stimme. »Natürlich will ich das.«

»Wann? Bald?«

»Jederzeit.«

»Du sagst das doch nicht nur, weil ich dir leid tue oder so etwas? Ich weiß, daß du mir die Wahrheit sagen wirst, du bist immer so ehrlich.«

»Hör auf zu träumen«, sagte sie. »Hör auf, dir mein Bild aus deiner Phantasie zu formen. Ich bin nicht ehrlich. Ich bezweifle, ob das überhaupt irgendeine Frau ist.«

Ihre Worte störten ihn nicht, er war für Worte nicht erreichbar, schwebte wieder in den Wolken. Später, in einer Stunde, einer Woche, einem Jahr, würde er hart und geräuschvoll auf die Erde fallen, und seine Träume würden wie Granaten explodieren. Sie war unfähig, seinen Fall zu dämpfen oder es auch nur zu versuchen, weil sie schon den Höhenflug so verachtete.

»Das Essen ist fertig«, verkündete Forbes.

Charles erhob sich eifrig und aufgeregt. »Komm, Martha.« Er nahm ihren Arm. »Das ist wie in alten Zeiten, Forbes, nicht wahr? Daß wir Mrs. Pearson hier haben.

Forbes' spöttische kleine Augen ruhten kurz auf ihrem Gesicht. Sie drückten Abneigung aus, aber auch Verständnis, als ob ihm, ebenso wie ihr, klar wäre, daß Charles wieder in der Stratosphäre schwebte, völlig losgelöst von der Realität. »Alte Zeiten« waren zu fröhlichen Abendstunden geworden, voll süßer Liebe und heiterer Musik. Er hatte vergessen, daß es langweilige, endlose Nächte mit einer Frau gewesen waren, die wünschte, er wäre tot.

»Ja, du hast dich verändert, Charles«, sagte sie mit einem kurzen, grimmigen Lachen. »Du weißt gar nicht, wie sehr. Erinnerst du dich noch an das letzte Mal, als wir uns gesehen haben?«

Er reichte über den Tisch und legte seine Hand auf die ihre. »Ja. Ich war ein Scheusal.«

»Nein, nein. Das warst du nicht. Wenn man bedenkt, was du von mir dachtest, hast du dich völlig normal verhalten. Aber wir hatten ja schon so viele häßliche Szenen.« Sie wiederholte das Wort: »Häßlich.«

»Ich weiß. Das hört jetzt auf.«

»Wieso?«

»Ich habe mich jetzt besser in der Hand.«

»Du liebe Güte«, sie lachte wieder, und ein Anflug von Hysterie klang darin mit. »Du bist wirklich ein hoffnungsloser Fall, Charles. Erinnerst du dich, als ich dir die Krawatte mitgebracht hatte?«

»Nein.«

»Doch, du erinnerst dich, ich sehe es an deinem Gesicht. Du bist so ein schlechter Lügner. Soll ich dir mal was über die Krawatte sagen?«

Er rutschte verlegen auf seinem Stuhl herum. »Nein ...«

»Ich habe gar keinen Dollar dafür bezahlt, ich habe *neunundachtzig Cents* bezahlt! Sonderpreis!« Wie umwerfend komisch das war, und wie verlegen er aussah. Gleich würde er sagen, daß nicht der Preis das Wichtige sei, sondern das Drandenken.

»Es spielt keine Rolle, was etwas kostet, es –«

»O nein!« Sie konnte es nicht mehr aushalten, er war zu komisch, alles war komisch. Sie wischte sich mit dem Ärmel ihres Kleides die Tränen ab. »Es ist das Drandenken«, japste sie.

»Ist was, Martha? Willst du einen Brandy?«

»Und ich weiß nicht mal, ob ich überhaupt an etwas gedacht habe. Ist das nicht irre?«

»Hier ist ein Taschentuch, Liebling. Es tut mir leid, wenn ich dich aus der Fassung gebracht habe.«

»Und was du mir alles an den Kopf geworfen hast an dem Tag. Du hast gesagt, ich sei heimtückisch und dumm. Vielleicht bin ich das ja.« Sie versteckte ihr Gesicht hinter dem Taschentuch. Es war eine Zuflucht vor Charles' verwirrtem Blick und Forbes' lauschenden Ohren. In dieser Welt feuchten Leinens konnte sie lachen oder weinen, soviel sie wollte, und wenn sie fertig war, konnte sie es zusammenknüllen und wegwerfen.

»So viel Häßlichkeit«, sagte sie. »Häßliche Wörter, häßliche Gedanken.«

»Sag nicht immer dieses Wort. Ab jetzt wird alles anders. Sieh mich an, Martha. Bitte, sieh mich an.«

»Ach, laß mich in Ruhe.«

»Ich liebe dich, Martha. Ich verspreche dir, daß ich dich glücklich mache, wenn du mir die Gelegenheit gibst. Ich werde dich nicht mehr mit unfreundlichen Wörtern beschimpfen. Wenn du mich mal ärgerst, werde ich gar nichts sagen. Ich werde nur einen Spaziergang um den Block machen oder so etwas.« Hoffnungsvoll fügte er hinzu: »Vielleicht könntest du es auch so machen.«

Sie ließ das Taschentuch sinken und starrte ihn an. »Wir werden ziemlich viel spazierengehen.«

Sie sah ihn und sich gleichzeitig um den Block spazieren, Charles in der einen Richtung, sie selbst in der anderen, und alle fünf Minuten trafen sie sich, gingen aber wortlos aneinander vorbei, weil sie zufällig beide verärgert waren. Vielleicht würde ihr System schließlich von anderen Leuten übernommen, und zu jeder Tages- und Nachtzeit wären dann die Bürgersteige voller Ehemänner und -frauen, die sich die Seele aus dem Leib liefen.

Sie fing wieder an zu lachen, diesmal wirklich amüsiert.

»Mir war nicht klar, daß ich so komisch geworden bin«, sagte Charles mit einem steifen kleinen Lächeln. »Du hast nie über mich gelacht, außer wenn ich mir den Knöchel gebrochen habe oder mit der Hand in den Rasenmäher geraten bin, weil das die einzigen Dinge waren, auf die dein makabrer und so gut wie nicht vorhandener Sinn für Humor ansprachen.«

»Das kommt mir schon bekannter vor, Charles. Jetzt redest du wieder normal.«

»Danke. Was ist normal?«

»Ach, weißt du, ironisch und ziemlich eklig. Ich mag dich lieber so. Ich kann deine heiteren Launen nicht ausstehen, wenn du mit Sternchenaugen und voller Hoffnung rumläufst.«

»Aber ich bin voller Hoffnung«, sagte er leise. »Ich kann meine Redeweise ändern, wenn ich dadurch natürlicher wirke, aber ich kann meine Gefühle nicht ändern.« Er hielt inne. »Hast du Hunger?«

»Ja.«

»Das dachte ich mir. Du reagierst immer so, wenn du Hunger hast.«

Sie öffnete den Mund vor Erstaunen. »Wie reagiere ich?«

»Unkontrolliert und schrill.«

»Unkontroll –«

Er rief: »Forbes, bringen Sie die Suppe. Mrs. Pearson ist am Verhungern.«

Forbes brachte die Suppe und huschte in die Küche zurück wie eine Kakerlake. Es war offensichtlich, daß er jedes Wort ihrer Unterhaltung mitgehört hatte und daß er sie nicht durch seine Anwesenheit unterbrechen wollte.

»Nimm einen Kräcker«, sagte Charles.

»Nein.«

»Stört es dich, wenn ich einen nehme?«

»Du bist der unmöglichste Mensch. Eine Minute bist du voller Hoffnung, und in der nächsten beschimpfst du mich.«

»Ich habe dich nicht beschimpft. Ich habe dir nur die Tatsache zur Kenntnis gebracht, daß du, wenn du hungrig bist, keine Kontrolle über deine Emotionen hast. Iß deine Suppe.«

»Ich möchte keine Suppe. Ich möchte lieber weiter unkontrolliert und schrill sein.«

»Also gut, aber ich habe nur noch ein sauberes Taschentuch. Die frische Wäsche ist noch nicht gekommen.« Er nahm sich noch einen Kräcker. »Dabei fällt mir eine andere Kleinigkeit ein. Hast du eigentlich eigene Taschentücher?«

»Warum?«

»Weil du immer, wenn du flennen willst, in meine flennst.«

Sie warf ihm einen zweifelnden Blick zu und fragte sich, warum er log. Sie hatte sich noch nie ein Taschentuch von ihm geborgt, und sie konnte sich nicht erinnern, je in seiner Gegenwart geweint zu haben.

Sie sagte es ihm, aber er sah sie nur lächelnd an, und gleich darauf merkte sie, daß er aufs Geratewohl log und einfach das erste beste sagte, das ihm in den Sinn kam, weil sie ihn gebeten hatte, seine Redeweise zu ändern.

Sie nahm ihren Löffel und fing an zu essen. Sie fühlte sich besiegt. Es war zwar eine unwesentliche Sache, es ging ja nur um Wörter, aber Charles hatte sie ausgetrickst. Sie hatte eigentlich genau das getan, was er wollte: Sie hatte zugestimmt, daß er nach Hause kommen sollte, sie saß hier und aß mit ihm zu Mittag, und sie machte sich lächerlich. Charles war zu kompliziert und unergründlich für sie. Sie konnte keine Barrikade gegen ihn errichten, weil sie nie wußte, welchen Weg er nehmen würde. Er hatte alle möglichen verschlungenen kleinen Umwege in petto und hüpfte den einen hinauf und den anderen wieder hinunter und wartete dann am Ende auf sie, frisch, ruhig und ein bißchen belustigt über ihre mühsame, geradlinige Ackerei.

Er reagierte auf alles – Gesten, Blicke, ein Schweigen, das zu lange währte, oder ein zu schnell gesprochenes Wort –, und seine Reaktionen waren immer vielschichtig. Wenn Charles ärgerlich wurde, war das keine so einfache Sache wie bei Steve, der wütend wurde, herumfluchte und sich anschließend entschuldigte. Steve war direkt und sein Verhalten verständlich – jemand sagte oder tat das Falsche und brachte ihn damit auf die Palme. Aber Charles' Zorn schien aus seinem Innersten zu kommen. Er keimte unabhängig von äußeren Umständen oder anderen Menschen; er wurde ohne Grund geboren, einfach weil die Zeit der Trächtigkeit abgelaufen war; er starb ganz plötzlich, grundlos, und wurde heimlich und ohne Namen begraben.

Sie beendeten ihr Mahl schweigend. Sie fühlte Charles' Blicke auf sich, während sie aß, aber welche Gefühle dahinter lauerten, konnte sie nicht sagen. Er konnte sie mit Wohlgefallen betrachten oder sich über ihren Appetit freuen; er konnte ihre Dummheit verfluchen oder auch nur sie zu verstehen versuchen mit einer Ratlosigkeit, die ihrer eigenen gleichkam.

»Woran denkst du?« fragte sie abrupt.

»An Aspirintabletten.«

Sie preßte die Lippen zusammen. »Ich verstehe.«

»Das glaube ich nicht.«

»Ich wußte, daß wir irgendwann darüber reden müssen –«

»Nicht so, wie du vielleicht denkst. Sieh her, Martha.«

»Nein. Ich fahre nach Hause. Es tut mir leid, daß ich gekommen bin.«

»Ich möchte doch nur, daß du dir ansiehst, was ich in der Hand habe.«

Sie drehte sich um. Er hielt eine Tablette zwischen Daumen und Zeigefinger.

»Das ist Aspirin«, sagte er. »Ich nehme es jetzt.«

»Du wirst nur krank davon. Hör auf mit dem Theater.«

»Ich mache kein Theater. Ich möchte etwas beweisen.«

»Was willst du beweisen?« Zweifel und Mißtrauen stauten sich in ihr wie eine wütende Menge und machten sich plötzlich gewaltsam Luft. Sie schlug ihm die Tablette aus der Hand. Sie fiel in ein Glas mit Wasser und fing an sich aufzulösen, während sie auf den Grund sank. »Forbes! Forbes!« rief sie.

Er war in Sekundenschnelle an der Tür.

»Ich möchte, daß Sie das hören, Forbes. Er wollte ein Aspirin nehmen, solange ich allein mit ihm war, um weitere Beweise gegen mich zu haben.« Sie wandte sich schwer atmend zu Charles um. »Stimmt das, Charles? Das wolltest du doch wohl? Die ganze Chose, daß du mich liebst und wieder nach Hause kommen willst, das war doch alles nur Vorwand, eine Falle für mich, nicht wahr?«

Die beiden Männer schwiegen.

»Na, warum gibst du es nicht zu?« rief sie. »Ihr beide habt das wahrscheinlich gemeinsam ausgeheckt, vielleicht war der Doktor auch noch beteiligt! Ich sollte allein hier mit dir sein, wenn du krank wirst. Ich sollte diesmal in flagranti ertappt werden!«

»Er nimmt alle drei oder vier Stunden ein Aspirin«, erklärte Forbes ziemlich gelangweilt. »Er lebt praktisch von den verdammten Dingern.«

»Martha«, sagte Charles.

Sie setzte sich und senkte den Kopf. Die Menge verlief sich, wanderte ziellos in alle Richtungen davon. Ihre Wut war verraucht, ohne ein neues Ziel gefunden zu haben.

»Wenn du mir so sehr mißtraust«, sagte er, »muß ich es wohl irgendwie verdienen. Ich wünschte, ich könnte das ändern und du könntest mich als Freund betrachten.«

»Du bist kein Freund.«

»Soll ich jetzt gehen und den Abwasch machen«, fragte Forbes, »oder soll ich hierbleiben und den Schiedsrichter spielen?«

»Mir gefällt die Art und Weise, wie er redet, nicht«, sagte Martha.

Forbes sah Charles mit hochgezogenen Brauen an. »Sie mag meine Redeweise nicht, dann gehe ich abwaschen.«

Er ging, wobei er leise vor sich hin murmelte.

»Wie kannst du ihm erlauben…«

»Warte einen Augenblick, Martha. Bevor du etwas über Forbes sagst, kannst du ebensogut erfahren, daß er nicht mehr für mich arbeitet, und er kommt auch nicht mit nach Hause zurück, wenn ich meine Zelte hier abbreche. Er bleibt nur aus irgendeinem obskuren Grund hier, den nur er kennt.«

»Weil du sonst niemanden hast, dem du trauen kannst. Das ist sein Grund. Er hat es mir selbst gesagt.«

»Quatsch, es gibt viele Leute, denen ich ohne weiteres trauen kann – dir und Laura und…«

»Forbes ist nicht dieser Meinung. Er haßt mich, das ist der wahre Grund, warum er nicht zurückkommt.«

»Er haßt dich nicht«, erklärte Charles geduldig. »Er möchte dich gern glauben machen, daß er dich haßt. Du verstehst Forbes nicht. Er ist ein einsamer Mensch. Er hat keine Familie und keine Freunde, und deshalb kennt er auch nicht die Aufregungen und Freuden und Katastrophen, die damit verbunden sind. Er lebt von anderen, als eine Art emotionaler Parasit. Du solltest ihn zum Beispiel mal sehen, wenn ich alle vier Stunden mein Aspirin nehme. Dann steht er dabei und ist durchaus darauf vorbereitet, daß ich gleich tot umfalle.« Er lächelte. »Er fände es nicht direkt gut, wenn es so käme, aber die Möglichkeit verleiht seinem Dasein eine gewisse Würze.«

»Vielleicht«, meinte sie mit plötzlicher Hellsichtigkeit, »deinem ja auch.«

»Stimmt. Ich finde mich sehr wagemutig. Wie einer dieser Arsenesser, weißt du?«

»Das steckt also dahinter – du willst immun werden.«

Eifrig antwortete er: »Das ist nur ein Teil. Die ganze Sache ist ein Experiment. Du kannst es dumm nennen.«

»Wie nennt es denn Dr. MacNeil?«

»Er hat noch keinen Namen dafür. Aber es interessiert ihn sehr. Er kommt jeden zweiten Tag, und wir unterhalten uns.«

»Worüber?«

»Manchmal über dich, aber hauptsächlich über mich. Er stellt mir Fragen, und ich beantworte sie. Es ist vielleicht ein bißchen wie die alte Art der Psychoanalyse, nur mit einem Unterschied: MacNeil glaubt, und ich stimme ihm da zu, daß niemand die ganze Wahrheit über sich selbst ertragen kann. Ein Neurotiker wird nicht geheilt, er ersetzt nur eine Neurose durch eine andere. Wie ein Mann, der aufhört, an den Nägeln zu kauen, und sich dafür am Kopf kratzt. Oder wie ich – als ich Tomaten essen konnte, war ich nicht mehr in der Lage, Schweinefleisch zu essen. Du kannst es vielleicht so sehen: Wenn du Hausputz machst und ein Zimmer ausfegst, verteilt sich der Staub im nächsten Zimmer, es sei denn, du schließt die Tür. Gut, aber die Tür kann man nicht ganz zumachen, nicht vollständig.«

»Wie du das sagst, klingt es hoffnungslos«, meinte sie.

»Das ist der erste Schritt. Das war die Ausgangsbasis, mit der ich mich abfinden mußte; egal, wieviel Geld ich ausgebe oder wieviel Mühe ich mir gebe, ich werde immer mehr Schwierigkeiten haben als der Durchschnittsmensch, genauso, wie ich mehr Vorteile habe. Das Problem war dann zu versuchen, die Schwierigkeiten zu ordnen, den Schmutz aus diesem Zimmer zu ordentlichen kleinen Häufchen zusammenzufegen, so daß ich weiß, was in jedem Häufchen ist, die Menschen, die Erfahrungen, die Gedanken.«

Sie bewegte sich, und sofort sagte er: »Wenn ich dich langweile, höre ich auf. Ich habe kein Recht, dir das alles aufzubürden.«

»Ich nehme an, ich bin auch in einem der Häufchen.«

»Ich glaube schon.«

»Habe ich eines für mich allein, oder muß ich es mit jemandem teilen?«

»Ich langweile dich«, sagte Charles mit einem mühsamen Lächeln. »Es war dumm von mir, dir etwas erklären zu wollen, was ich selbst nicht recht verstehe.«

»Versteht MacNeil es?«

»Nein, ich sagte ja schon, daß wir experimentieren. Er glaubt, daß jeder dieser Allergieanfälle eine Form des Selbstmordes war, daß ich sterben wollte.«

»Und, wolltest du das?«

»Ich glaube es langsam. Sie kamen immer dann, wenn ich irgendwelche Schwierigkeiten hatte, meist mit dir.«

»Du hattest das doch schon, bevor du mich überhaupt kanntest.« Sie drehte sich um und sah ihn an. »Ich verstehe. Ich bin in einem Dreckhaufen zusammen mit deiner Mutter.«

»Also...«

»Wie kommen wir miteinander aus? Kratzen wir uns die Augen aus? Reißen wir uns an den Haaren?«

»Ich meine es ernst«, sagte Charles. »MacNeil glaubt, daß ich zu sehr verwöhnt und von meiner Mutter dominiert worden bin, daß ich zu sehr von ihr abhängig war und mich, als sie tot war, nach einem Ersatz umgesehen habe, jemandem, der ihr äußerlich ähnlich sah.«

Sie öffnete verblüfft den Mund. »Willst du damit sagen, daß du mich geheiratet hast, weil ich wie deine Mutter aussah? Ich habe Bilder von ihr gesehen, die...«

»Das habe ich nicht gesagt. MacNeil meinte es.«

»Dieser alte Quacksalber –«

»Hör doch bitte zu. Das entscheidende ist: Als wir geheiratet haben, warst du nicht im geringsten wie meine Mutter. Du hast mich sehr wenig beachtet, du hast nicht versucht, mich zu dominieren, und du hast mich weiß Gott nicht zu sehr verwöhnt.«

»Dazu bin ich nicht der Typ.«

»Das ist es, genau. Du bist nicht der Typ, und ich kann dich nicht ändern, also muß ich meine Vorstellung von dir und meine Erwartungen ändern. Ich muß mich selbst ändern. Und das kann ich auch. Ich habe es bis zu einem gewissen Grade schon getan.«

Er wartete auf eine Bestätigung, aber ihr fiel nichts zu sagen ein. Sie war müde und verwirrt. Charles auf seinen umständlichen kleinen Umwegen zu folgen, war zu mühsam für einen schwerfälligen Geist wie den ihren. Vielleicht waren er und der Doktor ja auf dem rechten Weg. Vielleicht hatten sie durch geschickte Anleihen bei Coué, Freud und Mary Baker Eddy ein System entwickelt, nach dem Charles in Frieden mit sich leben konnte.

»Ich werde die Fesseln der alten Abhängigkeiten alle abschütteln«, fuhr er fort. »Sogar Brown und Forbes, weil sie schon für meine Mutter gearbeitet haben und mich beide behandeln, als wäre ich noch ein Kind. Der einzige Mensch, den ich brauche, bist du, Martha.«

Er kam zu ihr herüber, legte die Hand unter ihr Kinn und hob es, bis sie ihn ansah. »Ich frage dich nicht, ob du mich liebst. Ich habe Angst vor dieser Frage.«

Sie entzog sich ihm mit einem kaum wahrnehmbaren Seufzer.

»Ich muß jetzt gehen, Charles. Wo ist mein Mantel?«

»Aber er ist noch nicht trocken. Du kannst nicht auf dem ganzen Heimweg einen feuchten Mantel tragen. Du könntest dich erkälten.«

»Ich erkälte mich nie.«

»Stimmt. Ich hatte es vergessen.« Er ging auf die Veranda, um ihren Mantel zu holen. Seine Füße schienen plötzlich schwer geworden zu sein.

Als er zurückkam, sagte er noch einmal: »Er ist noch feucht«, aber seine Worte klangen matt, als ob er sehr gut wüßte, daß sie selbst dann gehen würde, wenn der Mantel triefend naß wäre.

Sobald sie außer Sichtweite der Hütte war, fing sie an zu laufen. Die Kiefernnadeln waren glatt wie Eis und der feuchte Boden verräterisch wie Treibsand, aber sie rannte sinnlos weiter in dem Wissen, daß es keine Rolle spielte, wo sie hinlief oder wie weit sie lief. Charles würde sie erwarten.

18

Sie stand auf der Veranda und blickte dem Taxi nach, bis es nur noch aussah wie ein rosafarbener Käfer, der die Straße hinunterkrabbelte.

Sie dachte, ich muß zu Steve rübergehen und ihm gleich sagen, was passiert ist, bevor ich wieder den Mut verliere wie bei Charles.

Es war heller Tag, und alle waren zu Hause und hielten Augen und Zungen bereit für den Moment, da sie den Rasen überquerte. *Ich muß mir die Haare kämmen*, dachte sie, als ob sie durch die bloße Maßnahme des Haarekämmens und Sichzurechtmachens die Beobachter zu ihren Gunsten beeinflussen könnte.

Sie trat ins Haus, ging in ihr Zimmer hinauf und durchquerte dabei voller Unbehagen die Flure, als erwartete sie jeden Augenblick, daß sich ihr jemand entgegenstellte.

Sie nahm ihre Bürste und begann, ihr Haar in Ordnung zu bringen. Dabei vermied sie den Blick auf ihr Gesicht im Spiegel, halb aus Angst, sie könnte dort auch Charles' Gesicht sehen, wie es lachend und hämisch über ihre Schulter lugte: *Siehst du? Ich habe es vor dir nach Hause geschafft. Und wenn du zu deinem Liebhaber gehst, komme ich auch hinterher. Ich weiß, daß es dich nicht stört, wenn ich mitgehe. Du bist so ehrlich, du hast nichts zu verbergen. Du warst immer so ehrlich!*

Mit einem unterdrückten Ausruf warf sie die Bürste von sich. Sie traf den Spiegel.

Der Spiegel barst zu einem breiten Grinsen. Sie sah ihr Gesicht, rissig und runzlig wie das einer Hexe, und ihren Kopf, in Sektionen unterteilt wie auf der Karte eines Phrenologen.

»Martha!« rief ihre Mutter. »Bist du's, Kind?«

Sie drehte sich um, auf der Hut und mißtrauisch. »Ja?«

Ihre Mutter kam verschlafen ins Zimmer geschlurft. »Ach, hier bist du.«

»Ja.«

»Ich dachte, ich hätte etwas zerbrechen hören.«

»Der Spiegel.«

»Wie ärgerlich. Sei vorsichtig, schneide dich nicht.«

»Ich habe ihn mit Absicht zerbrochen«, sagte Martha. Sie merkte, daß ihre Mutter es bereits wußte, es genaugenommen beim Betreten des Zimmers gleich gemerkt hatte. Die Geistesabwesenheit ihrer Mutter war ein Verschleierungsmanöver, eine Schutzhaltung; wenn sie vorgab, Dinge nicht zu bemerken, konnte man auch nicht erwarten, daß sie etwas dagegen tat.

Was sie wohl sonst noch alles gemerkt hat, dachte Martha bei sich. Laut sagte sie: »Ich habe Charles besucht.«

»Wie geht es ihm?«

»Gut. Er kommt in den nächsten Tagen nach Hause.«

»Das ist aber schön.«

Sie antwortete nicht, und ihre Mutter wiederholte mit Nachdruck: »Ich sagte, das ist aber schön.« Sie sah gar nicht mehr verschlafen aus. Sie hatte ihre Geistesabwesenheit abgestreift wie ein Negligé und etwas Strenges, Straffes angelegt. »Findest du nicht?«

»Doch, ja.«

Von unten hörte man Laura auf dem Flügel herumklimpern, Boogie-Woogie-Klänge, lange, süße und tiefe melancholische Akkorde wie ekstatische Stöhnlaute.

Die Stimme ihrer Mutter verschaffte sich behutsam zwischen den Tönen Gehör. »Sie spielt gar keine netten kleinen Stücke mehr, nur noch diese modernen Sachen, die einen an Dinge erinnern oder einem etwas versprechen.« Und im selben Tonfall fügte sie hinzu: »Also, wenn du nicht mehr mit ihm zusammenleben willst, warum bringst du dann nicht den Mut auf, deine Sachen zu packen und zu gehen?«

»Ich kann nicht.«

»Warum nicht? Wenn du glaubst, Laura und mir gegenüber irgendwelche Verpflichtungen zu haben, irrst du dich. Ich bin jahrelang ohne Charles' Geld gut zurechtgekommen. Und was Laura angeht, tust du ihr keinen Gefallen, wenn du hierbleibst.«

Sie trat ans Fenster, schaute hinaus und redete dabei über ihre Schulter, als sei das alles nebensächlich: »Es gibt nur eins, was du nicht tun kannst. Du kannst nicht weiter mit Charles zusammenleben und ihm Hörner aufsetzen. Es wird ihm nicht gefallen, wenn er es merkt. Männer sind in diesem Punkt ziemlich heikel.«

Sie wandte nicht den Kopf, um die Wirkung ihrer Worte zu sehen. Es war, als würde sie vor einem Bild stehend laut nachdenken.

»Weißt du, Steve gehört zu den Männern, die ich besser durchschaue als du. Wir nannten solche Typen früher Lady-killer.«

»Du kannst mir gar nichts erzählen über –«

»Doch, das kann ich. Ich habe einige kennengelernt.

Steve ist ein bißchen anders, er hat ein etwas höheres Niveau, aber er hat dieselbe Schwäche. Er muß jedem Rock nachjagen, und je unerreichbarer der Rock, desto besser die Jagd. Und was passiert, wenn die Jagd vorbei ist, das solltest du ja wissen. Es ist dir schon einmal passiert. Du bist verlassen worden. Er hat sich aus dem Staub gemacht.«

Sie drehte sich um. In ihrem Gesicht stand weder Mitleid noch Kritik, es war so unveränderlich wie eine Tatsache.

»Ich habe beim ersten Mal nichts gesagt. Du warst so verliebt in ihn, es hätte keinen Zweck gehabt; außerdem hast du für deine Erfahrungen immer den schwierigsten Weg gewählt. Du wußtest nie, wie hoch eine Felswand war, bevor du nicht runtergefallen warst und dir ein paar Knochen gebrochen hattest. Aber weißt du, ich bin fast verrückt geworden, wenn ich im Bett lag und unten diese verdammte Couch quietschen hörte.«

Martha wandte das Gesicht ab. Sie fühlte sich so gedemütigt, als ob man ihr gesagt hätte, daß alles, was sich auf jener Couch abgespielt hatte, von einem *Voyeur* beobachtet worden sei.

»Ich habe mir oft auf die Zunge gebissen, um nichts zu sagen, Martha. Manchmal habe ich gebetet, daß du unversehrt daraus hervorgehst, und manchmal habe ich sogar überlegt, was ich tun würde, wenn du ein Kind bekämst. Ich hätte es als mein eigenes angenommen.«

»Warum sagst du mir das jetzt?« fragte Martha schroff.

»Weil dein Leben nicht mehr nur dir allein gehört. Du hast einen Teil davon Charles überschrieben, als du seinen Namen angenommen hast.« Sie lächelte kurz und nüchtern. »Und die Couch quietscht immer noch. Du hast niemanden täuschen können – außer Charles.«

Außer Charles. Bei den Worten tauchte Charles' Gesicht vor Martha auf. Charles lächelte nicht und sah auch nicht sarkastisch aus. Er wirkte verloren und hilflos, und seine Augen blickten angestrengt, als bemühte er sich verzweifelt zu erkennen, was alle anderen ganz klar sahen.

»Ich kann es nicht ändern«, sagte sie. »Ich bin zu ihm gefahren, um es ihm zu sagen, ihn um die Scheidung zu bitten, und dann konnte ich es nicht. Ich konnte es einfach nicht. Er braucht mich so.«

»Das glaubst du vielleicht, weil du ihn brauchst.«

»Ich, Charles brauchen?«

»Ja, das glaube ich. Du magst ja über den Rasen stolzieren und vor Verliebtheit der Welt eine Nase drehen, aber du wärest nicht so unbekümmert, wenn du Charley nicht in der Hinterhand hättest. Charley und alles, wofür er steht. Du bist viel zu realistisch, um das leugnen zu können.«

Sie hielt stirnrunzelnd inne. »Ich wünschte, Charley würde dir ein bißchen das Leben schwermachen«, meinte sie ernsthaft. »Meiner Ansicht nach gehörst du zu den Frauen, die am besten klarkommen, wenn möglichst viele Anforderungen an sie gestellt werden. Richtige Anforderungen, meine ich, wie zum Beispiel den ganzen Tag arbeiten und abends zu einem Mann heimkommen, der dich womöglich prügelt, und dazu noch das Haus voller Wickelkinder und Schmutz.«

»Du läßt dir ja heute eine ganze Menge unfreundlicher Bemerkungen über mich einfallen.«

»Das war nicht unfreundlich. Ich sehe das als Kompliment.«

»Vielen Dank. Wenn du fertig bist, gehe ich jetzt.«

»Ich frage nicht, wohin.«

»Das mußt du auch nicht, ich sage es dir. Ich gehe zu Steve rüber.«

»Grüß ihn von mir«, sagte ihre Mutter höflich. »Trotz allem, was ich über ihn gesagt habe, mochte ich ihn immer gern. Eine ganze Weile habe ich gehofft, daß er dich heiraten würde. Wird er es diesmal tun?«

»Ja.«

»Wahrscheinlich sollte ich dir jetzt gratulieren, aber ich glaube, es ist besser, damit noch zu warten.«

Sie ging unvermittelt und ohne eine Antwort abzuwarten.

Martha dachte, ich sollte eigentlich hinterherlaufen und Steve verteidigen. Ich sollte irgend etwas zu seinen Gunsten sagen. Aber ihr fiel um alles in der Welt nichts zu seinen Gunsten ein. Sie spürte nur den alten, unversöhnlichen Groll: *Er hat mich sitzenlassen, er hat mir den Laufpaß gegeben.*

Sie ging ins Bad und drehte den Wasserhahn über der Badewanne voll auf. Das Rauschen übertönte für einen Moment den Nachhall dessen, was ihre Mutter gesagt hatte.

Sie zog sich rasch aus und stieg in die Wanne. Die kleinen Wellen erinnerten sie an Charles und wie bläulich und kalt seine Haut ausgesehen hatte, als er aus dem See kam. Sie sah ihre eigene Haut gesund und rosig im heißen Wasser, und sie dachte, er sollte nicht schwimmen gehen, solange er noch nicht wieder ganz auf der Höhe ist. Ich hätte es mir versprechen lassen sollen.

Sie überquerte den Rasen, verfolgt von den Augen der Fenster und der melancholischen Zunge des Klaviers.

Als sie zum Apartment kam, trat sie, ohne anzuklopfen, ein. Steve war dabei, sein Bett zu machen. Er steckte die Ecken noch richtig fest, bevor er sich umdrehte und zu ihr herüberkam.

»Na?« Er legte ihr die Hände auf die Schultern, als wollte er sie gleich schütteln. »Was hat er gesagt?«

»Ich – ich habe ihn nicht gefragt. Er war gerade schwimmen.«

»Aha. Er muß ja ein Meisterschwimmer sein. Du warst sechs Stunden weg.«

»Ich meine, zuerst war er schwimmen. Das hätte er nicht tun dürfen, er ist noch nicht kräftig genug, und ich mußte ihn erst mal davon abhalten.«

»Und dann?«

Sie schluckte. »Dann haben wir zusammen Mittag gegessen, und ich bin wieder nach Hause gefahren.«

»Sehr nett. Hat er vom Essen einen Ausschlag gekriegt?«

»Charles kann nichts dafür, daß er Ausschläge bekommt«, entgegnete sie kurz. »Darüber darf man sich nicht lustig machen.«

Er ließ die Arme so plötzlich von ihren Schultern gleiten, als hätte sie ihn weggestoßen. »Das klingt wie eine Mutter, die ihr Kind verteidigt. Meinst du nicht, daß Charles langsam aus dem Alter raus ist?«

»Wir wollen nicht streiten… Steve, küß mich, ja?«

»Ich will nicht streiten, und ich will dich auch nicht küssen. Ich will nur wissen, woran ich bin. Was ist denn über dich gekommen seit gestern nacht?«

Sie schlug die Augen nieder. »Nichts.«

»Nichts? Weißt du noch, was gestern nacht war? Du warst glücklich, zufrieden, es war dir egal, was andere denken, du kamst dir sogar ehrbar vor, hast du gesagt. Die glückliche Ehebrecherin. Also –« er betrachtete sie grim-

mig – »du wirkst nicht besonders glücklich auf mich. Hat jemand mit dir geredet?«

»Meine Mutter. Sie weiß Bescheid über uns.«

»Und sie ist natürlich nicht einverstanden.«

»Nein.«

»Natürlich nicht. Ich habe nicht soviel Geld wie Charles. Ich kann ihr oder Laura oder dir keine Sicherheit bieten. Alles, was ich bieten kann, ist ein bißchen Aufregung, und ich fürchte, sie ist eine Spur zu alt für die Art von Aufregung, die ich zu vergeben habe.«

»Sie glaubt«, sagte Martha vorsichtig, »daß du mich, auch wenn ich mich von Charles scheiden lasse, nicht heiraten wirst, daß du meiner bis dahin schon überdrüssig bist.«

»Und du glaubst das auch?«

»Ich weiß nicht.«

»Ehrlich gesagt«, meinte er nach einer künstlichen Pause, »ich bin deiner schon jetzt ziemlich überdrüssig. Ich muß zu viel über dich nachdenken. Das ist ermüdend. Dabei fällt mir ein, stört es dich, wenn ich mein Bett fertig mache?«

Er ging zum Bett zurück, warf eine weitere Decke darüber und fing an, sie an den Seiten festzustopfen.

»Du hast nicht genug von einer Nutte an dir«, sagte er, während er arbeitete. »Mit einer Nutte kann man ins Bett gehen und sie dann vergessen. Man kann sich umdrehen und einschlafen, vorausgesetzt, man hat ein Schloß an seiner Brieftasche.«

Er tat die letzten Handgriffe und klappte das Bett in den Schrank. Sie sah, daß er das ganze Zimmer saubergemacht hatte; die Stühle waren abgestaubt und die Aschenbecher ausgewaschen, und er hatte seine Schuhe geputzt. Er hatte sogar versucht, seine Hose zu bügeln – die neue Bügelfalte stimmte nicht ganz mit der alten überein, und durch die offene Küchentür sah sie das Bügelbrett stehen, das er vergessen hatte wegzuräumen.

»Steve«, sagte sie. »Steve, ich wünschte – ich wünschte...«

»Ich muß raus hier. Ich brauche etwas zu trinken.« Er knöpfte sein Jackett zu und fuhr sich mit der Hand durchs Haar. »Kommst du mit?«

Sie zögerte. »Wohin können wir denn gehen?«

»Wir können zwischen ein paar hundert Bars wählen. Wir können in eine gehen oder in alle, wenn du willst.«

Er machte ihr die Tür auf, aber sie stand immer noch da.

»Komm schon«, sagte er, »dann zeige ich dir ein paar echte Nutten, damit du den Unterschied siehst.«

Sie berührte ihn zaghaft am Ärmel, als wollte sie um etwas bitten. Aber sie tat es nicht; er hatte sich mit einem Anflug von Ungeduld abgewandt und war schon halb die Treppe hinunter, bevor sie ihn einholte.

»Vergißt du nicht deine guten Manieren?«

»Hör mal«, sagte er. »Können wir nicht einfach mal so tun, als ob du nicht die große Dame wärest, die du eigentlich bist, sondern ein ganz normales Mädchen? Und ich bin ein ganz normaler junger Mann, ja? – und wir gehen zusammen aus. Wir haben nicht viel Geld, also gehen wir zu Fuß zur Bushaltestelle in der Jane Street. Bist du sicher, daß eine Busfahrt dir nicht zuviel wird, bei deiner empfindlichen Veranlagung?«

»Du brauchst gar nicht so sarkastisch zu sein. Ich bin schon oft mit dir Bus gefahren.«

»A.C. Ante Carolus. Vor Charles. Ach, übrigens, du brauchst keine Angst zu haben, daß Charleys Freunde dich sehen könnten. Die fahren nicht Bus, außer vielleicht einmal im Jahr, um die Verbindung zum Mann auf der Straße nicht zu verlieren.«

»Ich habe es satt, über Charles zu reden«, rief sie. »Und ich habe es satt, über Busse zu reden!«

Er drohte ihr mit dem Finger. »Na, na. Wenn du böse wirst, dann reden wir über Züge.«

Sie begann mit langen, wütenden Schritten auf die Straße zuzugehen. Er hielt mühelos mit ihr Schritt.

»Ich liebe Züge«, sagte er. »Du nicht?«

Als Antwort warf sie nur den Kopf zurück.

»Als kleiner Junge – ein charmanter kleiner Kerl war ich übrigens – habe ich immer Puff-Puff gesagt. Ganz schön originell, was?«

Sie kamen zur Straße, und sie wandte sich, ohne das Tempo zu drosseln, nach links. Er blieb stehen und sprach zu ihrem Rücken.

»In der Tat führt H.L. Mencken das Wort auf mich zurück. Puff-Puff, ein lautmalerischer Zweisilber, geprägt von Steve Ferris, ein Jahr, drei Monate und sechs Tage alt. Übrigens, du gehst in die falsche Richtung.«

Sie hielt an und kam langsam zu ihm zurück.

»Du machst mich rasend«, sagte sie. »Du...«

»Das hoffe ich.« Er sah sie trübsinnig an. »Jede Reaktion ist besser als gar keine.«

19

Als sie an der Jane Street in den Bus stiegen, nahm er ihre Hand und hielt sie fest. Sie versuchte sie ihm zu entziehen, aber er flüsterte: »Gewöhnliche Leute halten im Bus immer Händchen. Das ist eine Regel.«

Eine alte Dame gegenüber beäugte sie sehr mißtrauisch, als wäre das Geflüster nur auf sie gemünzt und zu ihrem Nachteil. Zugleich lag aber auch ein ängstlicher, gespannter Ausdruck auf ihrem Gesicht.

»Sie hat Angst«, sagte Martha. »Vielleicht ist sie es nicht gewöhnt, allein in einer Stadt zu sein.«

Steve lachte. »Meiner Ansicht nach will sie heimlich ins Kino und ist auf der Flucht vor ihren Enkeln.«

Die alte Dame preßte ihre Handtasche an sich, stand auf und setzte sich weiter vorn hin.

»Siehst du?« sagte Steve. »Schau mal, wie sie ihre Tasche festhält. Da ist ihr Geld für Humphrey Bogart drin, ihre Eintrittskarte in die Vergangenheit. Zwei Stunden lang ist sie jetzt Lauren Bacall. Ihre schlaffen Brüste werden wieder prall wie Grapefruits, ihre falschen Zähne wachsen wie durch Wunder an ihrem Zahnfleisch fest, und die Krampfadern fallen von ihren Beinen ab wie tote blaue Würmer.«

Sein Blick wanderte von der alten Frau zu Martha, und er war erstaunt über die Ähnlichkeit des Gesichtsausdrucks. Auch Martha hatte Angst, nicht davor, allein in der Stadt zu sein, sondern davor, mit ihm gesehen zu werden. Oder vielleicht schlicht davor, alt zu werden.

Er dachte an Beatrice und wie sie ständig auf ihr Alter hinwies, als ob die monotone Wiederholung die Tatsache verschleiern könnte. Martha war vier oder fünf Jahre jünger als Beatrice, und vielleicht würde sie auch so reden, wenn sie erst einmal so alt war wie Beatrice. Vielleicht wären er und Martha bis dahin verheiratet und hätten ein oder zwei Kinder. Sie säßen jeden Abend zu Hause und würden nicht viel miteinander reden, weil Martha keine große Rednerin war. Sie schien Wörter irgendwie zu verachten, als glaubte sie, man könnte damit nichts lösen, höchstens neue Probleme schaffen – und zusammen ins Bett gehen würden sie auch nicht mehr oft, weil Martha an ihn gewöhnt wäre und entweder Rückenschmerzen oder eine Erkältung hätte oder zu müde wäre, wenn er sich ihr näherte.

»Woran denkst du?« fragte sie.

»An die Zeit«, sagte er mit einem falschen Grinsen. »Der Stundenzeiger fegt dauernd über meinen Kopf. Aber paß mal auf, wie ich mich ducke.«

»Manchmal verstehe ich nicht recht, was du meinst.«

»Es würde dir auch nicht gefallen, mein Schatz.«

An der Ecke Madison und College stiegen sie aus dem Bus. Es war kurz nach fünf, Hauptverkehrszeit. Ein Autostrom bewegte sich im Stakkatorhythmus nordwärts. Käufer stürzten aus Modegeschäften und Kaufhäusern, als hätten sie Angst, daß sich die Türen schließen und sie übers Wochenende eingesperrt würden. Selbst diejenigen, die es gar nicht eilig hatten, nach Hause zu kommen, beeilten sich, weil sie es so gewohnt waren.

Wie immer, wenn er viele Leute auf einer Großstadtstraße sah, wurde er von einer unergründlichen Erregung erfaßt. Er wollte sie alle auf einmal beobachten, mit allen zum Essen nach Hause gehen, sich ihr Gerede und ihre Sorgen anhören, ihre Probleme lösen, mit der schönsten ihrer Töchter ins Bett gehen und dann wie der Wind heimsausen.

»Es ist herrlich«, sagte er, und die Erregung war ihm anzuhören. »Ich bin einfach nicht genug ausgegangen. Komm, betrinken wir uns! Los, komm, Martha!«

Er packte sie an der Hand und begann sie geschickt durch die Menge zu manövrieren. Sie ließ sich ziehen wie ein Stein. Er gehe zu schnell, sagte sie, alle sähen sich nach ihnen um, die Straßen seien dreckig, sie habe Dreck im Schuh, und die Leute stießen sie andauernd.

Er steuerte die nächste Bar an, und sie gingen hinein.

Es war auch hier drin sehr voll, und die Leute machten genausoviel Lärm wie die auf der Straße, aber das Geräusch war doch anders, und die Leute selbst schienen unsichtbar, von denen auf der Straße durch Flaschenbatterien geschickt getrennt. Die Beleuchtung war spärlich und gedämpft, aus Sparsamkeit wie um der Stimmung willen. Die ganze Szene bekam dadurch etwas wie einen Schleier des Geheimnisvollen übergeworfen, so daß die ganz normalen Gespräche wie Intrigen wirkten. Ein ungeschultes Auge hätte die gewöhnlichsten Männer für Finanziers oder Spitzel halten können, die Frauen für Gräfinnen oder Lesben. Aber Steve ordnete sie sofort richtig ein – er hatte sie alle schon gesehen, in anderen Bars, in anderen Ländern und bei anderer Beleuchtung.

Da besprachen zwei Männer Geschäftliches. Nervös und angespannt tranken sie Scotch oder Bourbon, versuchten sich fürs Wochenende zu entspannen und verzögerten gleichzeitig den Abschied von einer mathematisch klar durchschaubaren Welt. Neben ihnen saß die unvermeidliche wartende Dame. Ihr Blick wanderte zwischen dem Glas vor ihr und der Tür hin und her und nahm sonst nichts wahr. Sie hätte auf einen Mann warten können, ein Mädchen oder einen Blitz, doch was es auch war, er oder es kam nie. Irgendwann würde sie ihr Getränk hinunterstürzen und geradewegs auf die Tür zuhalten, als ob sie radargesteuert sei und deshalb werden die Düsterkeit noch die dichtgedrängten Menschen sie störten.

Neben ihr trank ein sehr junger Mann ein Bier und stierte zynisch auf das Schild hinter der Bar: »Der Ausschank alkoholischer Getränke an Minderjährige ist verboten. Minderjährig sind Personen unter einundzwanzig.« Drei Frauen, halb unter Paketen und Tüten begraben, nippten an Manhattans und redeten über Mode. Am Ende der Bar stand eine Gruppe von Seeleuten und beobachtete abwägend die anderen Gäste, so, als suchten sie Streit oder eine schnelle Bekanntschaft.

Sie entdeckten Martha, maßen Steve, und schließlich ließ einer von ihnen einen leisen Pfiff hören.

Steve blieb abrupt stehen.

»Setz dich hin«, sagte er zu Martha. »Ich komme gleich nach.«

Sie verstand nicht. »Wie bitte?«

»Ich habe gesagt, du sollst dich schon mal hinsetzen.«

»Und du?«

Die Seeleute hatten die Ohren gespitzt. Steve stand mit etwas vorgebeugtem Oberkörper, wie ein Boxer sein Gewicht auf den Fußballen balancierend.

Der Seemann pfiff wieder, zweimal und viel lauter diesmal. Er hielt kurz inne, dann stimmte er mit den gleichen Noten den »Kuckuckswalzer« an. Seine Freunde fielen ein. Einer nahm eine leere Bierflasche und hielt sie hoch wie einen Dirigentenstab. Oder eine Waffe.

Steve drehte sich um und nahm Marthas Arm. »Komm.«

Sie fanden einen Tisch in der Nähe der Tür.

»Du siehst ganz schön wütend aus«, meinte sie erstaunt.

»Ich bin nicht wütend genug, um es mit fünf aufzunehmen«, sagte er. »Nicht in einem Lokal, das Bier in Flaschen ausschenkt.«

Sie runzelte die Stirn. »Warum sollten sie kein Bier in Flaschen ausschenken?«

»Wenn du mal mit einer Bierflasche eins über den Schädel bekommen hättest, dann wüßtest du's.«

»Ist dir das passiert?«

»Hm.«

»Ehrlich?«

Sie war beeindruckt, das sah man. Er war erstaunt und ein bißchen ärgerlich. Er hatte sich so viel einfallen lassen, und meistens war es umsonst gewesen. Und nun saß sie hier mit großen Augen, weil er mal eins mit einer Bierflasche über den Schädel bekommen hatte.

»Mußtest du genäht werden?« wollte sie wissen.

»Ja.« Wenn es ihr so gut gefiel, dann sollte sie auch auf ihre Kosten kommen, darum fügte er hinzu: »Achtzehn Stiche. Ich habe fast drei Liter Blut verloren, hochprozentiges. Aber es war nicht umsonst. Der Arzt fand es schade, Blut mit soviel Alkohol zu verschwenden, da hat er es an ein paar betrunkene Werwölfe weitergegeben.«

Er hoffte, sie würde lachen, aber sie tat es nicht. Er war

es langsam leid, sie zum Lachen bringen zu wollen und nie Erfolg zu haben. Er überlegte, ob sie seine Versuche, witzig zu sein, vielleicht ebenso leid war.

Er fragte sie danach.

»Nicht direkt«, antwortete sie.

»Nicht direkt. Vielen Dank, mein Schatz, für das geschickte Ausweichen.«

»Du magst mich heute nicht, stimmt's? Du nörgelst dauernd an mir herum.«

»O doch, ich mag dich. Ich liebe dich, ich respektiere dich sogar. Aber ich habe eben gedacht, daß wir eigentlich wenig Gemeinsames haben. Zur Zeit nur im Bett.«

»Oh?« Sie richtete sich indigniert auf. »Dann war es vielleicht ganz gut, daß ich Charles nicht um die Scheidung gebeten habe, oder?«

Der Ober kam an ihren Tisch.

»Drei doppelte Scotch«, sagte Steve. Und zu dem leeren Platz ihm gegenüber gewandt, fügte er hinzu: »Du trinkst doch einen mit uns, Charley, alter Junge?« Er drehte sich zum Ober um, der mißtrauisch den leeren Platz beäugte. »Charley sagt, er hat nichts dagegen.«

»J-ja, Sir.«

Steve drohte ihm mit dem Finger. »Und starren Sie ihn nicht so an. Das ist ihm peinlich. Er möchte gern wie ein ganz normaler Mensch behandelt werden. Nicht wahr, Charley?«

Martha lächelte den Ober verkrampft an. »Er redet immer so. Er findet es witzig.«

»Er ist ein echter Witzbold«, sagte der Ober und ging.

»Ich wünschte, du würdest das lassen«, sagte Martha mit kläglicher Stimme. »Die Leute denken, du bist betrunken.«

»Die Leute sollen recht behalten.«

Der Ober kam mit den Getränken zurück. Er stellte ein Glas vor Martha und eins vor Steve. Was er mit dem dritten machen sollte, wußte er nicht so recht, deshalb behielt er es unsicher in der Hand.

»Ich muß sagen, Ihr Benehmen läßt sehr zu wünschen übrig«, sagte Steve. »Mein Freund Charley hat es nicht gern, auf diese unziemliche Art und Weise gekränkt zu werden. Stellen Sie es hin. Oder nein, geben Sie es doch lieber mir. Manchmal probiere ich Charleys Getränke vorher, weil er so anfällig ist.«

»Ein Dollar fünfundneunzig«, sagte der Ober.

Steve trank von dem Scotch. »Charley, alter Junge, ich fürchte, ich muß dir etwas Unangenehmes mitteilen. Das ist zu stark für dich.« Er schüttete den Rest hinunter und holte seine Brieftasche heraus. »Noch zwei.«

Der Ober grinste. »Ich wette, Sie haben ihn gekränkt.«

»Charley weiß, daß ich es nur zu seinem Besten tue«, meinte Steve andächtig. Das Charley-Spiel langweilte ihn schon ganz schön, aber er machte noch ein bißchen weiter, um Martha zu ärgern. Sie war schrecklich verlegen. Immer wieder blickte sie um sich, ob jemand zusah, und sie sprach kein Wort mit ihm, als ob sie durch ihr Schweigen die Leute davon überzeugen könnte, daß er rein zufällig neben ihr saß.

Als er die vier Gläser ausgetrunken hatte, fühlte er sich besser. Er wollte Martha nicht mehr ärgern, und er wollte sich nicht mit Seeleuten anlegen, nicht einmal mit einem. Sie waren ganz in Ordnung. Wenn ihnen nach Pfeifen zumute war, sollten sie doch pfeifen. Er konnte auch pfeifen. Er konnte sogar pfeifen, wenn er den Mund voller Kräcker hatte, paßt nur mal auf.

Der Ober bedauerte, aber die Kräcker waren gerade eben ausgegangen.

Gerade eben ausgegangen, sogar für einen Mann, der so durch die Zähne pfeifen konnte? Na, das war ja vielleicht ein Ding. Eine Kneipe ohne Kräcker, nicht mal als Leiche würde er hier auch nur eine Minute länger bleiben. Komm, Martha, das lassen wir uns doch nicht gefallen. Wiedersehen, Charley.

Die Bars waren entlang der Straße aufgereiht wie schimmernde Perlen. The Zanzibar, The Top Hat, The Roscoe, Chez Henri.

Samstagabend. Die Leute schlichen von Perle zu Perle. Eine ganze Polonaise bewegte sich schiebend und torkelnd vom Zebra Room zum Casino Latino und weiter zur Bar Nine. Andauernd traf man dieselben Leute wieder, weil die Kette begrenzt war, es gab nur soundso viele Perlen, und alle waren gleich, bis auf die Namen und die Toiletten. Manche hatten saubere Toiletten, manche nicht.

Der wahre Unterschied, erklärte er ihr, liegt in den Toiletten.

Das Kit-Kat.

Dieselben Leute. Es war unglaublich, wie andere Leute gleich blieben, während man selbst sich veränderte, von Bar zu Bar, von Minute zu Minute. Unter dem rosigen Licht des Kit-Kat sah man recht gut aus. Nicht schön, aber frisch und ansprechend. Die anderen Blödmänner sahen verbraucht und müde aus, und ihre Frauen waren Schlampen.

Martha aß Brezeln. Sie sah aus wie ein kleines Mädchen. Das war gut, denn er selbst sah frisch und ansprechend aus.

Ein Pärchen sexuell frühreifer Kinder.

The Monkey House.

Ein Fehler, daß sie hier reingegangen waren. Schlechtes Licht noch dazu, gelb und abstoßend. Als ob es einem die Galle direkt ins Gesicht pinseln wollte. Es schien einem in jede einzelne Pore und glotzte einem auf die verschwitzte Stirn.

Der Ober war zu unterwürfig, und an der Bar hingen zu viele einzelne Mädchen herum. Sie waren alle jung und allzu schick angezogen. Huren fühlen sich Filmschauspielerinnen verwandt und ziehen sich gern genauso an, sogar der Reißverschluß muß stimmen, wenn möglich.

»Wirklich?« sagte Martha.

Ja, wirklich.

Sie war zu Erdnüssen übergegangen, und während sie kaute, beobachtete sie die Mädchen an der Bar, und die beobachteten sich gegenseitig. Zwei hatten die Jagd für heute abend aufgegeben. Sie hatten die Arme umeinander gelegt und redeten leise miteinander.

Sie sind ein Liebespaar.

Liebespaar?

Und der Oberkellner ist ein Zuhälter.

Zuhälter?

Sie fand das äußerst aufregend. Sie hatte noch nie einen Zuhälter oder ein Hurenliebespaar gesehen. Sie strahlte ihn beifällig an, denk mal, so klug zu sein, daß man das alles weiß.

Mit großen, neidischen Augen starrte sie durch die Eisenstäbe des Käfigs auf die Vorstellung der Tiere.

Mir ist schlecht, es ist zu heiß hier drin, ich glaube, ich kriege Gelbsucht.

Du brauchst etwas Vernünftiges zu essen, sagte Martha. Was Richtiges.

Richtiges Essen bekam man bei Luigi. Echte brutzelnde Steaks, echte italienische Spaghetti, echte hausgemachte Pies.

In anderen Restaurants servierten sie einem vielleicht Pies aus Papiermaché und Steaks aus angemaltem Gips, aber nicht bei Luigi.

Als die Spaghetti kamen, waren sie zwar ziemlich real, aber einige unrealistische Elemente waren dabei, exotische grüne und gelbe Schnipsel und harte kleine Klumpen, die vielleicht Fleisch waren. Alles glitt in seinem Mund herum wie Seife, gemischt mit Holzsplittern.

Viva Italia.

Ich glaube, ich kriege Gelbsucht. Entschuldige mich bitte mal, ich muß meine Gelbsucht loswerden.

Er ging zur Toilette. Jemand, der nicht sehr zielsicher war, hatte den Boden überschwemmt, und die Wände waren mit Obszönitäten, Bildchen, Einladungen und Flüchen vollgeschmiert.

»Komm zu Jesus« war über »For a b.f. call Harry, Bellflower 23664« gekritzelt. Harry war ein Künstler, er hatte bestimmt Stunden gebraucht, seine Nachricht in den Putz zu kratzen. Er überlegte, ob b.f. wohl Boyfriend hieß oder etwas Derberes.

Und wo war Harry jetzt? Mit Hämorrhoiden in der Abteilung für Geschlechtskrankheiten? Jüngling und Jungfrau goldgehaart zu Essenkehrers Staub geschart.

Komm zu Jesus.

Keine schlechte Idee. Müßte es mal versuchen.

Er ging zurück an ihren Tisch. Martha war weg. Sie hatte ihre Spaghetti aufgegessen und war verschwunden.

Sie ist nach Hause gegangen, zurück zu Charles.

Charley, Liebster, ich habe es mir überlegt. Ich mag die-

sen Ferris nicht. Er nimmt mich in die merkwürdigsten Lokale mit, er kennt die merkwürdigsten Leute, er ist der merkwürdigste Typ. Natürlich ist das alles sehr interessant, wenn man sieht, wie die andere Hälfte so lebt, aber wirklich, man möchte doch nicht unbedingt selbst so leben, oder?

Nein, nicht unbedingt.

Sie kam mit frischgepuderter Nase und frischbemalten Lippen zurück. Sie wirkte so entspannt und zufrieden wie ein gesundes junges Tier mit vollem Magen.

Gesund. Keine Gelbsucht, kein Ausschlag, ein Riesenappetit.

Er nahm seine Gabel auf und fing an, die Masse ekelhafter Spaghetti auf dem Teller herumzuschieben. Sie wanden sich, sie glitten herum wie lange, dünne weiße Aale. Er konnte keine Aale essen. Es verbitterte ihn, weil manche Leute Aale essen konnten, alles essen konnten, und er nicht.

Brezeln, Erdnüsse und dann Aale. Mein Gott, Liebling, du wirst fett.

Werde ich nicht.

Doch.

Nein.

Doch.

Armer alter Charles. Das war doch kein Leben für einen Mann, Abend für Abend herumzusitzen und zuzusehen, wie seine Frau fett wurde.

Er sah sich um. Komisch, daß die meisten Frauen wirklich fett waren. Im ganzen Lokal war nur eine richtig dünn. Sie saß an der Bar mit dem Rücken zu ihm. Sie hatte knochige Hüften, und ihre langen, dünnen Beine waren um den Barhocker geschlungen. Sie war mit einem Jungen zusammen, und schon an ihren Rücken konnte man sehen, daß sie beide sehr jung waren und eigentlich nicht in ein solches Lokal gehörten.

Das Mädchen löste seine Beine und schlang sie dann anders herum wieder um den Hocker. Sie lachte viel, spielte mit ihrem Glas und warf ihr glatt herunterhängendes Haar zurück. Sie konnte nicht stillsitzen. Im Gegensatz dazu war der Junge sehr still, als ob er Angst hätte, sich zu bewegen.

Minderjährige sind Personen unter einundzwanzig Jahren.

Sollte ein Gesetz sein.

Ist ein Gesetz.

Es sollte ein Gesetz geben, um dem Gesetz Geltung zu verschaffen.

Das Mädchen drehte sich um und sagte etwas zu ihrem Begleiter.

»Komm, Martha«, sagte Steve. »Gehen wir woanders hin.«

»Warum? Mir gefällt es hier.«

»Ich kenne ein besseres Lokal.«

Er war nicht mehr betrunken. Er konnte Stunden damit zubringen, sich zu betrinken, und dann wurde er durch irgend etwas ganz plötzlich nüchtern, wie durch das junge Mädchen, das er erkannt hatte. Er fühlte sich alt, matt, reizbar.

Er holte Marthas Mantel und half ihr hinein, wobei er sich direkt vor sie stellte, damit sie die Bar nicht sah.

»Ich weiß, wo wir noch Erdnüsse kriegen.«

»Ich habe keinen Hunger mehr. Außerdem hast du gesagt, ich werde zu fett.«

»Das habe ich nicht gesagt.« In den letzten Stunden

waren ihm so viele Gedanken durch den Kopf gegangen, daß er nicht mehr genau wußte, welche davon er ausgesprochen hatte. Er war aber sicher, daß er nicht gesagt hatte, sie sei zu dick, weil er das gar nicht gedacht hatte. »Ich mag sowieso keine dünnen Frauen.«

Wie dieses Mädchen.

»Ihre Knochen stehen vor«, sagte er. »Siehst du, und deine Knochen stehen nicht vor, also laß uns gehen.«

Sie ließ sich wie ein gehorsames Kind von ihm schieben, nicht sicher, wohin sie ging oder warum, aber jedenfalls würde es Erdnüsse geben, und überhaupt standen bei ihr keine Knochen vor. Als sie zur Tür gingen, war sie sicher auf den Beinen, aber ihr Blick war etwas verschwommen.

»Ich fühle mich gut«, sagte sie. »Ich bin Alkohol nicht gewohnt, außer Sherry, und ich fühle mich gut.«

»Das ist prima.«

Die Nachtluft war noch warm, als könnte sie die Leidenschaft der Sonne nicht vergessen.

Ein paar Meter weiter war eine Bushaltestelle mit einer Bank, zu der er sie führte.

»Warte hier auf mich, ja? Ich muß noch mal eben zurück.«

»Du sagst immer ›Komm, Martha‹ oder ›Gehen wir, Martha‹ oder ›Warte hier, Martha‹. Du bist so – so aktiv.«

Aber es war ihr eigentlich egal. Träumerisch schloß sie die Augen. Es war doch schöner, wenn er sagte: ›Warte hier, Martha‹. Sehr, sehr schön.

Er lachte und hoffte dabei, daß sein Lachen nicht so hohl klang, wie er es empfand.

»Ich bleibe nicht lange. Ich habe vergessen, ein Trinkgeld zu geben.«

Er ging zurück und trat an die Bar hinter das Mädchen. »Hallo, Laura«, sagte er.

Sie fuhr zusammen und drehte sich um. Ihre Beine waren so fest um den Barhocker gewunden, daß sie beinah das Gleichgewicht verloren hätte und heruntergefallen wäre.

Er wollte nicht, daß sie Angst bekam oder weinerlich oder aggressiv wurde, darum sagte er ganz ruhig: »Ich rufe dir ein Taxi. Martha ist draußen. Du willst wahrscheinlich nicht unbedingt, daß sie dich hier sieht.«

Laura schob das Kinn vor. »Also, daß man sich hier trifft! Darf ich dir Bill vorstellen? Bill, das ist ein alter Freund der Familie.«

Sie zitterte, aber sie hatte mehr Haltung als der Junge.

»Ach, verdammt«, sagte Bill. »Verdammt noch mal, ich wollte nicht hier reingehen, aber du hast darauf bestanden, du wolltest ja unbedingt.«

»Hör auf zu flennen«, sagte Laura. »Steve erzählt es schon nicht deinem Vater.«

»Er gibt mir nie mehr den Wagen, er wird...«

»Von mir erfährt kein Mensch etwas«, versprach Steve.

Laura wandte sich mit einem bösartigen kleinen Schnauben zu ihm um. »Das will ich dir auch geraten haben; jedenfalls, wenn du klug bist. Ich könnte auch so einiges erzählen.« Sie streckte die Nase hoch. »Martha ist also draußen, soso. Was kümmert's mich. Du glaubst doch nicht, daß sie die Frechheit besäße, mir etwas vorzuschreiben, nach allem, was ich über sie weiß?«

»Es geht nicht um sie«, jammerte der Junge. »Sie kann mir egal sein. Es geht um meinen Vater. Er wird mir nie wieder den Wagen geben.«

Der Barmann hatte sie beobachtet. Jetzt kam er langsam und mit festen Schritten zu ihnen herüber, ein schwerer Mann mittleren Alters, dessen Schnauzbärtchen wie abgezirkelt wirkte.

»Irgendwas nicht in Ordnung?«

»Nein, nein«, sagte Steve. »Ich mag nur nicht zusehen, wenn sechzehnjährige Kinder Alkohol runterschütten. Ich mache ihnen klar, daß sie nach Hause gehen sollten.«

Der Barmann sah sich rasch um, ob jemand zuhörte. Dann beugte er sich über die Theke und sagte zu dem Jungen: »Nimm deine Freundin und seht zu, daß ihr verschwindet.«

Lauras Selbstsicherheit hatte den Jungen angesteckt. »Ich bin einundzwanzig«, erklärte er. »So können Sie nicht mit mir reden, ich bin einund –«

»Und laß dich hier nicht so schnell wieder sehen.«

»Ich sage doch, daß ich einundzwanzig bin!«

»Kleiner Lügenbold!« meinte Laura. »Er ist siebzehn.«

»O Gott!«

»Wo wir gerade beim Thema sind«, warf Steve an den Barmann gewandt ein, »fragen Sie Jugendliche hier nicht nach dem Alter?«

»Ich habe sie gefragt, wie alt sie sind«, gab der Barmann zurück. »Sie haben gesagt, einundzwanzig. Es ist nicht meine Schuld, ich habe gefragt.«

»Sie sind ganz schön leichtgläubig, oder?«

»Hören Sie, ich möchte keinen Ärger haben. Die beiden hier gehen nach Hause. Sie hatten bloß ein paar Drinks…«

»Drei«, warf Laura ein.

Der Barmann warf ihr einen bösen Blick zu, aber er hielt an sich. »Vielleicht drei, aber das ist auch alles. Und wenn man sie ihnen hier nicht gegeben hätte, dann eben woanders, oder der Junge hätte bei seinem Vater eine Flasche gestohlen, die sie dann irgendwo in einer Seitenstraße im Auto getrunken hätten. Man muß diese Dinge vernünftig betrachten.«

»Ich mag Ihre Art von Vernunft nicht«, sagte Steve. »Ich hätte gute Lust, einen Polizisten zu holen.«

»Nein!« sagte Laura mit dem ersten Anzeichen von echter Panik in der Stimme. »Untersteh dich!«

»Sie ruinieren den Ruf der beiden«, fügte der Barmann rasch hinzu. »Das wollen Sie doch wohl nicht.«

»Ich sage es Charley!« rief Laura. »Ich sage Charley, was ihr hinter seinem Rücken macht. Du und Martha – du – du bist dreckig! *Dreckig!*«

Sie hielt sich die Hand vor die Augen. »Ihr macht dreckige Sachen.« Tränen quollen zwischen ihren Fingern hindurch. »O Gott! O Bill!« Aber Bill war ja auch ein Mann, und auch er konnte dreckige Dinge tun. Ach, die Verzweiflung, die Einsamkeit, es gab niemanden, gar niemanden. Das Grauen, der Dreck, die Faszination...

Steve schwieg. Es gab keine Worte, um die Kluft aus Jahren und Erfahrungen zu überbrücken, nicht einmal welche, um seine eigene Melancholie zu lindern.

Martha, ich liebe dich.

Dreckig.

Du bist meine Frau.

Du machst dreckige Sachen.

In dunklen Ecken und geparkten Autos, hinter vorgezogenen Gardinen, auf Bettcouches und Bänken und feuchten Matratzen, zwischen Bettlaken aus grauer Baumwolle und weißem Leinen und gestreiftem Flanell, in Seitenstraßen und Torwegen und düsteren Fluren wurden dreckige Dinge gemacht.

Fleisch von meinem Fleisch.

»Du hast mein Leben ruiniert«, flüsterte Laura. Der Junge sprang auf und lief schnurstracks zum Ausgang. Niemand achtete auf ihn.

»Und sein Leben auch«, fügte sie hinzu. Zwei wunderschöne junge Leben ruiniert, und niemand sah auch nur auf. Welch eine Verschwendung, ein Leben ruiniert, und keine Zeugen außer Steve und dem Barmann, die wahrscheinlich beide nicht darüber reden würden: *Ach ja, ich war an dem Abend dabei, als das Leben der jungen Laura Shaw ruiniert wurde. Wo ist sie jetzt? Keiner weiß es. Vielleicht in einem Kloster oder in einer abgewrackten Spelunke. Ihr Name wird nur flüsternd genannt.*

Abgewrackte Spelunke. Das klang besser.

»Bist du jetzt soweit, daß du nach Hause gehen kannst?« fragte Steve.

»Ich kann ja sonst nirgends hin.« Ihr tragischer Ton wurde durch ein Gähnen beeinträchtigt. Ihr Blick wanderte zur Uhr. Elf. Was für eine Nacht! Wenn sie das erst Susan und Becky erzählte. Die würden umfallen, schlicht umfallen. Und was diesen Waschlappen Bill anging...

Steve gab dem Barmann zwei Dollarnoten. »Sorgen Sie dafür, daß sie ein Taxi nimmt.«

»Mit Vergnügen.«

Er sah Laura noch einmal an. Sie besaß die Spannkraft eines jungen Hundes und die Gabe der Melodramatik, wie sie Heranwachsenden eigen ist. Vor ein paar Minuten hatte sie echte Verzweiflung kennengelernt – sie war von dem Mann, in den sie verliebt war, und ihrer eigenen Schwester verraten worden, verraten auf eine Weise, die sie nicht verstand, die ihr schmutzig und teuflisch erschien. Aber für Sechzehnjährige ist Verzweiflung zu düster und nackt, um allein in einem Zimmer damit fertig zu werden. Um sie ertragen zu können, muß man sie auf eine Bühne bringen und kostümieren und mit Schminke und Scheinwerfern unkenntlich machen. Dann konnte man sich zurücklehnen und das Stück genießen, und dabei hatte man noch das befriedigende Gefühl, gleichzeitig Schöpfer, Erzähler und Publikum zu sein.

Er ging hinaus. Martha stand direkt vor der Tür auf dem Gehweg. Sie trat nicht gerade ungeduldig von einem Fuß auf den anderen, aber sie sah aus, als hätte sie es bis eben getan oder wollte gerade damit anfangen.

»Na?« sagte sie.

Er setzte sein bestes Lächeln auf, wobei er schon wußte, daß es keinen Zweck hatte.

»Was na?«

»Du hättest mich wenigstens erst nach Hause bringen können. Dann hättest du immer noch zurückfahren können, um mit ihr anzubändeln.«

»Wie bitte?«

»Das Mädchen. Das Mädchen, auf das du so scharf warst.«

»Sie ist die Tochter eines alten Freundes. Ich habe nicht mit ihr angebändelt. Ich habe ihr gesagt, daß sie nach Hause gehen soll, sie ist noch ein Kind.«

Eine Straßenbahn kam dröhnend heran und hielt zischend wie ein guterzogener Drache. Das Maul ging auf, schluckte gutmütig ein paar Leute und ließ am anderen Ende ein paar heraus, rülpste und ruckelte weiter. Seine Fühler zitterten und blitzten knisternd. Die Autos fuhren vorbei und versuchten, das Ungetüm zu überholen, bevor es anhielt und auch sie verschlang.

Steve meinte, die alte Dame zu erkennen, die mit ihnen

im Bus gewesen war. Sie lächelte, eine fröhliche Gefangene im Schlund des Drachen.

Aber natürlich war er sich nicht ganz sicher.

»Wenn sie noch ein Kind ist, warum ist sie dann in so einem Lokal?«

»Vielleicht, weil es aufregend ist.«

»Das glaube ich nicht.« Sie ging davon. Sie hatte hübsche Hüften und gute Beine, aber ihr Gang war nicht sehr anmutig. Sie nahm es zu sehr von der praktischen Seite: *kein Schwanken und Zögern. Gehen besteht darin, einen Fuß vor den anderen zu setzen. Also, tun wir das auch.*

Er folgte ihr ohne Eile. Er scherte sich nicht darum, ob er sie einholte oder nicht. Wenn er sie einholte, käme er womöglich in Versuchung, ihr zu erzählen, daß dieses Mädchen Laura war, und das würde keinem etwas nützen.

Sie blieb stehen und wartete auf ihn.

»Langsam glaube ich, daß Mutter recht hat. Du bist ein Schürzenjäger.«

Er pfiff einem vorbeifahrenden Taxi. Sie stiegen ein und achteten darauf, daß sie ja nicht zu dicht beieinander saßen.

»Du kannst nichts dafür«, sagte sie. »Du mußt jedem Rock nachjagen, und sobald du einen erwischt hast, hast du nur noch Verachtung dafür übrig.«

»Wenn der Stoff zu leicht ist, ja.«

»Und das ist bei mir der Fall, nehme ich an?«

»Nein, mein Schatz. Unter zu leicht verstehe ich billige Seide. Du bist nicht billig, und du bist nicht aus Seide. Du bist aus Wolle, feinste Qualität, dicht gewebt, handgekettelt. Ein schönes Stück, aber du bringst mich ins Schwitzen, Liebling.«

»Sag nicht immer Liebling zu mir.«

»Gut.«

Sie schauten beide blind aus ihrem jeweiligen Fenster.

Sie ist eifersüchtig.

Er ist ein Schürzenjäger.

Sie mißtraut mir einfach immer; selbst wenn ich ihr die Wahrheit sage.

Er ist ein Lügner. Charley ist wenigstens weder Lügner noch Schürzenjäger.

Martha und ich können nicht miteinander reden. Selbst Bea und ich können reden, und Bea lacht, wenn ich was Witziges sage, und das ist schon etwas, sogar sehr viel.

Charles würde mich nie vor einem Ober demütigen, indem er sogenannte witzige Bemerkungen macht.

Aber mit Bea könnte ich nicht ins Bett gehen. Sie hat etwas Geschlechtsloses.

Aber Charles demütigt mich zu Hause, das muß ich zugeben.

Martha hat nichts Geschlechtsloses, bei Gott nicht.

Wenn Steve ein paar von Charles' guten Eigenschaften hätte...

Wenn Bea aussähe wie Martha.

Wenn...

Wenn.

»Martha.« Er nahm ihre Hand und streichelte ihre langen, weißen Finger. »Willst du mich noch heiraten?«

»Was?«

Er wiederholte seine Frage, obwohl er merkte, daß sie sehr wohl verstanden, sich aber noch keine Antwort zurechtgelegt hatte.

»Ich – natürlich will ich.«

»Ich dachte, du hättest deine Meinung vielleicht geändert.«

»Ach ja?«

»Ist es dir nicht heute abend ein paarmal so gegangen?«

»Nicht direkt. Ich meine, manchmal verwirrst du mich. Ich weiß nicht, was du als nächstes machst. Ich glaube, ich verstehe Charles besser als dich.«

»Spielt das eine Rolle?« Ihre Hand lag immer noch in der seinen. Manchmal, wenn sie zusammen im Bett waren, wirkten ihre Hände knochenlos und weich wie Baumwolle, zerbrechlich wie Fledermausflügel. Aber jetzt waren sie schwer wie Blei, große, praktische Hände, zum Putzen oder für die Gartenarbeit geeignet, oder um einem Huhn den Hals umzudrehen. Sie straften ihre sanften Augen und den sanften Schwung ihrer Lippen Lügen. Wir sind, sagten die Hände, was Martha in Wahrheit ist – praktisch. Sie wird nie etwas tun, was nicht auf lange Sicht das Beste für sie selbst ist. Sie ist kein Kind der Leidenschaft. Daß sie mit dir ins Bett gegangen ist, war für sie etwas Neues, ein Bankett nach einer Reihe leichter kleiner Imbisse mit Charles. Aber mach dir nichts vor – Martha braucht zum Essen etwas Solides. Spaghetti füllen den Magen besser als Sex. Aber beides war gut.

»Wenn wir heiraten wollen«, sagte er, »sollten wir besser ein paar Pläne machen.«

»Pläne?«

»Na, das, was wir letzte Nacht gemacht haben, weißt du noch? Du solltest zu Charles fahren und ihn um die Scheidung bitten. Du hast diesen kleinen Plan in die Scheiße geritten, also laß uns einen neuen machen.«

»Du redest wirklich ordinär.«

»Wenn du eine echte kleine Dame wärest, dann würdest du vornehm über so was hinweggehen.«

»Ich benutze nie ordinäre Wörter, wie du weißt.«

»Ach, zum Henker, Liebling. Glaubst du denn in deinem putzigen kleinen Hirn ernsthaft, es sei eine Tugend, wenn man keine ordinären Wörter benutzt?«

»Wenn dein Gehirn so großartig ist, warum machst du dann nicht etwas aus dir?«

»Wie Charles?« meinte er trocken.

»Du brauchst gar nicht so verächtlich von Charles zu reden. Seine Stellung erfordert eine beträchtliche Intelligenz.«

»Charles' Stellung würde mich zu Tode langweilen. Außerdem vergißt du, daß ich ein paar Jährchen außer Landes war, wir hatten nämlich einen kleinen Krieg. Danach wollte ich eigentlich eine lange Ruhepause einlegen. Im Bett.«

»Du hast deine Ruhepause. Und jetzt?«

»Jetzt nehme ich meine fünfzehnhundert Dollar und zweiundzwanzig Cents und kaufe ein altes Auto und arbeite wieder bei der Zeitung. Da verdiene ich genug für unseren Unterhalt, wenn du sparsam bist, und vielleicht können wir uns nächstes Jahr ein Kind leisten. Wenn wir eine Wohnung mit zwei Schlafzimmern nehmen, können Laura und deine Mutter bei uns wohnen. Das wird zwar etwas eng, aber wir sind ja so verliebt, daß ein bißchen Enge keine Rolle spielt.«

Sie schwieg.

»Nichts spielt eine Rolle, außer daß wir zusammen sind, oder, Martha?«

Er war nicht sicher, ob er das ernst oder ironisch gemeint hatte oder beides. Aber Martha wußte es. Sie kam mit einem Magneten in jeder Hand daher und pickte, schwupps, die Ironie heraus.

»Ach, sei nicht so albern«, sagte sie schroff.

»Ich bin nicht albern. Was hast du denn erwartet, wenn du mich heiratest? – daß wir mit Charley zusammenleben und ihn Onkel nennen?«

»Darüber habe ich noch nicht nachgedacht.«

»Hör mal, Martha, du wolltest mich unter allen Umständen heiraten...«

»Du bist ausgestiegen.«

»Und jetzt steigst du aus.«

Sie waren inzwischen in der Jane Street angekommen. Steve sagte zum Fahrer: »Wir steigen hier aus.«

Während Steve ihn bezahlte, betrachtete der Taxifahrer die beiden gleichmütig. Er ahnte, daß sie gestritten hatten, aber er hatte kein Wort mitgehört. Er sah zu viele Leute, um ein echtes Interesse an ihnen zu haben. Leute waren schließlich nur Leute. Sie taten alle dieselben Dinge. Sie standen morgens auf, zogen sich an, aßen, redeten, arbeiteten, zogen sich aus, liebten sich, schliefen und starben dann irgendwann, womit sie neuen Leuten Platz machten. Sosehr sie sich auch bemühten, sie unterschieden sich doch nur wenig voneinander, weil sie so viel Unvermeidliches gemeinsam hatten. Es gab nur einen wirklichen Unterschied: Einige Leute waren Frauen. Und das war ganz in Ordnung so.

»Heiße Nacht«, sagte er um des Trinkgelds willen.

Zehn Cents. Fünf Cents pro Wort.

Er machte sich auf den Rückweg in die Stadt.

Er fuhr ein bißchen herum, brachte ein paar alte Damen vom Bingo nach Hause und gabelte dann einen abgerissenen großen Kerl um die Vierzig auf, der einen sauberen Puff suchte. Er wußte keinen. Nein, Sir, wirklich nicht. Doch, Sie kennen einen. Nein. Sie lügen. Sie sind ja verrückt. Steigen Sie aus und sagen Sie das noch mal,

Blödmann. Allerdings, ich steige hier aus und sag's noch mal.

Er endete im Gefängnis. Seine Frau holte ihn um 3 Uhr morgens auf Kaution raus. Sie hatte Lockenwickler im Haar und war stinkwütend. Sie machte ihm stundenlang die Hölle heiß. Er wurde auch wütend. Er warf eine Lampe. Die Lampe kostete 12 Dollar 95. Er weinte wie ein Kind. Ist ja nicht so schlimm, was ist schon eine Lampe, sagte seine Frau und briet ihm vier Eier.

Der große Kerl fand den Puff ganz allein.

Die alten Damen hatten beim Bingo eine Wolldecke gewonnen.

Laura ging ins Bett, ohne sich das Gesicht zu waschen.

Charles träumte, er habe wunde Knie.

Der Barmann rieb sich eine Portion Wimpernöl in den Schnauzbart.

Die Drachen dröhnten freundlich und mit leeren Fängen in ihre Depots zurück.

Die Perlenschnur riß, als die Lichter ausgingen.

Ein altes, aber immer wieder anregendes Wort war auf der Toilette bei Luigi dazugekommen.

Die Nacht wurde ganz plötzlich kühl. Zur Hölle mit der Sonne.

20

Sie schliefen miteinander, obwohl keiner von beiden es vorgehabt hatte. Genaugenommen sagte Martha: »Faß mich nicht an, komm mir nicht zu nah«, als ob er ein wildes Tier wäre, das man sich vom Leib halten mußte.

»Keine Sorge«, sagte er müde. »Keine Sorge.«

»Ich meinte nur, daß ich …«

»Was du auch meinst, ich bin einverstanden. Soll ich dich zur Haustür bringen?«

»Nein, danke.«

»Also, dann gute Nacht.«

Die Steinchen auf der Auffahrt waren glitschig vom Tau. Er bückte sich und hob eine Handvoll davon auf.

»Als Kind habe ich gern Steine geworfen«, sagte er. »Meist nach Fensterscheiben. Aber manchmal nach dem Mond. Wenn ich sie nicht runterfallen hörte, dachte ich, sie müßten auf dem Weg zum Mond sein. Dann habe ich mich unheimlich stark gefühlt. Einmal stellte ich mir vor, einer meiner Steine hätte den Mondkönig direkt ins Auge getroffen. Natürlich war er ganz schön wütend und wollte mich holen. Aber er hat sich im Weltall verirrt, oder er ist noch unterwegs.«

Er lachte leise. »Vielleicht ist das der Grund dafür, daß ich so ungern allein ins Bett gehe. Nicht, weil ich Frauen so mag, sondern weil ich Angst habe, daß der Mondkönig immer noch hinter mir her ist, und glaube, eine Frau als Talisman könnte mich vor ihm schützen.«

»Jede Frau? Immer?«

»Nein, du. Jetzt.«

Er warf die Steinchen, und sie fielen verstreut auf den Rasen.

»Ich habe sie fallen hören«, sagte sie.

»Nein, hast du nicht. Bestimmt nicht.«

Sie starrte aufs Gras und versuchte die einzelnen Steinchen auszumachen. Er legte ihr die Hände auf die Schultern und drehte sie um, so daß sie ihn ansehen mußte.

»Du darfst nicht nach ihnen suchen, das ist unfair. Manche Dinge mußt du einfach glauben.«

Ihre Augen sahen in dem schwachen Licht schwarz und ernst aus.

»Muß ich das?« fragte sie.

»Manche Dinge, eine gewisse Zeit lang. Wenn ich dir sage, daß die Steine auf dem Weg zum Mond sind, mußt du mir das glauben, und wenn es nur für eine Minute ist. Morgen früh, wenn die Sonne scheint, kannst du auf allen vieren herumrutschen und sie aufsammeln und in den Müll werfen. Du kannst es auch gleich tun, wenn du willst. Ich habe eine Schachtel Streichhölzer.«

Sie bewegte sich in seinen Armen. Sie hatte die Steinchen fallen hören, aber was spielte das überhaupt für eine Rolle?

»Martha«, sagte er, »wenn du mich jetzt fragen würdest, ob ich bereit sei, für dich zu sterben, dann würde ich sagen, ja, mit Freuden. Aber wenn morgen früh das Erschießungskommando aufmarschierte, würde ich sagen, scheiß drauf. Das wichtige ist, daß ich dich jetzt, in dieser Minute, so sehr liebe, daß ich für dich sterben würde.«

»Worte«, sagte sie.

»Worte, sicher. Ich kann dich auf zwei Arten lieben, mit Worten und mit Taten. Ich soll dich nicht anfassen, also sage ich es dir.«

»Ich würde aber lieber…« Sie brach ab und biß sich auf die Unterlippe.

Er betrachtete sie nüchtern. »Ich auch, ehrlich gesagt. Kommst du mit in meinen Salon?«

»Nein!« Sie brachte sich außer Reichweite. »Das käme mir jetzt unpassend vor.«

»Es ist noch gar nicht so lange her, da kam es dir passend vor.«

»Aber jetzt nicht, nicht heute abend.«

»Wann wurde es denn plötzlich ›unpassend‹? Als du heute vormittag bei Charles warst?«

»Da hat es angefangen.«

»Und weiter, als deine Mutter dir gesagt hat, was sie von mir hält? Und als ich dich dann in all diese schlimmen, schlimmen Bars geschleppt und versucht habe, hinter deinem Rücken mit einem Mädchen anzubändeln?«

»Hast du das?«

»Was?«

»Versucht, mit ihr anzubändeln?«

»Nein.«

»Ich nehme an, du hast auch nie versucht, mit Beatrice ins Bett zu gehen?«

»Genau. Ich habe sie einmal nicht sehr verwandtschaftlich geküßt. Ihr hat es gefallen, aber mir nicht. Das ist alles.«

»Das ist nicht alles. Sie ist verrückt nach dir. Du mußt dir bloß mal ihr Gesicht ansehen, um es zu wissen.«

»Und du mußt dir bloß mal mein Gesicht ansehen, um

zu wissen, daß sie mich nicht die Bohne interessiert. Wie zum Teufel kommst du darauf, dir über Beatrice Gedanken zu machen?«

»Ich mache mir keine Gedanken über Beatrice, sie ist nur ein Symptom, genau wie Laura. Es gibt wahrscheinlich Dutzende von Frauen, deren Namen ich nicht kenne, die verrückt nach dir sind.«

»Tausende«, sagte er rasch.

»Ich weiß nicht, was du ihnen alles erzählst, wahrscheinlich dasselbe wie mir. ›Du bist meine Geliebte, meine Frau.‹ Deine Frau, von wegen!«

Ihre Heftigkeit traf ihn unvorbereitet. Ihm war ein bißchen schlecht, so als hätte sie ihm plötzlich einen Schlag in den Magen versetzt, während er einen Kuß erwartete.

Er beschwor den Geist eines Lächelns herauf. »Habe ich das gesagt? Da muß ich ja – blau gewesen sein.«

»Ich habe sowieso kein Wort davon geglaubt, Gott sei Dank! Nicht mal für eine Minute.« Sie äffte seinen Tonfall nach. »›Manche Dinge mußt du einfach glauben, Martha, wenigstens eine Zeitlang.‹ Du und dein verdammtes Gerede!«

Leugnen war zwecklos, aber er konnte sich nicht enthalten, mit ungläubiger Stimme zu sagen: »Du mußt mir geglaubt haben. Ich habe es ernst gemeint.«

Sie hörte ihn nicht. »Du und deine Wohnung mit zwei Schlafzimmern! Für dich wäre das bestimmt gut. Du würdest dich da nie blicken lassen, wenn es nicht unbedingt sein müßte. Man stelle sich vor, dich zu domestizieren – dich – dich *Hengst!*«

Sie hielt mit offenem Mund inne, als ob sie über ihre eigenen Worte erschrocken wäre.

»Hengste«, sagte er mit tonloser Stimme, »sind so domestiziert, daß sie ohne menschliche Hilfe gar keine Stute mehr besteigen können. Du könntest sagen: Hase. Oder Wiesel. Aber von dir kann man nur eines sagen. Du bist ein Miststück.«

Sie fing an zu weinen, das Gesicht fest an den Ärmel seines Jacketts gepreßt.

»Und jetzt bist du ein Krokodil«, sagte er ganz sanft.

»Ich weiß nicht – warum ich das alles gesagt habe – ich ...«

»Du hast es gesagt, weil du es gedacht hast.«

»Nein, nein, ich ...«

»Und du bist durcheinander, Liebling. Wir beide sind durcheinander.« Sein Mund berührte ihr Haar. »Wir sind in einer Falle gefangen und können nicht heraus, ohne uns zu verletzen. Aber es macht nichts, weine nicht, es macht nichts. Wir kommen da schon raus. Mach dir keine Sorgen. Wir gehen zusammen weg.« Er streichelte ihr Haar. »Wir gehen weg, bevor Charles zurückkommt. Vergiß die Wohnung. Wir können ein Haus kaufen. Würde dir das gefallen, Liebling?«

Sie rieb ihr Gesicht bejahend an seinem Ärmel auf und ab. »Ein Haus ...«

»Charles wird in die Scheidung einwilligen. Er wird nicht versuchen, dich zu halten, wenn er weiß, daß du einen anderen liebst. Und das tust du doch, oder?«

Sie nickte wieder.

»Ein Haus auf dem Land vielleicht, mit einem Garten. Du magst doch Gärten, nicht? Und weißt du, ein Kind mußt du auch nicht haben, wenn du nicht willst, wenn du Angst hast, daß es später mal so wird wie ich.« Er lächelte und spürte dabei die Tränen in den Augen brennen.

»Weine nicht, Liebling, es wird alles ganz toll. Wir machen uns ein wundervolles Leben.«

Sie glaubten es beide eine ganze Minute lang.

»Sie wird überrascht sein«, sagte Charles. »Meinen Sie nicht, Forbes, daß sie überrascht sein wird?«

»Doch, sicher.« Forbes wandte den Blick nicht von der Straße. Seine Hände gingen sanft mit dem Steuer um. Es war das letzte Mal, daß er den kleinen Wagen fuhr, und er verabschiedete sich von ihm, als ob er sein Hund wäre, tröstete ihn liebevoll und überlegte, ob die neuen Besitzer wohl nett zu ihm sein und ihn ordentlich füttern würden. Das Auto war so sehr Teil seines Lebens gewesen, als ob Blut statt Öl durch seine Adern liefe. Er hatte es richtig behandelt; es war gesund und voller Lebensfreude, und obwohl sein Herz eine Maschine war und jederzeit angehalten werden konnte, konnte man es nicht jederzeit in Gang setzen. Für manche Leute schlug es, für andere nicht. Pearson zum Beispiel konnte mit dem Wagen ebensowenig umgehen wie mit seiner Frau. Seine Haltung beiden gegenüber war zu lasch und halbherzig, als erwartete er, daß sie ihm auf halbem Weg entgegenkämen.

»Vielleicht hätten Sie vorher anrufen sollen«, sagte Forbes. »Frauen mögen es nicht, wenn man sie überrascht.«

»Ach nein?« murmelte Charles.

»Ich verstehe zwar nichts von Frauen, aber ich habe mal gelesen, daß Frauen es nicht mögen, wenn man sie überrascht.«

Charles war belustigt. Wenn Forbes von Frauen sprach, trieb er sie immer alle zusammen, warf ein Seil um sie und zog sich dann zurück, um sie aus sicherer Entfernung zu beobachten. Auf diese Entfernung verloren sie ihre Unterscheidungsmerkmale und wurden zu einem krabbelnden Ameisenhaufen. Forbes hatte einmal gelesen oder gehört, daß Frauen nicht gern überrascht werden, und das nahm er als Tatsache, weil es ihm ebenso einleuchtete wie alles, was über irgendwelche Menschengruppen gesagt wurde, die ihm so vollkommen unbegreiflich waren wie Frauen.

»Manche wahrscheinlich«, meinte Charles abwesend.

Sie hatten die Vorstadt erreicht. Die Reklametafeln und Tankstellen und Hot-dog-Buden, die Cocktailbars und Steakhäuser vervielfachten sich in wildem Durcheinander wie ein Gewimmel kleiner Tiere, die man im Labor gezüchtet hatte, um Chimären zu produzieren. Hot-dog-Buden, die aussahen wie Schulen, erwiesen sich als Cocktailbars. Tankstellen verkauften Straßenkarten und Schokoladentafeln, frische Blumen und Verhütungsmittel, sie hatten Flipperautomaten und saubere Toiletten, boten kostenlose Broschüren über Christian Science an und Informationen zu allen Themen, vom Essen bis zum Haarwasser.

Hier und da erhob sich ein Kirchturm mit verachtungsvoller Erhabenheit über diesen ganzen Schmuddel.

Sie fuhren gerade an einem vorbei. Die Glocken läuteten, und Leute standen auf dem Rasen vor der Kirche, starr wie Statuen, als ob die Rigidität des Denkens und Wollens, die ihre Religion ihnen einmal die Woche abverlangte, sich auf ihre Körper übertragen hätte. Jeden Sonntagmorgen stiegen sie in ihre blechernen Anzüge, schepperten mit selbstgerechtem Geknatter zur Kirche und spähten durch ihre Visiere nach den Gottlosen und den Andersgläubigen.

»Wie spät ist es?« fragte Charles.

»Neun.«

Neun Uhr an einem Sonntagmorgen im Sommer. Charles fand das gut, eine Zeit, um noch einmal von vorn anzufangen, ein neues Leben zu beginnen.

»Eigentlich wäre es ganz nett, religiös zu sein«, sagte Forbes. »Man hätte nicht so viel Verantwortung für sich selbst, wissen Sie. Man kann gewissermaßen Jesus den Schwarzen Peter zuschieben. Aber ich, ich bin dafür nicht geeignet. Ich bin ein moralischer Mensch. Ich muß mir Moral nicht aus einem Buch vorlesen lassen, noch dazu von einem kleinen Gernegroß mit umgedrehtem Kragen, der sich seinen Lebensunterhalt nicht anders verdienen kann als mit blödem Gequatsche.«

Charles dachte, *die Gottlosen spähen auch durchs Visier.*

»Ein Onkel von mir war religiös«, sagte Forbes. »Er ist nach Kalifornien gegangen und Mönch in einem von diesen neuen religiösen Zentren geworden. Sie haben ihm sein ganzes Geld abgeknöpft, und dann ist er im Irrenhaus gestorben. Es gibt viele solche Zentren in Kalifornien. Vielleicht steigt denen ja die Sonne zu Kopf.«

»Wie mal jemand gesagt hat: der westlichste Zipfel für die Verzweifelten. Hinter Kalifornien kommt der Pazifik.«

Vielleicht würde er eines Tages mit Martha dahin in Urlaub fahren. Sie hatte immer gesagt, sie mache sich nichts aus Reisen, aber jetzt wurde ihm klar, daß sie eben noch nie gereist war. Sie hatte ein bißchen Angst davor, genau wie sie Angst davor gehabt hatte, in Restaurants zu essen, weil sie es nicht gewohnt war.

Er mußte es ihr allerdings vorsichtig beibringen. Es hatte keinen Sinn, wenn er fragte: »Würdest du gern nach

Kalifornien reisen?« Dann würde sie instinktiv nein sagen. Er mußte es entschiedener und eindeutiger vorbringen: »Komm, laß uns nach Kalifornien fahren.« In vielerlei Hinsicht war sie wie ein Kind. Kinder können besser mit klaren Grenzen und Regeln leben; wenn sie immer die Wahl haben, verlieren sie die Fähigkeit, überhaupt eine Wahl zu treffen. Das Mögliche und das Unmögliche wurden gleichermaßen möglich, und in dieser Wirrnis bedürfen sie der Führung.

Er würde in allem viel strenger sein. Geld zum Beispiel. Sie war von Natur aus nicht extravagant, aber im vergangenen Jahr hatte sie es ziemlich unbekümmert ausgegeben, und sie hatten über ihre Verhältnisse gelebt. Es war ganz allein sein Fehler, das mußte er zugeben. Er wollte, daß sie alles bekam, und hatte ihr keine Grenzen gesetzt. Daraufhin hatte sie gedankenlos und wahrscheinlich ohne Freude Geld ausgegeben. In ihren Scheckheften herrschte immer ein Chaos, und sie wußte nie, ob sie tausend Dollar mehr oder weniger auf dem Konto hatte, weil sie sich nicht die Mühe machte, ihre Bankauszüge anzusehen. Sie stapelte sie alle nach dem Datum geordnet in einer Ecke ihres Schreibtischs. Er lächelte vor sich hin, wenn er daran dachte, wie ordentlich sie sogar mit Bankauszügen umging, die sie nie vorhatte zu lesen.

Vielleicht würde er ihr ein monatliches Haushaltsgeld einräumen, oder sie würden einfach die Zahlen durchgehen. Mein Einkommen beträgt... Mein Guthaben beträgt... Meine Verpflichtungen sind...

Er hegte nicht den leisesten Zweifel, daß sie vernünftig sein würde. Vielleicht machte es ihr sogar Spaß, Geld zu sparen. Er hatte sie schon öfter im Verdacht gehabt, etwas knausrig zu sein.

Eine Reise nach Kalifornien; eine feste Hand; Haushaltsgeld in bestimmter Höhe – kleine Haken, um eine Zukunft daran aufzuhängen, aber er war zuversichtlich und überzeugt, wenn nicht von ihr, so doch von sich. Er hatte eine Tatsache auf seiner Seite: die tiefe Überzeugung, daß seine Ehe der Kernpunkt seines Daseins war. Er mußte sie erhalten, wie viele persönliche Opfer er auch bringen oder auf wie viele kleine Boshaftigkeiten und Triumphe er auch verzichten mußte.

Der schwierigste Teil, soviel war ihm klar, bestand darin, sich selbst davon abzuhalten, daß er ständig grübelte, ob sie ihn liebte, und nicht immer die kleine Waage im Kopf herumzutragen, mit der er ihre Gefühle für ihn bis zum letzten Gramm abwog. Er mußte die Waage zerstören, es als Realität akzeptieren, daß sie ihn nicht so sehr liebte wie er sie und es auch gar nicht konnte; und auf dieser Grundlage mußte er sein Leben so gut wie möglich einrichten.

Das wirklich Wichtige war, daß sie keinen anderen liebte. Auf diese kleine Negation gründete er seine Hoffnungen.

»Ich glaube trotz allem«, sagte Forbes, »daß die Sonne etwas damit zu tun hat.«

Charles blinzelte: »Womit?«

»Daß die Leute in Kalifornien verrückt sind.«

»Ah ja.«

»Könnten Strahlen sein. Vielleicht kosmische Strahlen.«

»Könnte sein.«

Charles kurbelte das Fenster herunter, um die Sonne hereinzulassen. Aufgeladen mit kosmischen Strahlungen und Hoffnung, schien sie durch den Staub der Stadt.

Halb zehn, aber das Haus war still, die Rollos heruntergelassen wie Lider über schlafende Augen.

»Sie können das Gepäck zum Hintereingang bringen«, sagte Charles. »Ich möchte allein hineingehen.«

Er stieg aus, und der Wagen glitt eilfertig hinter ihm davon.

Vielleicht war Martha noch gar nicht auf, dachte er. Mrs. Putnam und Lily waren natürlich in der Kirche. Mrs. Putnam war Presbyterianerin, und Lily gehörte der lutherischen Kirche an, aber sie gingen gemeinsam zum Gottesdienst, einen Sonntag zu den Lutheranern und am nächsten zu den Presbyterianern. In der Woche stritten sie, manchmal ziemlich erbittert, und einmal war Charles als Schiedsrichter gerufen worden. »Religion«, hatte er ihnen gesagt, »ist eine Sache des Herzens.« Er hatte selbst nicht gewußt, was er eigentlich damit meinte, falls überhaupt irgend etwas, aber für Lily und Mrs. Putnam klang es gut, und sie beriefen sich immer darauf, wenn ihnen kein Gegenargument mehr einfiel.

Eine Sache des Herzens. Einer von diesen simplen Sätzen, die, in den richtigen Zusammenhang gestellt, überzeugend und tiefschürfend klangen. Passend zu jeder Gelegenheit. *Alles, meine liebe Martha, ist eine Sache des Herzens.*

Er stieg die Stufen zur Veranda mit dem Gefühl hinauf, daß er lange fort gewesen war und ihn eigentlich niemand mehr zurückerwartete.

Die Tür war nicht zugeschlossen. Das erfüllte ihn mit unendlicher Dankbarkeit. Es war ein Willkommen, und er hätte gern geglaubt, daß Martha die Tür jede Nacht offenließ, für den Fall, daß er unerwartet nach Hause käme. Natürlich glaubte er es nicht. Brown hatte schlicht vergessen abzuschließen, oder Mrs. Putnam hatte die Tür vor ihrem Kirchgang aufgeschlossen.

Leise trat er ins Haus. In der Diele roch es entfernt nach Blumen, und die Tür zum Wohnzimmer war zu. Unwillkürlich mußte er an eine Beerdigung denken, bei der die Leiche feierlich aufgebahrt hinter der geschlossenen Tür liegt, eingehüllt in unheilvoll-süßlichen Blumenduft.

»Martha«, rief er plötzlich. »Martha, ich bin's!«

Das Haus erwachte zum Leben, als ob er gerufen hätte: »Feuer!«

Brown kam aus der Küche und grinste von einem Ohr zum anderen, und Laura stürmte die Treppe herunter und schrie: »Charley! Hallo, Mutter, Martha! Charley ist da!«

Sie umarmte ihn und sagte in einem Atemzug, er sehe wunderbar aus, die Sonnenbräune stehe ihm gut, sie selbst werde sich aber dieses Jahr keine zulegen, weil es passé sei, für eine Frau, meinte sie, nicht für einen Mann.

»Wo ist Martha?«

»Ich glaube, sie ist noch nicht auf«, sagte Laura.

Er rannte, immer zwei auf einmal, die Stufen nach oben. Sein Körper fühlte sich federleicht an. Er konnte den ganzen Tag lang treppauf, treppab laufen, wenn er einen Grund hatte.

Aber vor ihrer Tür zögerte er und wußte nicht so recht, ob er seine neue Politik des energischen Auftretens verfolgen und einfach hineingehen sollte, als ob er dasselbe Recht hätte, dieses Zimmer zu betreten, wie sie, oder ob er sich wie immer benehmen und zuerst anklopfen sollte.

Sie löste die Frage für ihn, indem sie mit schwacher, ungläubiger Stimme rief: »Charles, bist *du* das, Charles?«

Er trat ein. Sie bürstete mit nervösen, stockenden Strichen ihr Haar, als hätte sie gerade die Bürste in die Hand genommen, weil sie nichts anderes zu tun wußte. Im Zimmer war alles noch so, wie er es in Erinnerung hatte, nur der Spiegel war zerbrochen.

Er ging langsam auf sie zu, nicht zögernd, sondern um bewußt die Freude aufzuschieben.

»Freust du dich, mich zu sehen?«

»Ja, ich...«

»Also, dann sag es.«

»Ich freue mich, dich zu sehen, Charles.«

»Tut mir leid, daß ich Sie stören muß«, sagte Forbes. »Ich möchte nur ein paar Sachen holen, die ich hiergelassen habe.«

»Macht nichts«, sagte Steve. »Fühlen Sie sich ganz wie zu Hause.«

»Danke.« Forbes sah, daß das Bett nicht gemacht war und zwei leere Koffer darauf lagen. »Verreisen Sie?«

»Vielleicht.«

»Urlaub?«

»Nicht direkt. Ich warte, daß jemand mir Bescheid gibt.«

»Eine Dame, möchte ich wetten«, meinte Forbes verschmitzt.

»Wie Sie sagen, eine Dame. Ich glaube aber, daß ich meine Zeit verschwende.«

»Sie will wohl nicht, was?«

»Sie will schon, aber sie wird nicht mitgehen. Sie hat einen Ehemann.«

»Das ist schlecht. Haben Sie irgendwo eine Kalabash-Pfeife gesehen?«

»Sie ist in der Küche.«

Forbes ging in die Küche und holte die Pfeife. Als er

wiederkam, sagte Steve: »Wie ich sehe, ist Mr. Pearson nach Hause gekommen?«

»Stimmt.«

»Ist er wieder gesund?«

»Ich glaube, für seine Verhältnisse ja. Er hat schlechte Nerven.«

»Oh.«

»Haben Sie zufällig ein paar Bücher gesehen?«

»Sie stehen im Regal.«

»Danke.«

Er nahm die Bücher aus dem Regal und ging zur Tür.

»Also dann, ich hoffe, sie kommt.«

»Das hoffe ich auch.«

»Muß schwierig sein für eine Frau, so was zu entscheiden.«

»Sehr schwierig, ja.«

Sie schüttelten sich die Hände, als ob sie einen Toast auf alle schwierigen Entscheidungen ausbrächten.

»Und du bist wirklich froh?«

»Aber natürlich bin ich das, Charles.«

»Es ist schön, wieder zu Hause zu sein.«

Sein Blick wanderte wieder im Zimmer umher. Außer dem zerbrochenen Spiegel gab es noch eine Veränderung. Sie hatte neue Bettüberwürfe.

»Sind die Überwürfe neu?«

»Ja. Gefallen sie dir?«

»Sie sind wunderschön«, sagte er, aber die alten waren ihm lieber. Alles hätte so bleiben sollen, wie er es verlassen hatte, damit er selbst das einzige war, was sich verändert hatte.

»Der Morgenmantel ist auch neu, nicht?«

»Ja. Ich habe in diesem Frühjahr einige neue Sachen gekauft.«

Er interessierte sich nicht sonderlich für Damenbekleidung, aber plötzlich wollte er genau wissen, was sie gekauft hatte, weil es zu dem genauen Wissen darüber gehörte, was sie während seiner Abwesenheit getan hatte.

Er machte die Schranktür auf. Die Hälfte der Kleider hatte er noch nie gesehen.

»Aha«, sagte er lächelnd, »da hast du ja wirklich geprаßt.«

Sie erwiderte sein Lächeln. »Ja, nicht?«

»Sie sind auch ganz anders. Einige könnte man sogar grell nennen.«

»Ich war es leid, immer nur Schwarz zu tragen.«

»Warum der plötzliche Wandel?«

»Alle tragen dieses Frühjahr bunte Sachen.«

»Es hat dich nie gekümmert, was alle anderen machen«, meinte Charles in sachlichem Ton. »Warum jetzt?«

»Es kümmert mich auch nicht. Ich wollte nur ein paar neue Sachen zum Anziehen.«

»Aber warum?«

»Ich habe dir doch den Grund genannt.«

»Aber mir scheint der Grund nicht ausreichend.« Das war gut, er war jetzt richtig energisch, genau wie er es sich vorgenommen hatte. Man mußte nur fein säuberlich alles ausknobeln, sich dann eine Strategie zurechtlegen und sie verfolgen. Und es klappte. Wie nervös sie jetzt wurde, sogar ängstlich. Während er völlig ruhig blieb, die Situation im Griff behielt und vor allem logisch dachte.

»Du kaufst Kleider, weil du sie haben möchtest, sicher, aber warum wolltest du sie haben?«

»Charles, um Himmels willen, sei doch vernünftig.

Fang doch nicht wieder dieselbe alte Leier an, kaum daß du zu Hause bist.«

Dieselbe alte Leier. Nur einer sehr begriffsstutzigen Frau konnte seine Wandlung entgehen. Aber er würde nicht die Beherrschung verlieren, er würde lediglich seine Politik des kühlen, energischen Denkens weiterverfolgen.

»Ich habe nur den Wunsch, den Dingen auf den Grund zu gehen«, sagte er. »Warum wolltest du diese Kleider?«

»Zum Donnerwetter...«

»Hast du sie für jemanden gekauft? Vielleicht für mich? Das ist es, nicht wahr, Martha? Du hast sie für mich gekauft, um mir eine Freude zu machen.« Er ging auf sie zu, während sie ihn mit einem höchst komischen Ausdruck von Angst im Gesicht anstarrte. »Das war unheimlich nett von dir, dich neu einzukleiden, um mir eine Freude zu machen. Ich freue mich ganz schrecklich. Ich wußte, daß es einen Grund geben mußte, einen wirklichen Grund, und ich bin so schrecklich froh, daß sich das als Grund herausstellt.«

Er berührte ihre Schultern. Unter dem seidenen Morgenmantel war ihr Fleisch weich und knochenlos wie das eines Apfels. Schließlich würde er, wenn er seine Finger fest genug hineinpreßte, das Kerngehäuse fühlen. Aber in Wahrheit hatte er keine Kontrolle über seine Finger. Sie gingen immer tiefer und tiefer, sie konnten nicht anders, sie waren in Treibsand geraten. Tiefer, tiefer, in einem kleinen Fahrstuhl. Das Kerngehäuse war da, eindeutig. Kein Apfel, kein Pfirsich mit einem Stein. Der Fahrstuhl krachte auf den Boden des Schachtes. Es war dunkel, mörderisch dunkel, schreiend dunkel, weil die Leute um Hilfe riefen. Sie kamen alle heraus, bis auf ihn. Er blieb allein in dem dunklen Schacht. Die Maschinerie des Fahrstuhls war in Stücke zerschlagen, aber sie hörte nicht auf, um ihn herumzusurren.

Er mußte schreien, um sich Gehör zu verschaffen. »Geh nicht weg, Martha, komm zurück! Wir könnten ganz glücklich zusammen sein in einem Fahrstuhlschacht, wenn du es nur begreifen würdest, und ich werde dir ein Haushaltskonto einrichten.«

Irgendwann sah er sie über den Rasen laufen.

Später, wenn das surrende Geräusch ihn nicht mehr so benommen machte, würde er ihr hinterherlaufen. Egal, wie weit, wie schnell sie rannte, er würde sie finden und nach Hause bringen. Er würde krank sein, und sie würden beide dieses Zimmer nie mehr verlassen. Bald mußte er ihr nachlaufen, aber im Augenblick – im Augenblick …

Ich habe einfach den Wunsch, den Dingen auf den Grund zu gehen.